GERT PROKOP

EINER MUSS DIE LEICHE SEIN

DELIKTE
INDIZIEN
ERMITTLUNGEN
DIE KRIMIS

KOMET

Genehmigte Lizenzausgabe für KOMET Verlag GmbH, Köln

Satz: Bild1Druck GmbH, Berlin
Gesamtherstellung: KOMET Verlag GmbH, Köln
www.komet-verlag.de

1

»Folgen Sie mir bitte.« Sofia Romanowa ging mit kurzen, schnellen Schritten zum Ausgang des Flughafengebäudes, ohne sich noch einmal umzublicken. Sie wusste, dass alle ihr folgen würden. Sie war seit zwölf Jahren Reiseleiterin. Es folgten ihr siebzehn Frauen, vierzehn Männer und drei Kinder: die Reisegruppe 3076-287 aus Berlin, darunter ein Arzt und zwei Zahnärzte, ein Biologe und ein Betriebsleiter, ein Pfarrer und drei Hausfrauen, zwei Metallarbeiter und ein Agronom, ein Student und vier Rentner, ein Mörder und sein Opfer – nur, die beiden ahnten es noch nicht.

Dieter Gotthardt gähnte so ungeniert, dass die in seiner Nähe Stehenden erschrocken herumfuhren, als hätten sie den Schrei eines wilden Tieres vernommen. Seine Frau biss sich auf die Lippen, um ihr Lachen zu unterdrücken.

»Du sei bloß ruhig«, sagte ihr Mann, »du hast im Flugzeug so laut geschnarcht, dass die Piloten angerannt kamen; sie dachten, der Rumpf zerbirst.«

»Habe ich wirklich geschnarcht?«

»Hast du. – Warum auch nicht? Haben wir uns den Schlaf nicht redlich verdient?«

Sie sahen beide grau aus, über ihre Jahre gealtert, Gotthardt wirkte erschöpft, und das nicht nur vom Koffertragen. Aber auch die anderen saßen stumm im Bus, übernächtig, selbst die Kinder sagten nichts. Bis auf die

Kunacks, die schon einmal hier gewesen waren, blickten alle gespannt zu den Fenstern hinaus, sahen aber nur vorüberhuschende Bäume, irgendwann kleine, gekalkte Häuser, die ebenso schnell wieder in der Nacht verschwanden, wie sie aufgetaucht waren.

Bei der Zimmerverteilung im Hotel gab es keine Komplikationen. Alle hatten es eilig, ins Bett zu kommen.

Lisa Gotthardt wollte unbedingt noch die Koffer auspacken.

»Wenn du nicht sofort ins Bett gehst«, drohte ihr Mann, »sage ich den ganzen Urlaub lang Lieschen zu dir.« Er half ihr doch, »wenigstens die Kleider, Blusen und Hemden« in den Schrank zu hängen und – »weil wir gerade so schön dabei sind« – auch noch den Rest auszupacken.

Dann lagen sie wach, schwitzten trotz offener Fenster und lauschten den Tönen einer Zigeunerkapelle und mindestens einer Million Grillen. Lisa Gotthardt kroch zu ihrem Mann. »Ich kann nicht schlafen«, seufzte sie. »Ich muss andauernd an zu Hause denken.«

»Ich auch«, gestand er. Man kann den Alltag nicht so einfach abschütteln, dachte er, selbst wenn man tausend Kilometer weit flieht. Zumindest nicht, wenn man sich dreihundertdreiunddreißig Tage lang verantwortlich gefühlt hat, ob nun für eine Tausend-Seelen-Gemeinde wie Ebersbach oder einen kleinen, aber hochspezialisierten Chemiebetrieb, von dessen Zulieferungen ein paar »Wauwaubees«, wie Gotthardt sie nannte, abhängig sind.

»Zum Teufel noch mal, wir haben Urlaub«, schimpfte

Lisa, »jetzt können uns alle mal den Buckel runterrutschen.«

»Nicht einmal das.«

Der Abmarsch zum Frühstück im Restaurant »Morija« verzögerte sich, weil zwei Ehepaare nicht erschienen. Die Kunacks hatten, wie die Frau an der Rezeption berichtete, das Hotel verlassen, die Altmanns mussten ein zweites Mal geweckt werden. »Hochzeitsreise«, erklärte Sofia Romanowa, ihr Lächeln steckte an. Sofia war sichtlich zufrieden, dass die Gruppe so geduldig wartete. Man bewunderte den Ausblick über die Bucht, das Panorama der Berge, die in der ungewohnt klaren Luft greifbar nahe zu sein schienen, den breiten, mit bunten Schirmen besprenkelten Strand, der sich grellgelb und überscharf von dem schwarzblauen Meer abhob.

Uta und Wolfgang Altmann ließen nicht lange auf sich warten. Sie wünschten laut und fröhlich einen guten Morgen. Alle musterten das in doppelter Hinsicht junge Paar. Uta Altmann erwiderte die Blicke mit einem entwaffnenden Lächeln.

»'tschuldigung«, sagte ihr Mann, »kann ja mal vorkommen, dass man verpennt, oder?«

Susanne Ebert und Anke Pittkowski kicherten, eine von ihnen flüsterte »Hochzeitsnacht«, laut genug, dass Altmann es hören konnte.

»Nicht, was ihr denkt, Meechens«, sagte er. »Wir haben gerade 'ne Woche Nachtschicht hinter uns. Das Lachen hebt euch mal für morgen auf.«

»Ich kann mich nicht erinnern, dass wir Brüderschaft

getrunken hätten.« Susanne Ebert drehte sich brüsk ab. Jetzt sah sie tatsächlich wie ein Mädchen aus. Ihre knabenhafte Figur ließ sie zehn Jahre jünger erscheinen, außerdem hatte sie sich Zöpfe geflochten, und ihr Rock hätte kaum kürzer sein dürfen. Auch Anke Pittkowski hatte die Haare zusammengerafft, doch bei ihr reichte es nur zu einem struppigen Büschel, das wie eine Siouxskalplocke am Hinterkopf aufragte.

»Wollt ihr etwa morgen auch zu spät kommen?«, fragte sie.

»Was meinst du, wie ich mich das ganze Jahr da rauf gefreut habe, endlich ausschlafen zu können!«

»Ich jedenfalls habe keine Lust, jeden Morgen eine halbe Stunde zu warten, bis alle beisammen sind«, erklärte Susanne Ebert. Sie suchte die Zustimmung der anderen, besonders der beiden jungen Männer, die sich die Wartezeit damit vertrieben hatten, anhand eines Prospektes die Namen der Berge auszumachen. Peter Bockisch nahm den Blick als Aufforderung, näher zu treten.

»Das wird nicht nötig sein«, sagte er. »Dies ist zwar eine Gruppenreise, aber deshalb sind wir nicht zu Gruppenverhalten verpflichtet. Jeder kann tun und lassen, was er will, schlafen, so lange er möchte, und essen, wo und wann es ihm beliebt.«

»Das Frühstück nehmen Sie gemeinsam ein«, unterbrach Sofia. »Frühstück von acht bis neun im ›Morija‹.«

»Aber man darf auf das Frühstück verzichten, nicht wahr? Verzichten darf man doch immer.« Bockisch legte die Hand auf Susanne Eberts Arm. »Ich habe mich vorher erkundigt – ich erkundige mich immer ganz genau, bevor ich mich auf etwas einlasse –, wenn es keine Freizügigkeit gäbe, hätte ich die Reise gar nicht erst gebucht. Man lebt schon das ganze Jahr unter Zwängen, ist Terminen und Verpflichtungen ausgeliefert, geht Ihnen das nicht auch so? Also, ich finde …«

Während er Susanne Ebert mit einem Schwall von Worten einkreiste, der ihr nur die Wahl ließ, zustimmend zu nicken oder erstaunt den Kopf zu schütteln, drängte Bockisch sie langsam in Richtung Brüstung und setzte mit großer Geste an, ihr das Panorama zu erklären. Susanne Ebert warf Joachim Fielitz einen Blick zu, der keinen Zweifel ließ, dass sie ihm Chancen einräumte.

»Jetzt können wir gehen«, rief Sofia. »Wir sind vollzählig.«

Unten am Hang waren die Kunacks aufgetaucht. Sie warteten, bis die Gruppe sie erreichte.

»Wir haben vor dem Hotel auf Sie gewartet«, sagte Sofia Romanowa.

»So?« Evelyn Kunack tat erstaunt.

»Das war nicht nötig«, sagte ihr Mann. »Wir hätten das Restaurant schon gefunden. Wir sind ja nicht zum ersten Mal hier.«

»Dann sollten Sie eigentlich wissen, dass es üblich ist, dass die Gruppe am ersten Tag geschlossen zum Frühstück geht«, erwiderte Sofia. »Sie haben nur wenige Termine. Ich denke, ein bisschen Disziplin kann man auch im Urlaub halten. Schon aus Rücksicht auf die anderen.«

Evelyn Kunacks Lächeln war eine Kriegserklärung. Sie hakte sich bei ihrem Mann ein, und als der antworten wollte, bremste sie ihn mit einem kurzen Ellenbogendruck. Sofia lächelte zurück Dann drehte sie sich mit einem energischen Ruck herum. Bis auf Lisa und Dieter Gotthardt, die eine eigenartig gemusterter Raupe beobachteten, hatten alle dicht aufgeschlossen. Die Mienen verrieten keine große Begeisterung für Disziplin im Urlaub.

Nach dem Frühstück erwies sich, wo die Kunacks so früh gewesen waren: Sie hatten ihre Badesachen an den Strand gebracht und in die Obhut eines Bademeisters gegeben, der ihnen auch einen Schirm in der ersten Reihe reservierte. Jetzt richteten.sie sich mit sichtlichem Wohlbehagen darunter ein. Die anderen hatten Mühe, noch einen Platz in der letzten Reihe zu erwischen. Gotthardts gaben die Suche bald auf und setzten sich unter einen Schirm, der laut Anhänger für die ganze Saison reserviert war. Die Altmanns legten sich einfach in die Sonne. Sie waren im Nu eingeschlafen. Als Dr. Enderlein das sah und sie weckte, hatte Uta Altmann bereits einen handfesten Sonnenbrand. Enderlein gab keine Ruhe, bis die beiden zur Poliklinik gingen. Als sie wiederkamen, trug Uta Altmann einen breitkrempigen Strohhut und ein leichtes, knöchellanges und langärmeliges Kleid. Der Arzt hatte ihr für mindestens eine Woche jegliche Sonne verboten.

»Mein Hochzeitskleid«, erklärte sie. »Ein Glück, dass ich das mithabe. Ich wollte erst nicht, fand ich albern, mit 'nem langen Kleid in Urlaub.«

»Sie sollten ein oder zwei Tage im Zimmer bleiben, solange die Sonne scheint«, riet Enderlein.

»Im Zimmer?« Uta Altmann schüttelte energisch den Kopf. »Ich bin doch nicht ans Schwarze Meer gefahren, um auf der Bude zu hocken. Ich will wenigstens was sehen für mein Geld, vor allem, ob mein Wolfgang sich jetzt nicht 'ne andere sucht.«

»Ich bleibe immer bei dir. Wo du hingehst, da will auch ich hingehen!«

»Sind Sie kirchlich getraut?«, erkundigte sich Enderlein.

»Nee. Aber wir hätten uns auch in der Kirche trauen lassen, was, Uta? So richtig feierlich. Man heiratet ja nicht alle Tage. Nur, welcher Pastor traut zwei Gottlose? Sind Sie kirchlich getraut.«

»Ich weiß nicht.« Enderlein schmunzelte. »Hannchen, sind wir vor Gott vereinte Eheleute?«

Frau Enderlein streckte ihrem Mann die Zunge heraus. »Das war vielleicht ein Theater«, erklärte sie. »Mein Mann war evangelisch, ich katholisch. Uns beiden war's ja egal, aber unsere Eltern! Vor allem meine! Die taten schlimmer, als hätte ich einen Neger heiraten wollen. Dabei hatten wir es eilig – ach, entschuldigen Sie. Ich rede und rede, und Sie stehen in der Sonne. Wenn Sie mögen, bleiben Sie doch heute unter unserem Schirm. Wir sind es gewohnt, uns einzurichten, wir haben vier Kinder. Also, wissen Sie …«

Während Hannchen Enderlein nicht ganz ernst gemeinte Ratschläge für das Eheleben und durchaus ernst zu nehmende fürs Kinderkriegen und Kindererziehen gab, stellten die Männer fest, dass sie beide passionierte Angler waren, ein, wie man weiß, unerschöpfliches

Thema, das nicht nur für den Nachmittag, sondern auch für den Abend im »Zigeunerlager« reichte.

»Es ist sehr schön, dass wir unsere Weinkostprobe schon am ersten Tag haben«, meinte Sofia. »Wie kann man sich besser kennenlernen als beim Wein?«

Sofia, die Kellnerinnen und bald auch die Touristen untereinander sorgten dafür, dass nicht nur gekostet und geprobt wurde, sondern kräftig getrunken. Es gab drei Sorten Weißwein, vier Sorten Rotwein und zwei verschiedene Süßweine – abwechselnd, damit auch ja niemand nüchtern blieb –, außerdem Traubenschnaps, Sliwowitz, Aprikosen- und Apfelbrandy, zwischendurch eine scharfe Suppe, Grillplatte, gemischten Salat mit geriebenem Schafkäse, sehr süßen Kaffee, nicht weniger süßen, warmen Kuchen, Zigeunermusik und kurz vor Mitternacht die unvermeidlichen Schunkelgesänge, darunter: »Warum ist es am Rhein so schön?«

Die begehrteste Tänzerin war Susanne Ebert, sie saß zwischen Bockisch und Fielitz, wurde bei jedem Tanz von beiden zugleich aufgefordert und verteilte ihre Gunst umsichtig; Anke Pittkowski tanzte mit dem jeweiligen Verlierer und verkündete schließlich mit schon etwas schwerer Zunge, dass sie »den lieben, kleinen Pittiplatsch als Trostpreis« aussetze. Bockisch bestellte eine Damenwahl.

Susanne Ebert genoss ihren Auftritt. Sie erhob sich betont langsam, tat verlegen, blinzelte nach links, nach rechts, hob unentschlossen die Schultern, zählte die lange Knopfleiste ihres Spitzenkleides hinunter und wieder hinauf und knickste vor Achim Fielitz.

»Dann bekommst du den lieben, kleinen Pitty«, krähte Anke Pittkowski und küßte Peter Bockisch schmatzend auf die Wange. Als im »Zigeunerlager« Feierabend war, zogen die vier in die Nachtbar »Havanna«. Am nächsten Morgen tauschten die Mädchen die Plätze im Restaurant, sodass sie mit den beiden Männern zusammen frühstücken konnten.

»Ich bin ja gespannt, ob die auch noch die Betten tauschen«, sagte Annelie Fuchs, die sich am Abend als Besitzerin einer Strumpfklinik und alleinstehend vorgestellt hatte. Sie schien über Nacht um Jahre gealtert zu sein. Sie hatte ihr Unbehagen über den Kampf um die blonde Susanne, in dem ihr nicht einmal eine Außenseiterchance, sondern nur der Platz des unbeteiligten Zuschauers blieb, mit hastigem Trinken bekämpft, sodass Magda Bähreis, ihre Zimmergenossin, sie vorzeitig zu Bett bringen musste. Annelie Fuchs schickte Maiendorff, dem nunmehr letzten alleinstehenden Mann der Gruppe, ein Lächeln an den Nebentisch. Maiendorff erwiderte es überrascht. Eine Stunde später fing sie ihn am Strand ein und ließ sich in die Hohe Schule der Farbfotografie einführen.

Sobald die Mittagshitze nachließ, hüpfte Maiendorff von Schirm zu Schirm und warb Teilnehmer für eine Bootsfahrt mit Picknick auf der Pirateninsel. »Ein Mordsspaß«, sagte er, »und nicht einmal teuer. Na ja, Mordsspaß ist sicher übetrieben«, räumte er ein, als Peter Bockisch ihn skeptisch ansah. Bockisch lag auf dem Bauch, alle viere von sich gestreckt, Anke Pittkowski saß neben ihm und kraulte ihm den Rücken.

»Es ist das falsche Wort«, sagte Maiendorff. »Ja, man sollte immer korrekt sein. Also ich korrigiere mich. Sie gestatten?«

Er hockte sich in den schmalen Streifen Schatten und blickte über die Schulter, ob die Sonne ihn auch nirgends mehr traf. »So heiß war es noch keinen Sommer«, stöhnte er. »Ich fahre jedes Jahr ans Schwarze Meer, müssen Sie wissen; eine gute Bekannte besorgt mir die Plätze. An der Ostsee weiß man nie, wie man es trifft, und drei Wochen Regen? Da gebe ich lieber etwas mehr aus und fahre hierher. Sie können mir glauben, so heiß war es noch nie. Da wird eine Bootsfahrt sehr erholsam sein.«

Bockisch ließ den Kopf sinken und wölbte die Schultern. Maiendorff wandte sich an Anke Pittkowski. »Romantisch ist das richtige Wort, ja, romantisch. Diese Küste ist eine der schönsten der Welt. Und die Pirateninsel – ein winziges Eiland, wild zerklüftet, eigentlich nur eine Felsspitze, die aus dem Wasser ragt, völlig verwildert, ein paar Bäume, eine verfallene Hütte, sonst nichts.«

»Lass dich nicht einwickeln, Pitty«, warnte Bockisch, »so was versprechen alle Touristenbüros auf der ganzen Welt. Es ist immer das Schönste, das Komfortabelste, Aufregendste, Abenteuerlichste, Romantischste – unter dem machen sie es nicht. Am Ende erweist sich die Pirateninsel als ein Stückchen nackter Sand mit drei vergammelten Büschen, und die verfallene Hütte ist ein Kiosk, an dem es Souvenirs zu kaufen gibt und Zigaretten und Handschuhe natürlich.«

»Bestimmt nicht, ganz bestimmt nicht. Aber es war ja nur ein Vorschlag, entschuldigen Sie.«

»Kriegen Sie Prozente?«

»Aber Peter!«

»Nun, ich gestehe«, sagte Maiendorff, »ganz uneigennützig bin ich nicht, wenn ich natürlich auch keinen pekuniären Vorteil daraus ziehe. Aber auf diesem Ausflug kann man fantastische Fotos schießen, das weiß ich von einem Freund. Deshalb bin ich daran interessiert.«

»Ich hätte eigentlich Lust mitzufahren«, erklärte Anke Pittkowski, »ich bin kein so weitgereister Snob wie du, dem nichts mehr imponieren kann.«

»Ich bin kein Snob, Pitty! Ich bin ein Dienstreisen der. Im Dienst der Republik. Man muss sich nur um den richtigen Job kümmern, Auslandsmontage zum Beispiel, da kommt man 'rum. Was machen Sie denn, Herr Maiendorff?«

»Ich? Ich arbeite bei der Versicherung. Seit fünfundzwanzig Jahren. Gleich als ich aus der Gefangenschaft kam …«

»Ich fahre mit«, sagte Pitty. »Ich will alles mitnehmen, was geboten wird. Schließlich bin ich das erste Mal im Ausland.«

»Okay, okay. Fahren wir also zur Pirateninsel. Ich lade dich ein.«

»Und ich darf dafür Essen und Trinken bezahlen, was? Nee, mein Lieber, jeder für sich und die BGL für uns alle.«

»Da ist weiter nichts zu bezahlen«, erklärte Maiendorff. »Mittagessen und das Picknick auf der Insel sind im Teilnehmerpreis enthalten. Also trage ich Sie beide ein.«

Er stand auf, wischte sorgfältig den Sand von der Haut, blickte sich kurz um und steuerte auf den Sonnenschirm der Enderleins zu.

»Von der Pirateninsel hat man den besten Überblick über die ganze Küste.« Maiendorff nickte zu dem Fotoapparat, der an der Schirmstange hing. »Ich glaube, das wäre etwas für Sie. Das gibt herrliche Fotos. Mein Freund war im vorigen Jahr hier, von dem habe ich den Tipp.«

Enderlein stieß seine Frau an. »Was meinst du, Hannchen, wollen wir?«

»Pass lieber auf«, mahnte sie, »dein Bauch ist in der Sonne.«

Enderlein rutschte schnell ein Stück zurück. »Kommen Sie doch auch in den Schatten, Herr Maiendorff.«

»Wir brechen nach dem Frühstück auf«, fuhr Maiendorff fort, »tuckern langsam die Küste entlang, besichtigen dann ein Schloss mit einem wundervollen Rosengarten, da soll einmal eine Prinzessin verbannt gewesen sein, wegen einer Liebesaffäre, eine sehr romantische Geschichte, dort essen wir Mittag; danach geht es aufs Meer hinaus zur Insel. Pirateninsel ist sicher Unsinn, ich glaube nicht, dass es hier jemals Piraten gegeben hat. Aber die Aussicht ist wirklich fantastisch, ein Leckerbissen für jeden Fotografen, dazu der Sonnenuntergang hinter den Bergen …«

»Ich bin schon überzeugt«, sagte Enderlein, »wir kommen mit.«

»Ja«, bestätigte seine Frau. Ach schwärme für Schlösser mit Rosengärten, zumal wenn dort unglücklich verliebte Prinzessinnen verbannt waren.«

Maiendorff sah sie unsicher an. »Also dann am Donnerstag.«

Unter dem Nebenschirm saß Uta Altmann auf einem Aluminiumklappstuhl, sehr aufrecht, in dem langen, geschlossenen Kleid, er lag in einer Dreiecksbadehose vor ihr im Sand.

»Sie sind die Altmanns, stimmt's? Nun ja, das lässt sich leicht merken. Sie heißen Altmann, sind aber noch sehr jung und auf der Hochzeitsreise. Sicher ein Geschenk der lieben Eltern.«

Altmann lachte. »Mann, was denken Sie! Wir verdienen mehr als unsere Alten. Wir sind Dreher, wir können unsere Reise selbst bezahlen. Wetten, dass ich mehr verdiene als Sie?« Er hielt die Hand hin.

»Gewonnen, gewonnen. Wie ist es, kommen Sie mit zur Pirateninsel? Ich nehme an, Sie haben hören können, was ich soeben Doktor Enderlein erklärt habe.«

»Das ist wohl nichts für mich. Sie wissen ja ...« Uta Altmann zuckte unwillkürlich mit den Schultern, verzog aber sogleich das Gesicht und ließ die Schultern ganz langsam sinken. »Es ist kaum zum Aushalten«, stöhnte sie. »Wir wollten über Mittag im Hotel bleiben, aber da ist es noch schlimmer, so stickig. Am liebsten würde ich sofort abreisen.«

»Da ist eine Bootsfahrt gerade das Richtige.« Maiendorff wurde lebhaft. »Auf dem Wasser wird es kühl sein, und ich verspreche Ihnen ein Schattendach, notfalls werde ich selbst ein Sonnensegel setzen. Für die Besichtigung des Schlosses nehmen wir einen Schirm mit. Sie sollen einen ganzen Tag Kühle und Schatten haben. Sozusagen mein nachträgliches Hochzeitsgeschenk.«

Die Gotthardts sahen kaum hoch, als Maiendorff sie werben wollte. Sie luden ihn auch nicht in den Schatten ein.

»Ihre Tischnachbarn, Doktor Enderlein und Frau, kommen auch mit«, sagte Maiendorff schließlich. Gotthardts sahen sich an.

»Gut, wir fahren mit«, sagte er und griff unmissverständlich wieder nach seinem Buch.

Dafür wurde Maiendorff unter dem nächsten Schirm mit Kaffee und Kuchen bewirtet. »Unsere Thermosflasche haben wir immer bei uns«, erklärte Frau Kunack, »wohin wir auch reisen. Die war schon in Korea und in der Mongolei. Man will doch gerade im Urlaub nicht auf sein Kaffeestündchen verzichten. Haben Sie gesehen? Am Strandkiosk gibt es richtigen Nescafé – und billig, und der Kuchen ist auch vorzüglich. Probieren Sie mal, Herr …«

»Maiendorff, Hans-Peter Maiendorff, mit Doppeleff und ›ai‹ wie Maiennacht.« Er lachte, die anderen lachten mit. Als Kunack sich seinerseits vorstellen wollte, winkte Maiendorff ab.

»Nicht nötig, nicht nötig. Sie sind Herr und Frau Kunack aus Leipzig.« Maiendorff setzte sich auf das Handtuch, das Frau Kunack für ihn ausgebreitet hatte, nahm ein Stück Kuchen und eine Plasttasse voll Kaffee. »Ja, ich habe ein gutes Gedächtnis. Berufsbedingt. Ich bin Versicherungskaufmann, da kommt einem ein gutes Gedächtnis oft zupass. Und Sie? Lassen Sie mich raten. Sie haben etwas mit, äh, Kunst zu tun. Nein? Dann die Wissenschaft. Medizin, hab' ich's erraten?«

»Ja«, sagte Frau Kunack, »Zahnarzt. Beide. Wir können uns soszusagen gegenseitig auf den Zahn fühlen.«

»Entschuldigen Sie bitte. Da habe ich ja einen großen Fauxpas begangen, dass ich Ihnen den Titel vorenthalten habe …«

»Schon gut.« Sie winkte ab. »Sie erregen sich unnö tig, Herr Maiendorff. Wir haben den Doktortitel nicht. Fragen Sie bitte nicht, warum, das ist eine üble Geschichte.« Sie sah Maiendorff erwartungsvoll an, der aber fragte tatsächlich nicht.

»Nun, am Titel hängt nicht die Welt, ein Wissenschaftler gilt trotzdem immer etwas, in jedem Land und zu jeder Zeit.«

»Noch ein Stück Kuchen? Oder eine Tasse Kaffee? Vielleicht eine Zigarre? Egon, biete Herrn Maiendorff doch eine Zigarre an.«

Kunack kramte in dem großen, knallbunten Strandkoffer und brachte eine lederne Zigarrentasche hervor.

»Da können Sie mit gutem Gewissen zugreifen. Eine vorzügliche Sumatra. Die bekommt mein Mann von meinem Schwiegervater aus Bremen.«

Maiendorff wählte lange, hielt dann die Zigarre unter die Nase, schnupperte, nickte zufrieden, lehnte aber die angebotenen Streichhölzer ab. »Wenn Sie gestatten, nehme ich sie mit und rauche sie nachher. Ein so vorzügliches Kraut muss man in Muße genießen.«

»Mein Vater ist Tabakgroßhändler«, sagte Kunack. »Da sitze ich sozusagen an der Quelle. Jedesmal, wenn wir …«

Er brach mitten im Satz ab. Als Maiendorff sich umblickte, sah er, wie Frau Kunack ihrem Mann beschwörende Zeichen gab.

»Nun ja«, sagte Maiendorff, »weshalb ich zu Ihnen kam – haben Sie nicht Lust zu einer romantischen Bootsfahrt mit Picknick auf der Pirateninsel?«

»Das klingt verlockend, nicht wahr, Liebling?«, meinte Frau Kunack. »Ich finde, es klingt sehr verlockend. Wann denn?«

»Am Donnerstag.«

»Schade«, bedauerte Herr Kunack, »am Donnerstag können wir leider nicht.«

»Doch«, korrigierte sie ihn, »Donnerstag, das geht. Das passt sogar sehr gut. Also, mein lieber Herr Maiendorff, wir sind dabei. Nicht wahr, Egon?«

»Wenn du meinst, Liebling. Ja, du hast recht. Warum eigentlich nicht.«

Maiendorff ging zum Wasser hinunter. Er hatte Su sanne Ebert und Joachim Fielitz erspäht. »Sie habe ich schon gesucht«, rief er fröhlich. »Ein Sonderangebot, wie geschaffen für Verliebte. Fräulein Pittkowski und Herr Bockisch machen auch mit. Eine Bootsfahrt zu einem zauberhaften Schloss. Und Picknick auf der Pirateninsel. Am Donnerstag. Es sind gerade noch zwei Plätze frei. Sie sollten es sich nicht entgehen lassen.«

»Ich weiß nicht«, antwortete Fielitz zögernd. Dann lächelte er. »Oder doch? Ja, wir kommen mit.«

»Die blonde Susanne hat ihren Kavalier schon ganz schön unter dem Pantoffel«, sagte Maiendorff zu Annelie Fuchs. »Sie hätten sehen sollen, wie sie ihn mit einem leichten Armdruck dirigierte.«

»Ach was, er ist verliebt. Da tut er der Frau noch je den Gefallen. Wer weiß, wie lange das vorhält.«

»Trotzdem, ich wundere mich. Er machte auf mich den Eindruck eines Mannes, der genau weiß, was er will, und der auch bekommt, was er will. Ich halte ihn für einen dieser Karrieretypen. Das Zeug dazu hätte er: intelligent, gut aussehend, wendig, und in der Partei ist er bestimmt auch.«

»Ist er. In Schönefeld hatte er das Parteiabzeichen am Revers. Aber wissen Sie, Hans-Peter, gerade die männlichen Männer sind oft am leichtesten zu beherrschen. Die sind nicht so misstrauisch. Die sind so von sich überzeugt, dass sie gar nicht mitbekommen, wie die Frau sie um den kleinen Finger wickelt. Und wenn so einer auf Karriere aus ist, dann richtet sich sein Misstrauen vor allem gegen die Kollegen, die Chefs, die Untergebenen; er ist den ganzen Tag damit beschäftigt, seinen persönlichen Fortschritt zu betreiben, da will er sich zu Hause ausruhen, Hauptsache, die Frau ist bereit, den Steigbügel zu halten. Und zu putzen, versteht sich. Und wenn er sich dann endlich auf sein hohes Ross geschwungen hat, stellt er fest, dass sie leider nicht mehr gut genug ist, nicht repräsentativ genug für den Hauptabteilungsleiter oder Generaldirektor, ach was!«

»Es scheint, ich habe da einen empfindlichen Punkt bei Ihnen getroffen?«

»Und ob. Ich war mal mit so was verheiratet. Au ßerdem habe ich diese Typen aus allernächster Nähe studieren können, als ich noch fest angestellt war. Was glauben Sie, warum ich jetzt mit meinem kleinen Strumpfladen so glücklich bin? Ich könnte Ihnen Dinge erzählen! Aber das ist Schnee vom vergangenen Jahr. Haben Sie Ihre Bootsfuhre zusammen?«

»Wenn ich mir etwas in den Kopf gesetzt habe, dann schaffe ich es auch.«

»Da würde ich gerne mal sehen, was noch so in Ihrem Kopf steckt.«

»Lieber nicht.« Maiendorff grinste, dann glitt sein Blick ab, auf irgendeinen Punkt hinter ihr.

Annelie Fuchs drehte sich um und sah Susanne Ebert, die gerade ihre Beine einölte. Annelie Fuchs lachte spöttisch, als Maiendorff sich wieder ihr zuwandte. »Na, zurück auf der Erde?«

Maiendorff wurde rot.

»Geben Sie zu, das blonde Gift wäre genau Ihre Kragenweite.«

Er schüttelte den Kopf. »Was denken Sie! Ich bin viel zu alt für Fräulein Susanne. Die ist doch erst Anfang zwanzig.« Sein Lächeln war viel zu unsicher, um glaubwürdig zu sein.

»Ach was«, sagte sie, »ihr Männer wollt doch alle was Junges. Kann ich sogar verstehen. Sie hat eine wunderbare Figur, das muss der Neid ihr lassen. Warum sind Sie eigentlich nicht verheiratet, Hans-Peter?«

Er überhörte die Frage. »Ein Platz ist noch frei«, sagte er.

Der war kurz darauf auch besetzt. Die beiden hatten sich gerade vor den Schirm gelegt, um ein wenig Nachmittagssonne zu nehmen, Annelie Fuchs schob ihr rechtes Bein langsam, aber zielstrebig in Richtung Nebenmann, da fiel ein Schatten auf sie. Es war Frau Bähreis, die Seniorin der Gruppe. Sie trug einen leuchtend blauweißroten Badeanzug, der nicht nur im Gegensatz zu ihren mindestens sechzig Jahren stand, sondern ebenso zu der verträumten Art – wenn man es nicht als vertrottelt bezeichnen wollte –, in der sie umherging.

»Ich habe gehört, Sie veranstalten ein Picknick, Herr Maihofer?«, fragte sie so leise, dass sie kaum zu verstehen war.

»Maiendorff«, korrigierte er, »Maiendorff. Und nicht ich veranstalte es, sondern das hiesige Reisebüro. Ich habe es nur übernommen, unsere Gruppe zu befragen, wer mit machen will.«

»Ich«, flüsterte sie, »ich will mitmachen, Herr Maienhofer. Sie haben gewiss noch einen Platz für mich frei, nicht wahr?«

»Ja«, sagte Annelie Fuchs an seiner Stelle. »Sie haben Glück, es ist noch ein Platz frei.«

»Aber werden Sie es vertragen?«, fragte Maiendorff. »Lassen Sie sich nicht täuschen. Das Schwarze Meer ist nicht so ruhig, wie es von hier aussieht. Wir sind den ganzen Tag im Boot unterwegs. Nachher werden Sie uns seekrank.«

»Sehr freundlich, danke schön«, sagte Magdalene

Bähreis sanft. »Aber ich werde nicht seekrank. Sie glauben nicht, was ich alles vertrage. Voriges Jahr war ich in Ägypten. Da haben wir einen Kamelritt in die Wüste gemacht. Zuerst wollten die anderen mich nicht mitnehmen, dann habe ich die Schaukelei am besten von allen überstanden. Ich war auch als Einzige oben auf der Pyramide!« Sie schmunzelte. »Ich muss auch nie im Flugzeug spucken. Und Sie?«

»Sie reisen wohl viel?«, fragte Annelie Fuchs.

»Was soll ich sonst tun? Ich verreise mein ganzes Geld. Soll ich sparen? Eines Tages ist man tot, was hat man dann noch von seinem Geld?«

»An so etwas sollten Sie nicht denken.«

»Doch. Ich finde, man sollte daran denken. Dann genießt man die Gegenwart stärker. Also, bis später.«

2

Gleich nach dem Frühstück brachen sie auf, vornweg Sofia Romanowa und Frau Bähreis, die sich offensichtlich gut verstanden; sie lachten häufig und sahen sich dann jedesmal verschämt wie zwei junge Mädchen nach den anderen um. Den Schluss der Gruppe bildeten Maiendorff, Enderlein und Kunack, die sich laut über die Vor- und Nachteile verschiedener Filme, Apparate, Blenden und Filter unterhielten. Enderlein und Maiendorff schleppten gewichtige Fotokoffer.

Nicht nur Uta Altmann zog es in den Schatten. Bald hatten sich alle in dem hinteren Teil des Bootes unter dem Sonnendach eingefunden, nur Magdalene Bähreis blieb vorn sitzen. Sie hatte ihren breiten, geflochtenen Hut auf die Bank gelegt, sich zurückgelehnt, die Augen geschlossen und genoss das Wippen des Bootes. Wenn der Bug niedersank, holte sie tief Luft, wenn er wieder hochschnellte, atmete sie mit weit geöffnetem Mund aus. Ihr Gesicht trug einen verklärten Glanz. Ab und zu schlug sie die Augen auf, blickte zu Wassile, dem Bootsführer, einem jungen, schwarzbraun gebrannten, schwarzlockigen Mann, und wenn er es merkte und lächelte, lachte sie zurück, manchmal winkte sie auch mit den Fingern der linken Hand.

So saß sie die ganze Zeit allein im Bug, nur einmal wurde sie gestört, da kamen Susanne Ebert und Joachim Fielitz.

»Bitte«, die blonde Susanne hielt ihr den Apparat hin, »wir möchten gerne ein Foto von uns beiden.«

Fielitz musste sich auf die Bugspitze setzen, Susanne Ebert lehnte sich zwischen seine Schenkel und zoge seine Arme auf ihre Schultern.

»Bitte recht freundlich«, rief Frau Bähreis, »lachen, Herr Fielitz, lachen!«

Weil das Boot gerade geschlingert hatte, musste sie noch eine zweite und zur Sicherheit dann noch eine dritte Aufnahme machen.

Die Küste hielt, was Maiendorff versprochen hatte, die Verschlüsse klickten, man machte sich gegenseitig auf Motive aufmerksam, und Sofia Romanowa kündigte von ihrem Platz hinter dem Bootsführer rechtzeitig besondere Aussichten an. Heiter und gelöst stiegen die Reisenden vom Boot in einen modernen Touristenbus mit Flugzeugsitzen und hohen Fenstern um. Bis auf Magdalene Bähreis wurden alle mehr oder weniger seekrank, als der Bus sich schaukelnd und schlingernd in beängstigendem Tempo um die beängstigend engen Kurven der beängstigend schmalen Serpentinen hinaufwand und mit der heißen, trockenen Festlandsluft feiner, mehliger Staub in den Wagen zog.

Das Schloss sah aus wie eine Kreuzung zwischen englischem Jagdschloss und türkischem Bad. Die Enderleins, die offensichtlich etwas von Baustilen verstanden, grinsten breit, als es zum ersten Mal vor den Fenstern auftauchte, machten aber kommentarlos die Führung einmal rund um das Schloss und über die zwei Innenhöfe mit. Sie ließen sich auch nicht zu Worten hinreißen, wenn Annelie Fuchs ihr »Entzückend« oder Frau Kunack ihr »Ach, wie reizend« ausstießen, ihr Lächeln war bissig genug.

Nur wenige der Räume waren zur Besichtigung freigegeben, diese jedoch enthielten Jugendstilmöbel, die jeden Sammler vor Neid hätten gelb werden lassen. Sofia Romanowa musste zweimal zurückgehen und die Gotthardts holen. Der Ausblick vom Turm lohnte den Aufstieg. Hier oben, wo ein warmer Wind träge vorbeizog, der aber doch ein wenig Erfrischung brachte, erzählte Sofia Romanowa die Geschichte von der unglücklichen Prinzessin Nadja.

Der Bau des Schlosses war erst nach der Befreiung des Landes von den Türken im vorigen Jahrhundert begonnen worden und hatte den Bauherrn, Fürst Igor von Beliko, nahezu ruiniert. Den Rest des Familienvermögens verspekulierte sein Sohn um die Jahrhundertwende bei äußerst gewagten Börsenmanövern.

»So kam das Schloss an einen Tabakgroßhändler, der einer der reichsten Männer des Landes war. Deshalb hat man ihn auch geadelt, aber nur zum Baron. Also wollte er sein Renommee aufbessern, indem er seine Tochter Nadja mit dem Spross einer der alten Adelsfamilien verheiratete. Er fand einen passenden Schwiegersohn: Boris, den heruntergekommenen und völlig verarmten Enkel jenes Fürsten, der das Schloss von Beliko hatte bauen lassen, ein Spieler und Säufer und Frauenheld. Nadja, die keine Prinzessin, sondern nur eine Baronesse war – der Volksmund hat sie sozusagen befördert –, weigerte sich. Sie liebte einen jungen und schönen, aber armen Burschen. Da wurde sie hier auf das Schloss von Beliko gebracht und eingesperrt. Die hohen Mauern, der Burggraben und die Ziehbrücke, die nur als Zierat gebaut worden waren, bekamen tatsächlich eine Funktion: eine ungehorsame Tochter zu zwingen. Nadja aber blieb lieber auf dem einsamen Schloss und wartete auf ihren Geliebten. Vergeblich. Er soll bei dem Versuch, über die Schlossmauer zu klettern, abgestürzt sein und sich das Genick gebrochen haben.« Sofia Romanowa lächelte. »Es gibt keine Beweise, dass es den jungen Burschen wirklich gab, doch die Sage braucht ja keine Beweise, sie braucht nur Poesie. – Aber Boris kam«, fuhr Sofia Romanowa fort, »und wollte sich Nadja mit Gewalt nehmen. Nadja lief vor Boris weg, er verfolgte sie bis auf diesen Turm, da hat sie ihn im Handgemenge über die Brüstung gestoßen. Hier.«

Sofia Romanowa zeigte auf die Brüstung neben sich. Gleich drängten sich alle zu dieser Stelle, um nach unten zu sehen. Unter ihnen lag der Schlosshof.

»Die Sache wurde vertuscht. Man verbreitete das Gerücht, Boris sei ins Ausland gegangen und dort verschollen. Erst nach dem letzten Krieg kam die Wahrheit heraus.«

»Und was ist aus Prinzessin Nadja geworden?« erkundigte sich Frau Enderlein.

»Nadja hat das Schloss nie mehr verlassen. Sie hat bis kurz vor Kriegsende hier gelebt und den Rosengarten angelegt. Und man erzählt, sie habe die ganze Zeit auf ihren Geliebten gewartet, dem sie ewige Treue geschworen hatte, und mit ihren Tränen habe sie die Rosen, wie sagt man, benetzt, ja?«

»So etwas gibt es also wirklich!«, rief Annelie Fuchs überrascht. »Und ich dachte, das saugen sich die Romanschreiber aus den Fingern.«

»Kitsch, wie ihn nur das Leben schreibt.« Dr. Enderlein schüttelte den Kopf. »Es kommt aber auch alles vor, was in eine Edelschnulze gehört.«

»Ich weiß nicht«, meinte Fielitz, »ich finde, dass diese Geschichte eine ganze Menge über das Land und seine historischen und sozialen Bedingungen sagt; sie ist sogar typisch: die Verarmung des Adels, der versucht, der neuen Klasse Konkurrenz zu machen, und dabei scheitert; die De-facto-Machtübernahme durch die Großbourgeoisie, deren Pakt mit der korrupten und längst abgetakelten Feudalclique; auf der anderen Seite die Vergewaltigung der einfachen, guten Menschen, hier verkörpert durch das Mädchen, das den braven, aber armen Burschen –«

Dieter Gotthardt prustete, er war knallrot im Gesicht, Enderlein schlug ihm besorgt auf den Rücken. Gotthardt lächelte verlegen, nickte dann entschuldigend zu Fielitz, der ihn bitterböse ansah. »Na ja, so kann man es vielleicht auch sehen. Verzeihen Sie bitte.«

Dann hakte er seine Frau unter und zog sie zur an deren Seite der Brüstung.

»Liebe kann man eben nicht erpressen«, sagte Frau Enderlein.

»Ich will jetzt die Rosen sehen«, erklärte Magda Bähreis und ging zur Treppe.

Die Kunacks stürmten den anderen voraus durch den Rosengarten, jeder mit einer Kamera bewaffnet. Sie schienen im Wettbewerb um die schönsten Aufnahmen zu stehen, bei dem es, dem Eifer nach zu urteilen, mit dem sie das Spiel trieben, als ersten Preis mindestens einen Wartburg de luxe geben musste. So waren sie die Ersten, die den Rosengarten abgelaufen hatten. Sie warfen sich auf die Bank am Eingang zum inneren Schlosshof, streckten die Beine von sich und sahen zu, wie die Kellner die langen Tische eindeckten. Sofia Romanowa setzte sich zu ihnen.

»Ich hatte mir Ihretwegen schon Sorgen gemacht«, sagte sie. »Sie waren gestern weder beim Frühstück noch beim Mittag- oder Abendessen.«

»Gestern waren wir unterwegs«, sagte Kunack.

»Und die Nacht davor waren Sie nicht im Hotel.«

»Wir haben einen Ausflug gemacht.«

Sofia Romanowa sah erst ihn, dann seine Frau an. »Sie sollten es mir vorher sagen. Damit ich mir keine Sorgen machen muss.«

»Was gibt es da zu sorgen«, sagte sie bissig. Kunack stieß seine Frau an, aber die brauste auf. »Wenn ich irgendetwas nicht ausstehen kann, dann diese dauernde Bevormundung. Sogar im Urlaub. Ist es nicht unsere Sache, was wir tun? Wir wollen Urlaub machen, verstehen Sie? Urlaub. Weiter nichts. Ist das zu viel verlangt?«

»Aber Sie hätten verunglückt sein können«, entgegnete Sofia Romanowa freundlich und stand auf.

Annelie Fuchs hatte sich auf Maiendorffs Fährte ge setzt. Sie schlenderte – zufällig, wie ihre pendelnden Arme sagen sollten – die gleichen Wege entlang, die er nahm, schlug auch dreimal den Haken wie er, holte ihn ein. »Herrlich, nicht wahr«, sagte sie und zeigte mit großer Geste rundum, als präsentiere sie ihren eigenen Garten.

Maiendorff schwenkte in einen engen Seitenweg.

»Hallo«, rief sie, »so schnell entwischen Sie mir nicht. Was ist los mit Ihnen? Sie machen sich so rar. Ich hatte schon Angst, Sie seien krank.«

»Krank? Warum?«

»Weil Sie gestern den ganzen Tag nicht zu sehen waren und vorgestern auch nicht. Gestern Abend kamen Sie nicht mal zum Essen.«

»Sie machen sich unnötig Sorgen, liebe Frau Fuchs. Ich habe nur meinem Hobby gefrönt.« Er schlug auf den Fotokoffer. »Ich war am anderen Ende des Strandes, am Fischerhafen.«

»Am Fischerhafen? Abends auch?«

»Auch abends, wenn Sie nichts dagegen haben.«

»Warum so beleidigt, mein Lieber?« Sie lachte ihn an. »Von mir aus können Sie sich mit Ihrer Westverwandtschaft treffen, sooft und wo sie Lust haben.«

»Westverwandtschaft? Sie sind ja verrückt. Ich habe keine Westverwandtschaft«, knurrte er böse und zog davon.

Als es zu Tisch ging, setzte sich Maiendorff schnell zwischen Sofia Romanowa und Frau Bähreis. Annelie Fuchs quittierte das mit einem besonders spitzen Lachen und fing an, auf Teufel komm 'raus mit Kunack zu flirten, der neben ihr saß.

Die Mittagshitze setzte allen zu. Nur Magdalene Bähreis schien erst richtig aufzutauen, sie redete auf Maiendorff ein und schwärmte von ihren Reisen nach Mittelasien. Die meisten ließen die Suppe unberührt zurückgehen und hielten sich dafür um so stärker an den eiskalten Weißwein. Die Gesichter wurden immer roter und die Stimmen immer lauter. Die Explosion ereignete sich zwischen Kompott und Kaffee. Es fing damit an, dass Uta Altmann wieder einmal über die Hitze klagte.

»Scheißsonne«, rief sie, so laut, dass auch an den anderen Tischen die Köpfe wie auf Kommando herumflogen.

»Wir fahren ja gleich wieder ans Wasser«, beruhigte sie ihr Mann.

»Was glotzen die so!«, maulte Uta. »Darf man nicht mal mehr Scheiße sagen? Scheißsonne!«

»Wegen der Sonne sind wir schließlich hergekommen«, sagte Frau Kunack pikiert. »Wer würde sonst hierher fahren? So schön ist es nun auch wieder nicht. Da würde man doch lieber zu den Polen oder den Tschechen fahren, da könnte man wenigstens was Anständiges einkaufen. Haben Sie hier schon etwas Vernünftiges zum Kaufen entdeckt? Na also.«

»Mir gefällt's«, sagte Susanne Ebert. »Und hier erst recht. Das Schloss, der Rosengarten und das Essen hier im Schlosshof, die Kellner in ihren Kostümen, einfach schau. Richtig wie im Mittelalter.«

»Quatsch«, sagte Peter Bockisch, »du hast doch gehört, das Schloss ist kaum hundert Jahre alt.«

»Sieht aber aus wie Mittelalter. Und die Kostüme?«

»Fantasiekostüme aus einer Theaterwerkstatt. Die hat sich irgendein cleverer Reklamemann einfallen lassen, um Leuten wie dir zu imponieren. Das ist wirklich Schau, Showbusiness. In Rom gibt es Lokale, da laufen die Kellner als römische Sklaven herum.«

»Und die Kellnerinnen?«, fragte Enderlein. »Ich erinnere mich an ein paar Abbildungen von Sklavinnen in meinem Geschichtsbuch, die mich im Gymnasium ziemlich aufgeregt haben.«

Bockisch zuckte mit den Schultern. »Im Vertrauen, ich habe es auch nur in einer Illustrierten gelesen.«

»Es sieht aber aus wie original«, beharrte Susanne Ebert. »Findest du nicht auch, Achim?«

»Glaube mir«, sagte Bockisch, »wenn es original Mittelalter sein sollte, dann müsste es türkisch sein. Die waren hier doch jahrhundertelang von den Türken besetzt. Daher auch diese Musik und der süße Kaffee und der übersüße Kuchen und was weiß ich nicht alles, original wie in Istanbul. Die Türken haben alle Balkanesen –«

»Habe ich richtig gehört?«, unterbrach Fielitz. »Sagtest du Balkanesen?«

»Ja, sagte ich.«

»Nimm das sofort zurück.«

»Warum?«

»Weil das eine Beleidigung unserer Gastgeber ist.

Überhaupt, wie du von ihnen sprichst. Als hätten sie keine Kultur. Ich finde das unverschämt.«

»Nun mach dir man nicht gleich in die Hosen.«

Fielitz sprang auf und beugte sich über den Tisch. »Nimm es zurück! Entschuldige dich bei Sofia Romanowa, oder –«

»Oder was?« Bockisch war ebenfalls aufgestan den. Die beiden starrten sich über den Tisch hinweg an.

Gotthardt versuchte zu vermitteln. »Bitte beruhigen Sie sich doch.«

»Ich habe recht«, sagte Fielitz, »und gerade Sie sollten mich unterstützen, Genosse Gotthardt, gerade Sie!«

»Ja und nein. Sie haben recht, was den Ausdruck Balkanese betrifft, er klingt sehr abfällig. Ich wundere mich, woher so etwas kommt. Ihr Freund sollte ihn tatsächlich zurücknehmen.«

»Er ist nicht mein Freund.«

»Gut. Also Herr Bockisch sollte ihn zurücknehmen. Aber im Übrigen hat er nicht unrecht. Die Kultur hier ist tatsächlich sehr stark von der jahrhundertelangen Besetzung durch die Türken geprägt. Das ist schließlich kein Geheimnis, geschweige denn eine Diffamierung, oder? Wie sehen Sie das, Sofia Romanowa?«

»Ich habe nicht verstanden, worüber die beiden sich gestritten haben.« Ihr Versuch zu lächeln strafte sie Lügen.

»Schon gut«, knurrte Bockisch, »ich nehme den Ausdruck Balkanesen zurück. War nicht so gemeint. Ja, ich entschuldige mich. Ich wollte Sie nicht beleidigen, Sofia, wirklich nicht.«

»Mich?«

Er nahm ihre Hand und drückte einen Kuss darauf. »Verziehen?«

Dann reichte er Fielitz die Hand über den Tisch.

Fielitz blickte um sich. Als er sah, wie alle ihn beobachteten und Gotthardt ihm zunickte, schlug er ein.

3

Die Sonne stand schon tief, als sie sich der Pirateninsel näherten. Wassile drehte eine Runde um die kleine, steil aus dem Wasser ragende, dicht mit Gestrüpp und Bäumen bewachsene Insel, die, wie Sofia Romanowa erzählte, von den Fischern Träneninsel genannt wurde, weil sie die Form einer Träne habe. Auf der »Tränenspitze«, die sich zehn oder zwölf Meter über die Wasserfläche erhob, stand ein kleines, windschiefes Haus.

»Das Piratennest«, erklärte Sofia.

Hinter der Spitze öffnete sich eine Bucht mit flachem, sandigem Strand. Wassile stellte den Motor ab und ließ das Boot ans Ufer treiben. Sofia Romanowa zeigte über die Bordkante, um den Bootskörper wimmelte es von farbenfreudigen, fremdartigen Fischen.

»Hier angeln!«, entfuhr es Enderlein.

»Tauchen«, sagte Bockisch, »tauchen. Hier kann man sie ja mit der Hand fangen. So ein Mist, dass ich meine Taucherbrille vergessen habe.«

»Ich hole dir einen Fisch«, rief Anke Pittkowski und hopste ins Wasser; sie hatte seit der Abfahrt von Beliko im Badeanzug gesessen und schon unterwegs ein paarmal über Bord gehen wollen. Susanne Ebert sprang hinterher. Fünf Minuten später tummelten sich auch die anderen im Meer.

Uta Altmann raffte ihr Kleid und stolzierte, bis zu den Knien im Wasser, das kurze Stück Strand vom Steilufer bis zu der Stelle, an der Wassile das Boot auf Land gezogen hatte, und wieder zurück. Ihr Mann begleitete sie. Es sah wie eine Ballettszene aus, wie er sie mit der einen Hand stützte und mit der anderen den Sonnenschirm über ihrem Kopf balancierte.

»Daran könntest du dir mal ein Beispiel nehmen«, sagte Evelyn Kunack in gequält scherzhaftem Ton zu ihrem Mann. In dessen Miene stritten Belustigung, Mitleid und Verachtung miteinander. Evelyn Kunack ließ die Schultern hängen. »Ich dachte –«

»Unsinn«, unterbrach er, »du dachtest ganz sicher Unsinn.« Er ging mit langen Schritten zum Waldrand, wo gerade Enderlein und Gotthardt verschwanden; kurz darauf hörte man gellende Indianerschreie.

Evelyn Kunack hockte sich abseits der anderen an den Strand und starrte auf das Meer. Ziemlich weit draußen lagen Susanne Ebert und Achim Fielitz auf einem großen Stein in der Abendsonne. Wassile schleppte riesige Körbe an Land, säuberte mit einem Handfeger die Baumstämme, die um eine alte Feuerstelle gruppiert waren, holte Sitzkissen aus dem Boot und legte sie auf die Stämme.

Annelie Fuchs nahm einen Ast auf und brachte ihn Wassile. »Soll ich helfen? Holz suchen? Für Feuer?«

Wassile lachte sie an. Es sah aber nicht so aus, als ob er verstanden hätte, was sie wollte. Sie zeigte zuerst auf sich, dann auf den Ast.

»Danke schön«, sagte er mit kehligem Akzent und ging in den Wald.

»Was nun, danke ja oder danke nein?«, murmelte sie verwirrt.

»Abgeblitzt?« Maiendorff stand feixend hinter ihr. Annelie Fuchs zog eine Grimasse und wandte sich ab. Maiendorff folgte Wassile.

Kurz darauf kamen die beiden wieder, in jeder Hand ein mit Draht gebundenes Bündel sauber zugeschnittener Scheite. »Die Piraten haben gut für uns gesorgt«, rief Maiendorff. »Da hinten gibt es ein paar Mieten Feuerholz, das reicht über den Winter.« Er half Wassile, die Scheite fachgerecht aufzuschichten. Annelie Fuchs sah zu, aber ihr Interesse galt offensichtlich Wassile. Wenn er in ihre Richtung sah, lachte sie ihn ungeniert an. Als die Flammen hochschlugen, richtete Maiendorff sich auf und strahlte. Wassile schüttelte ihm beide Hände mit theatralischer Geste, als habe Maiendorff soeben das Feuer erfunden. »Spezialiste, spezialiste!«

»Gelernt ist gelernt«, erwiderte Maiendorff.

»Wohl bei den Jungen Pionieren.« Annelie Fuchs grinste.

»Nee, bei Adolf. Für die Pioniere war ich zu alt. Sie doch wohl auch, oder?«

Maiendorff schleppte seinen Fotokoffer an das Wasser, breitete ein großes, blau-weiß kariertes Tuch aus und legte für mindestens dreitausend Mark Fotoausrüstung zurecht; die anderen gesellten sich zu ihm, auch die Entdeckungsreisenden kehrten zurück, lärmend, aufgekratzt, albernd, holten ebenfalls ihre Kameras, schließlich standen alle dicht gedrängt wie die Bildreporter bei der Etappenankunft der Friedensfahrer, obwohl der Strand breit genug für ein paar hundert Fotografen gewesen wäre.

Magda Bähreis betrachtete die aufgeregte Schar amüsiert. Nur die Gotthardts blieben abseits, hielten sich an den Händen und sahen versunken auf das Meer hinaus, selbst als die Sonne schon blutrot hinter den Bergen verschwunden war und die anderen sich ans Lagerfeuer setzten. Maiendorff pirschte sich heran und fotografierte die beiden. Als sie von dem Klicken der Kamera aufschreckten, sagte er: »Ich konnte nicht anders. Wie Sie dastanden! Diese Silhouette vor dem Meer! Sie bekommen auch einen Abzug von mir.«

Lisa und Dieter Gotthardt sahen sich an, lachten und liefen, immer noch Hand in Hand, zum Feuer.

Zum Picknick gab es frisch gebratene Schaschliks, geräucherten Fisch, Eselswurst, Käse, Schinken, Brot und Rotwein. Wassile sang schwermütige Lieder zur Gitarre, und man bescheinigte sich gegenseitig immer wieder, wie klug man doch gewesen war, einen so schönen, so romantischen, so wundervollen, so einmaligen, himmlischen Ausflug mitgemacht zu haben.

»Und jetzt«, kündigte Sofia an und machte eine bedeutungsschwere Pause, »jetzt folgt der Abschluss und Höhepunkt unseres Picknicks: Wir gehen zu der verfallenen Hütte und trinken Piratenpunsch!«

Es war ein abenteuerlicher Weg durch den fast dunklen Wald, Wassile ging vornweg. Sofia als Letzte; alle lachten und kreischten, machten Indianer, Gespenster, Eulen und Käuzchen nach, Kunack konnte sogar Wolfsgeschrei imitieren.

In der Hütte war es stockfinster. Ein Streichholz flammte auf, kurz darauf loderte Feuer im Kamin, flackerndes Licht zeichnete gespenstische Schatten an die geborstenen Wände, die mit alten Netzen, präparierten Fischen, Enterbeilen und sogar Morgensternen dekoriert waren. Jeder drängte sich zum Kamin, der im Halbrund in den Raum ragte. Der Punsch war ausgezeichnet. Sofia erzählte Gespenstergeschichten, Maiendorff rezitierte den Erlkönig, original und sächsisch und für Autofahrer; Gedichte von Morgenstern, Ringelnatz und Tucholsky wurden vorgetragen, Enderlein brachte eine Fassung von Schneewittchen für Erwachsene.

Dann stand Wassile in der Tür und winkte Sofia zu sich; die beiden tuschelten, gingen vor die Hütte, redeten aufgeregt und immer lauter, Sofias Stimme hatte plötzlich einen scharfen Ton. Als sie wiederkam, lächelte sie verlegen. »Wassile hat Schwierigkeiten mit dem Motor. Der springt nicht an. Entschuldigen Sie bitte, wenn es ein wenig später wird mit der Abreise.«

»Macht überhaupt nichts«, rief Maiendorff. »So lange wir genug zu trinken haben! Von mir aus können wir die ganze Nacht hierbleiben. Und morgen auch noch. Die ganze Woche.«

»Ich gehe mal nachsehen«, sagte Peter Bockisch, »vielleicht können wir Wassile helfen? Kommst du mit?« Fielitz sah kaum auf.

»Ich komme mit.« Wolfgang Altmann erhob sich. Kunack schloss sich an. Sie kehrten mit langen Gesichtern zurück.

»Nichts zu machen, wir sitzen fest«, erklärte Altmann, »und beim Licht der Taschenlampe konnten wir nicht mal rauskriegen, woran es liegt.«

»Was heißt das?«, fragte Frau Kunack erregt. »Soll das etwa heißen, dass wir hierbleiben müssen?«

»Ja, meine Liebe«, antwortete ihr Mann vergnügt, »genau das heißt es.«

Nun redeten alle durcheinander, Evelyn Kunack übertönte die anderen mit schriller Stimme. »Typisch. Das hätten wir uns denken können, dass irgendetwas –«

»Evelyn«, mahnte ihr Mann, »Evelyn.«

»Ist das echt oder auch arrangiert?«, fragte Enderlein.

»Liebe Freunde«, sagte Sofia laut, »liebe Freunde, meine Damen und Herren, bitte Ruhe, Ruhe! Ich glaube, es ist nicht so schlimm, nicht wahr? Natürlich, es ist nicht gut. Ich entschuldige mich offiziell bei Ihnen. Aber ich denke, es gibt keinen Grund, sich zu beunruhigen. Wassile wird das Boot so schnell wie möglich in Ordnung bringen.« Sie warf Wassile einen Blick zu, der ihn sofort vertrieb.

»Und wenn es ihm nicht gelingt?«, fragte Evelyn Kunack. »Und wenn es ihm nun nicht gelingt? Was dann?«

»Werden wir auch nicht daran sterben«, sagte Enderlein. »Die Nächte sind hier ja nicht kalt, zumindest nicht um diese Jahreszeit. Außerdem haben wir ein Feuer.«

»Und genug Holz«, warf Maiendorff ein.

»Auch genug Wein, noch einen Punsch zu machen?«, erkundigte sich Bockisch.

»Ich gehe gleich in den Keller«, versprach Sofia, »da ist noch Wein, und ein paar Decken sind auch da.«

»Zu essen haben wir auch genug«, sagte Magdalene Bähreis fröhlich. »Ich finde das eigentlich ganz schön. Ich wollte schon als junges Mädchen immer mal eine Robinsonade erleben.«

»Ich will nicht auf dieser dreckigen Insel bleiben!« Evelyn Kunack begann, hemmungslos zu weinen. »Los, Egon, sag doch auch was. Tu doch was!«

Kunack nahm sie in die Arme und streichelte ihr Haar. »Beruhige dich. Ganz ruhig, ja? Ganz ruhig. Niemand tut dir etwas.«

»Kann ich helfen?«, fragte Enderlein.

»Das flackernde Licht, die Nacht und die ganze un gewöhnliche Situation«, erklärte Kunack. »Sie hat auch Angst in Fahrstühlen. In einen Keller geht sie nie. Ich glaube, sie ist mal im Krieg verschüttet gewesen. Sie spricht nicht darüber.«

»Hat sie denn öfter solche hysterischen Anfälle?«

»Ja, sie ist auch in Behandlung. Aber wir haben die Medikamente im Hotel gelassen. Wir dachten ja nicht, dass wir sie brauchen würden.«

»Ich werde mal nachsehen, was Sofia in ihrer großen Tasche hat.« Enderlein kam mit zwei Tabletten wieder. Frau Kunack weigerte sich, sie zu nehmen. »Nein«, keuchte sie, »nein, ich nehme keine Tabletten, die ich nicht kenne.«

»Du kannst sie unbesorgt nehmen«, sagte Kunack, »Doktor Enderlein ist Internist.«

»Und wenn er Nobelpreisträger wäre!«, schrie sie, schluchzte noch einmal heftig auf, schluckte dann doch die Tabletten und lag danach ganz ruhig im Schoß ihres Mannes und schien einzuschlafen; als sie zwanzig Minuten später die Augen aufschlug und sich aufrichtete, war sie völlig verwandelt, war heiter und ausgeglichen.

»Im schlimmsten Fall müssen wir bis morgen nachmittag warten«, sagte Sofia, »da kommt ein anderes Boot mit Touristen.«

»Mir ist es egal«, seufzte Uta Altmann, »ich kann im Hotel auch nicht schlafen. Vor allem morgens, wenn die Sonne aufgeht. Die knallt selbst so früh schon. Und noch durch die Vorhänge.«

»Geht mir auch so«, bestätigte Susanne Ebert.

Lisa Gotthardt flüsterte ihrem Mann etwas ins Ohr. »Wollen Sie mit uns tauschen?«, fragte sie dann. »Unser Zimmer geht zum Wald hinaus. Es hat allerdings den Nachteil, dass man bis Mitternacht die Musik von irgendeinem Restaurant hört.«

»Macht nichts, macht nichts«, sagte Uta schnell. »Das würden Sie wirklich machen? Danke schön.«

»Von mir aus braucht Wassile das Boot heute nicht mehr hinzubekommen«, erklärte Maiendorff. »Ich wollte mich sowieso mal ganz früh wecken lassen, um den Sonnenaufgang zu fotografieren. Wenn ich mir das vorstelle – morgen früh, das Boot am Strand, die Nebel steigen, die Sonne taucht aus dem Meer –«

»Nebel wird es nicht geben«, erwiderte Sofia, »es ist viel zu trocken.«

»Dann kann ich endlich mal am Strand schlafen«, rief Anke Pittkowski, »das wollte ich immer schon, aber an der Ostsee kommt ja gleich ’ne Streife und scheucht einen weg.«

»Der Strand ist nun mal Grenzgebiet«, bemerkte Gotthardt.

Anke Pittkowski sah ihn an. »Ja, ich weiß. Aber halten Sie mir bitte jetzt keinen Vortrag.«

Gotthardt lachte. »Ich nicht.« Sie drehten sich beide zu Fielitz um. Der saß versonnen in einer Ecke neben dem Kamin und blickte durch die Löcher im Dach.

»Pst«, machte Pitty, »der Agitator spricht mit den Sternen.«

»Seien Sie nicht so gehässig.«

»Na, hab' ich nicht recht? Was zu viel ist … Zumindest im Urlaub will ich meine Ruhe haben.« Sie packte Peter Bockisch am Arm. »Komm, wir lassen uns Decken geben und schlafen heute am Strand, ja? Im Mondenschein.«

»Bitte«, sagte Sofia. »Bitte bleiben Sie hier. Ich muss Sie sehr bitten. Ich habe die Verantwortung.«

»Aber wir müssen Holz holen.« Maiendorff stieß Fielitz an. »Los, junger Mann, keine Müdigkeit vorgetäuscht.«

Sofia stieg in den Keller, reichte Decken nach oben, dann Weinflaschen, ein paar Dosen Pulverkaffee, einen Wasserkessel und einen Karton Becher. »Da unten ist auch noch Mineralwasser für den Kaffee«, erklärte sie, »weil es auf der Insel keinen Brunnen gibt.«

Bald saßen sie wieder um den Kamin, tranken Kaffee oder Punsch, Maiendorff kannte eine Unmenge Robinson- und Inselwitze, Kunack imitierte Tierstimmen, dann war Geisterstunde, doch niemandem fiel eine richtige Gespenstergeschichte ein.

»Können wir nicht etwas spielen?«, schlug Magdalene Bähreis vor. »Es gibt doch so viele schöne Gesellschaftsspiele.« Aber sie wusste auch nichts anderes als »Hänschen, piep einmal« und »Drittenabschlagen« und »Ich sehe was, was du nicht siehst« und »Blindekuh«.

»Ich hätte vielleicht was«, meldete sich Enderlein. Seine Frau stieß ihn in die Seite. »Lass mich doch«, sagte er, »ist doch nur ein Spiel.«

»Was für ein Spiel?«, wurde er bedrängt.

»Mörder«, sagte er. »Kennt ihr das nicht? Das Mörderspiel.«

4

Annelie Fuchs kicherte. »Ich bringe Sie um, Hans-Peter, darf ich?«

»Sie sollten nicht so viel trinken«, gab der zurück. »Das klingt ja ziemlich aufregend«, sagte Magdalene Bähreis, »wie spielt man es denn?«

»Ganz einfach. Es wird gelost. Einer ist der Detektiv, der geht hinaus; ein anderer ist der Mörder; natürlich weiß niemand, wer.« Enderlein stand auf und stellte sich vor den Kamin, als wollte er einen Vortrag halten. Während er sprach, gestikulierte er mit den Armen, ihre Schatten flatterten wie die Flügel einer riesigen Fledermaus über die Seitenwände. Frau Kunack rückte näher an ihren Mann heran.

»Dann wird das Licht ausgemacht«, fuhr Enderlein fort. »Der Mörder sucht sich sein Opfer. Das schreit, nur zum Spaß, versteht sich, aber man muss ja wissen, wann die Tat geschehen ist. Dann zählt man bis zwanzig – schließlich will man den Täter suchen und nicht in flagranti ertappen –, und das Licht wird wieder angemacht. Der Detektiv kommt herein und beginnt seine Verhöre. Alle müssen die Wahrheit sagen. Nur der Täter darf lügen.«

»Muss ziemlich leicht sein, den Mörder zu finden«, sagte Frau Gotthardt. »Wenn alle anderen die Wahrheit sagen, muss er sich doch schnell in Widersprüche verwickeln.«

»Das glauben Sie. Manchmal ist es ganz schön verzwickt. Das liegt ganz an der Geschicklichkeit des Mörders.«

»Und die Leiche?«, fragte Anke Pittkowski. »Muss die Leiche die ganze Zeit liegen bleiben?«

»Nein, natürlich nicht. Die Leiche sagt, wie sie umgebracht wurde; weil man ja nicht sehen kann, ob sie erwürgt oder erstochen wurde. Dann kann sie tun und lassen, was sie will.«

»Und woher weiß die Leiche das?«

»Das merkt man doch«, sagte Peter Bockisch. »Stellst du dich aber dumm an. Bist du noch nie ermordet worden?«

»Haben Sie sich das ausgedacht, Doktor?«, fragte Gotthardt.

»Nein, das gerade nicht.«

»Mein Mann verschlingt doch Krimis wie – wie –«

»Opium«, warf er ein.

»Ja, richtig süchtig bist du. In irgendeinem Schmöker hat er es gelesen, und nun sucht er immer wieder Dumme, die es mit ihm spielen. Ich glaube, weil er selbst zu gerne Detektiv geworden wäre.«

»Weil es spannend ist«, rechtfertigte sich Enderlein. »Weil es Spaß macht. Weil es den Verstand anstrengt.«

»Ich finde es reichlich abwegig, Mörder zu spielen«, sagte Frau Gotthardt.

»Im Gegenteil, es ist sehr realistisch«, widersprach Bockisch. »Hat nicht jeder Mensch wenigstens einen, den er nur allzu gern um die Ecke bringen würde? Im Spiel das Leben meistern lernen.«

»Sie sind ein Zyniker.«

»Vielleicht.«

»Ach, ich stelle mir das ganz unterhaltsam vor«, sagte Magdalene Bähreis. »Ich rate im Fernsehen auch immer mit.« Sie blickte sich freundlich lächelnd um. »Meistens bekomme ich es nicht heraus, wer es war. Ich bin dafür, dass wir es mal versuchen. Wer noch?« Sie drehte sich zu ihrem Nachbarn und legte ihm die Hand auf den Arm. »Sie machen doch auch mit, nicht wahr?«

»Ich?« Fielitz sah sie ungläubig an. »Dass Sie so et was unterstützen!« Er schüttelte den Kopf. »Das ist doch, ist doch –«

»Dekadent?«

»Ja«, sagte er heftig, »dekadent. Unwürdig. Mörder spielen! Ich verstehe Sie nicht. Gerade von Ihnen hätte ich so etwas am allerwenigsten erwartet. Ich will Ihnen mal was sagen …«

»Oh, ich glaube nicht, dass Sie mich politisch auf klären müssen«, antwortete Magda Bähreis ganz ruhig. Eine Weile hörte man nichts als das Klappern der Schöpfkelle im Punschtopf und bedächtiges Schlürfen.

»Ich finde es nicht schlimm, wenn man verschiedener Meinung ist«, sagte Magdalene Bähreis schließlich, »und unser junger Freund sicher auch nicht, nicht wahr?« Sie nickte Fielitz freundlich zu. »Manchmal trifft man auch nur einen unglücklichen Ton. Dabei sind wir sicher gar nicht so unterschiedlicher Ansicht. Ich glaube, er hat so unrecht nicht: Mörder spielen ist wohl nicht gerade sehr fortschrittlich.«

»Mann, o Mann«, stöhnte Wolfgang Altmann, »ich

weiß gar nicht, was ihr habt. Bei uns im Fernsehen gibt's schließlich auch Krimis, oder? Wir können's ja ›Der Mann von der K‹ nennen. Ist es dann politisch unbedenklich?«

»Macht doch, was ihr wollt.« Fielitz stand auf und verzog sich in die Ecke neben der Tür. »Ich jedenfalls lehne es ab, mich an solch einem Spiel zu beteiligen.« Susanne Ebert setzte sich zu ihm, schmiegte sich an und flüsterte ihm etwas ins Ohr.

»Stoßen wir uns doch nicht an dem Namen«, erwiderte Enderlein. »Im Grunde ist es nur ein Spielmodell, eine Knobelaufgabe wie – wie Kreuzworträtsel. Und ideologisch sicher nicht bedenklicher als Schach. Wo bleibt da der Einspruch der Ideologen? Da werden die Bauern geopfert, um den König zu retten; ist das etwa sozialistisch? Man kann das Kind auch mit dem Bade ausschütten.«

»Was ist nun«, drängte Annelie Fuchs, »spielen wir oder nicht, sonst gehe ich ein bisschen nach draußen.«

»Ach was«, sagte Anke Pittkowski, »komm, Peter, wir gehen mal an den Strand.«

»Mir ist auch nach frischer Luft.« Maiendorff machte Anstalten hinauszugehen. Sofia Romanowa schickte Gotthardt hilfeflehende Blicke.

»Versuchen wir es doch einmal«, sagte der schnell. »Warum eigentlich nicht. Also, wie war das? Einer ist der Detektiv und einer der Mörder?«

Enderlein riss schon Blätter aus seinem Notizbuch, malte auf eines ein D und auf ein anderes ein M und faltete die Zettel. »Wer spielt nun mit?«

Sofia stand erleichtert auf. »Ich werde inzwischen zu Wassile gehen und nachsehen, wie es mit dem Boot steht.«

Enderlein hatte die Lose in einen Hut geworfen. Alle griffen zu.

»Wer hat das D?«

»Ich.« Wolfgang Altmann zeigte sein Los.

»Sie gehen nach draußen und warten, bis wir Sie rufen.«

»Und ich?«, entfuhr es Uta Altmann.

»Komm doch mit. Oder verstößt das gegen die Spielregeln?«

»Nein, nein. Nehmen Sie Ihre Frau ruhig mit. Sherlock Holmes hatte ja auch seinen Doktor Watson.«

Enderlein befestigte Decken vor dem Kamin und der zerrissenen Wand.

»Und nun?«, fragte Maiendorff. »Müssen die anderen sitzen bleiben?«

»Nein, im Gegenteil. Je mehr Bewegung, desto besser. Desto schwieriger wird die Aufklärung. Also los!«

Man hörte es rascheln, scharren, poltern. Plötzlich gellte eine Frauenstimme, jammerte, ließ den Schrei urplötzlich abbrechen, stöhnte und verstummte nach einem letzten, herzbeklemmenden Aufschrei.

»Licht!«, schrie Frau Kunack. »Licht!«

»Sofort«, antwortete Enderlein. »Eins, zwei, drei …« Jemand bewegte sich durch den Raum. Ein Becher fiel zu Boden und zerplatzte. »… achtzehn, neunzehn, zwanzig.« Es wurde schlagartig hell. Enderlein hatte die Decke vom Kamin gerissen. Er ging zur Tür und rief hinaus: »Ihr könnt kommen!«

Gotthardts saßen dicht beieinander, er hatte den Arm um ihre Schultern gelegt. Magda Bähreis hielt die Hände in den Schoß, ihre Finger waren wie zum Gebet gefaltet. Annelie Fuchs rieb an ihrem Rock. »Gibt Punsch Flecke?«, fragte sie. »Wenn das Flecke gibt, bezahlen Sie es mir!«

»Die Versicherung«, antwortete Maiendorff, »die Versicherung.«

Die Altmanns kamen herein. »Na«, fragte er, »wer ist denn nun die Leiche?«

»Ich.« Susanne Ebert stieß noch einmal einen Schrei aus, wie alle ihn soeben gehört hatten, verdrehte die Augen und ließ sich zu Boden sinken, stöhnte, röchelte, zuckte noch ein paarmal und lag dann ganz still; es sah ziemlich echt aus.

»Entschuldigen Sie bitte, dass ich Sie noch einmal stören muss.« Wolfgang Altmann stieß sie mit den Fingerspitzen an. »Aber wie sind Sie denn umgebracht worden?«

Susanne Ebert richtete sich auf. »Erstochen.« Sie zeigte auf die linke Brust. »Hier. Mit einem Brotmesser. Direkt ins Herz.«

»Woher weißt du, dass es ein Brotmesser war?«, fragte Peter Bockisch.

»Das hat mir der Mörder ins Ohr geflüstert.«

»Und wer war das?«

Susanne Ebert schmunzelte. »Wird nicht verraten.«

»Weiß du es denn?«

»Klar. Aber von mir erfährt keiner, wer mich umgebracht hat.«

5

Wolfgang Altmann sah von einem zum anderen, als könne er an den Gesichtern ablesen, wer der Täter sei.

»Nun bin ich aber gespannt, wer der Mörder ist«, sagte Kunack in die Stille.

»Vielleicht Sie? Was haben Sie in der fraglichen Zeit getan?«

»Ganz ruhig auf meinem Platz gesessen.«

»Ohne sich zu rühren?«

»Ohne mich woandershin zu begeben«, korrigierte Kunack.

»Meine Frau hat mich nicht fortgelassen.«

»Stimmt das?«

»Ja«, bestätigte sie.

»Dann sind Sie beide 'raus«, entschied Altmann. »Die Nächsten, bitte.«

»Sie sind aber schnell.« Lisa Gotthardt staunte. »Wieso schließen Sie die beiden schon aus?«

»Na klar«, erläuterte Altmann, »wir haben uns das genau überlegt. Nur einer darf lügen, der Mörder. Ich gehe davon aus, dass sich alle an die Spielregeln halten. Wenn sich also zwei gegenseitig ein Alibi geben, muss es echt sein, sonst würden zwei nicht die Wahrheit sagen.«

»Und wenn nun zwei die Tat gemeinsam ausgeführt haben?«

»Das gibt's nicht. Das war nicht ausgemacht!«

»Hoffentlich halten sich die Mörder immer daran, was ausgemacht wurde.«

»Wo waren Sie denn?«

»Na, hier, bei meinem Mann.«

»Stimmt das?«

»Ja, die ganze Zeit. Sie hat mich beschützt.«

»Kinder, seid ihr langweilig«, stöhnte Enderlein. »Wenn jeder an seinem Partner klebt und es dann auch sofort zugibt, ist es natürlich nicht schwer, den Mörder zu finden. Gut, gut, ihr spielt es zum ersten Mal.«

»Sie sind also auch 'raus«, sagte Altmann zu Lisa Gotthardt.

»Aber ich habe etwas bemerkt. Beinahe wäre nämlich ich das Opfer geworden. Deshalb habe ich mich nicht von meinem Mann weggetraut.« Sie wurde rot. »Na ja, das ist ganz schön unheimlich, wenn man im Dunkeln plötzlich Finger an der Kehle spürt.«

»Was für Finger?«, hakte Altmann sofort ein. »Erinnern Sie sich, waren es Männerhände, Frauenhände?«

»Keine Ahnung.«

»Aber Sie müssen sich doch erinnern können.«

»Ich war zu erschrocken.«

Enderlein nickte zufrieden. Peter Bockisch kostete den Punsch und fand ihn heiß genug. »Punsch«, rief er, »frischer, heißer Punsch! Nehmen Sie Punsch, bevor der Mörder noch einmal zuschlägt.«

»Du auch?«, fragte er, als Susanne Ebert ihm ihren Becher reichte. »Du bist doch tot, du brauchst nichts mehr. Du bist jetzt frei von allen Begierden und Wünschen, der ewige Friede ist über dich gekommen.«

»Wie fühlst du dich jetzt eigentlich?«, fragte Anke Pittkowski. »Ist es nicht ein sehr merkwürdiges Gefühl?«

»Ach was, einer muss die Leiche sein.«

»Darf ich auch mal wieder?«, unterbrach Altmann. »Ich möchte nämlich gerne herausbekommen, wer denn nun unsere blonde Susanne auf dem Gewissen hat.«

»Warum fragen Sie nicht Fielitz?«, fragte Bockisch. »Schließlich ist er der Hauptverdächtige.«

»Warum gerade ich?«

»Aus Eifersucht natürlich. Weil du gemerkt hast, dass Susanne mir schöne Augen macht.«

»Also, Herr Fielitz, was haben Sie in der fraglichen Zeit gemacht?«, fragte Altmann. »Haben Sie auch ein Alibi?«

»Ich bin still sitzen geblieben. Weil mir die ganze Sache zu albern ist. Und nun lassen Sie mich damit in Ruhe.«

»Sie brauchten ja nicht mitzuspielen.«

»Das hätte ich auch lieber nicht tun sollen.«

»Lass ihn doch«, sagte Uta Altmann. »Fragen wir erst jemand anderen.«

»Ich habe auch kein Alibi!« Magdalene Bähreis lächelte die Altmanns an. »Sie können mit mir machen, was Sie wollen, ich kann mich nicht erinnern, wo ich gewesen bin.« Sie blickte zu Enderlein hinüber, der am Kamin stand und sich mit einem Bleistiftstummel Notizen in ein Büchlein machte. Er nickte ihr ermutigend zu. »Ich weiß auch nicht, ich vergesse immer alles. Fragen Sie meinen Arzt, dort steht er.« Sie zeigte auf Enderlein. »Ist das schlimm? Muss ich nun in Untersuchungshaft? – Halt!«, rief sie, als Altmann sich Annelie Fuchs zuwenden wollte. »An etwas kann ich mich doch noch erinnern. Als es dunkel war, streifte etwas mein Gesicht, Stoff.«

»Was für Stoff? Erinnern Sie sich. Es ist wichtig.«

»Seide? Vielleicht Seide?«

»Also ein Kleid oder ein Rock.« Altmann sah sich suchend um.

»Es könnte auch das Futter eines Jacketts gewesen sein«, sagte Magda Bähreis. »Oder war es doch mehr wollig? Ja, ich glaube. Ich weiß es nicht mehr.«

Wolfgang Altmann seufzte und drehte sich Maiendorff zu.

»Ich habe ein Alibi«, erklärte der. »Ich wollte auf stehen und auf eigene Faust ein wenig Unruhe stiften. So hatte ich Sie verstanden.« Er sah zu Dr. Enderlein hinüber. »Aber dann bin ich über meine liebe Nachbarin gestolpert, und bis ich mich aufrappeln konnte, war der Schrei schon da, den unsere verehrte Leiche so überaus echt von sich gab. Ich kann es nicht gewesen sein.«

»War es so?«

»Ich weiß nicht.«

»Na, so alt sind Sie nun auch noch nicht, dass Sie sich mit Gedächtnisschwund aus Altersschwäche herausreden könnten«, knurrte Maiendorff.

»Ihretwegen konnte ich ganz andere Gebrechen bekommen.«

»Bestätigen Sie das Alibi von Herrn Maiendorff?«, fragte Altmann.

»Muss ich wohl. Schließlich hat er mir mein Kleid versaut.«

»Ich habe den Becher fallen hören«, sagte Lisa Gotthardt, »aber das war nach dem Schrei.«

»Ja, nach dem Schrei«, bestätigten auch die anderen.

»Das war mein Becher«, gestand Fielitz. »Ich wollte rausgehen, aber ich stieß an einen Kopf, da habe ich mich lieber wieder hingesetzt.«

»Sie also waren das«, sagte Johanna Enderlein. »Zeigen Sie doch mal Ihre Hand. Der, der mich anrührte, trug einen Siegelring.«

Fielitz streckte ihr seine Hand hin. Am Ringfinger steckte ein dicker silberner Ring mit seinen Initialen.

»Dann haben Sie beide also auch ein Alibi«, stellte Altmann fest. »Bleiben vier Verdächtige: Doktor Enderlein, Frau Bähreis, Peter Bockisch und Fräulein Pittkowski. Wir gehen jetzt zu verschärftem Verhör über. In Kürze wird sich einer als Mörder entlarven.«

Aber es dauerte und dauerte; vor allem Enderlein verwirrte die Situation immer wieder mit ausgeklügelten Zwischenfragen und Auskünften. Die Runde um die beiden Detektive löste sich allmählich auf.

»Ich muss noch mal mit der Leiche sprechen«, sagte Altmann. »Vielleicht komme ich dann weiter.«

»Was soll die schon verraten«, wandte Bockisch ein, »richtige Leichen sprechen auch nicht.«

»Oh, da irren Sie aber gewaltig«, widersprach Enderlein. »Eine Leiche verrät sehr viel. Viel mehr, als der Laie sich gemeinhin vorstellt. Schon am Tatort. Und dann bei der Obduktion. Also, ich hatte da mal eine –.«

»Franzl!«, mahnte seine Frau leise, aber bestimmt, und

die anderen erfuhren nicht, was Enderlein einmal bei einer Obduktion erlebt hatte.

»Arbeiten Sie bei der Polizei?«, erkundigte sich Bockisch.

»Nein, aber ich werde hin und wieder von unseren Experten im Kreis hinzugezogen.«

Altmann drehte sich um und rief: »Fräulein Susanne, kommen Sie bitte mal her? Fräulein Susanne!«

Bockisch stieß Fielitz an. »Weißt du nicht, wo Susanne ist?« Der schien aus einem tiefen Traumloch zu kommen; er sah Bockisch verständnislos an.

»Wo ist Susanne?«

»Susanne? Ich weiß nicht. Sie war doch eben noch da!«

»Du könntest ruhig ein bisschen besser auf deine Braut achten.«

»Sie ist nicht meine Braut«, entgegnete Fielitz überraschend scharf.

»Also gut, auf dein Mädchen.«

»Frau Fuchs ist auch nicht da«, stellte Magdalene Bähreis fest, »vielleicht sind die beiden zusammen hinausgegangen?«

Peter Bockisch stieß Fielitz wieder an. »Los, geh schon.«

»Wohin denn?«

»Sie suchen, natürlich.«

»Warum?«

»Damit wir beruhigt sein können, dass es unserer Leiche gut geht«, sagte Magda Bähreis aufgeräumt. »Ich finde das alles sehr aufregend; nun ist sogar die Leiche verschwunden. Ob das auch der Mörder war? Was meinen Sie, Sherlock Holmes?«

Altmann zuckte mit den Schultern, stand auf und folgte Fielitz, Bockisch und Enderlein, die vor die Hütte traten. Das Licht des Vollmondes wirkte nach dem Flackern des Kaminfeuers weiß und klar.

»Susanne!«, rief Fielitz ein paarmal, dann hob er hilflos die Arme. »Sie wird schon kommen.«

Enderlein legte die Hände an den Mund. »Fräulein Ebert! Frau Fuchs!«, schrie er in den Wald.

Dann riefen die vier im Chor, doch niemand antwortete. Dafür brach Maiendorff aus dem Dunkel vor ihnen, er hatte in jeder Hand ein Bündel Holz. »Was ist los?«, fragte er.

»Die beiden Frauen sind verschwunden«, antwortete Enderlein.

»Vielleicht haben sie sich versteckt und denken, wir suchen sie jetzt«, sagte Bockisch.

»Warum sollten sie?«, fragte Altmann.

»Weil sie es für einen umwerfenden Gag halten, zum Beispiel, wir haben doch alle zu viel Punsch getrunken.«

»Sollen wir etwa den Wald absuchen?«

»Nein, abwarten. Wenn es denen zu langweilig wird, werden sie ganz von allein kommen. Was meinst du, Achim?«

»Was weiß ich«, brummte der.

Sie gingen wieder hinein. Kurz darauf kam Annelie Fuchs. Sie keuchte, und ihre Wangen glühten. »Ganz schön anstrengend«, sagte sie. »Ich hätte mich fast verlaufen. Irgendwo bin ich vom Weg abgekommen. Schönen Dank, dass ihr gerufen habt.« Sie nahm ihren Becher, schenkte sich Punsch ein, stürzte ihn hinunter.

»Kommt Susanne Ebert auch gleich?«, erkundigte sich Altmann.

»Woher soll ich das wissen?«

»Gestehen Sie lieber«, sagte Bockisch. »Sie haben soeben die Leiche im Wald verscharrt. Um die Spuren zu verwischen. Sie sind der Mörder!«

»Ich? Warum sollte ich?«

»Wir machen weiter«, kommandierte Altmann. »Die Verdächtigen wieder zu mir!«

Das Verhör schleppte sich trotz Enderleins Hilfe dahin.

Sofia Romanowa kam zurück. »Wassile hofft, dass er den Fehler gefunden hat. Und wie steht es hier? Hat man den Mörder entdeckt?«

»Noch nicht. Dafür ist die Leiche verschwunden. War Susanne Ebert am Boot?«

»Bei Wassile? Nein. Ist sie schon lange fort?«

Lisa Gotthardt stieß ihren Mann an. »Du, ob wir nicht doch mal –?«

»Soll sich ihr Freund um sie kümmern«, brummte Gotthardt.

»Der schläft.«

»Ich auch.« Er lehnte den Kopf auf die Schulter sei ner Frau und imitierte Schnarchen.

Sie schüttelte ihn. »Ich glaube, sie hatte ziemlich viel getrunken.«

»Schon gut«, seufzte Gotthardt, »ich gehe ja schon.« Er ging mit Sofia hinaus.

Nach etwa zehn Minuten kamen sie zurück. Sofia lehnte sich an die Wand und atmete schwer. Gotthardts

Gesicht war klein und verschlossen. Er trat zu Fielitz, legte ihm die Hand auf die Schulter. Fielitz schreckte hoch. »Was ist los?«

»Wir haben Susanne gefunden«, sagte Gotthardt. Er sprach sehr leise. »Sie ist abgestürzt. Hinter der Hütte.«

»Was ist los?«, rief Evelyn Kunack. »Ich habe nichts verstanden, was ist los?«

»Susanne Ebert ist verunglückt«, antwortete ihr Mann. »Abgestürzt. Am Steilufer.«

»Ist sie tot?«

Kunack sah Gotthardt an, der zuckte mit den Schultern, aber sein Gesichtsausdruck ließ keinen Zweifel darüber, was er dachte.

»Wahrscheinlich«, sagte Kunack.

»Susanne?«, fragte seine Frau noch einmal. »Die blonde Susanne? Unsere Leiche? Unsere Leiche ist tot?« Dann begann sie zu schreien.

6

Evelyn Kunack stand wie versteinert da, den Kopf in den Nacken gelegt, den Mund offen, die Augen geschlossen, ihre Arme hingen leblos herunter. Die anderen starrten sie an, starrten auf die kirschrot geschminkten, weit aufgerissenen Lippen, aus denen diese entsetzlichen, nervenzerreißenden Töne quollen, wichen zurück an die Wand, sodass sie allein in der Mitte des Raumes blieb, starr und schreiend. Es schien endlos zu dauern, bis ihr Mann zu ihr trat, sie in die Arme nahm, beruhigend über ihre Schultern strich und ihr zuredete.

»Ev, Ev«, sagte er immer wieder, wie einen Zauber spruch, und tatsächlich schien sie mit jedem Ev eine Nuance leiser zu werden. Sofia Romanowa reichte Enderlein unaufgefordert ihre Medizintasche. Kunack ließ sich langsam zu Boden gleiten, seine Frau immer noch im Arm, er drehte sie behutsam, sodass sie, als er saß, in seinem Schoß ruhte; er schien Übung darin zu haben. Enderlein gab ihm zwei Tabletten. Er steckte sie seiner Frau in den Mund, setzte ihr eine Wasserflasche an die Lippen; sie schluckte gehorsam.

»Gibt es hier Stricke oder Leitern?«, fragte Gotthardt; die Gesichter wandten sich ihm zu, verwundert, so schien es, was er wohl mit Stricken oder Leitern zur Beruhigung der jetzt krampfartig schluchzenden und zuckenden Evelyn Kunack anfangen wolle, dann erschrocken, weil ihnen wieder einfiel, was der Grund für den hysterischen Anfall gewesen war.

»Soviel ich weiß, nicht«, sagte Sofia Romanowa. »Soll ich Wassile holen?«

»Nein, bleiben Sie lieber hier. Können wir ihn rufen? Kann er es hören?«

Sie ging hinaus und rief, Wassile antwortete.

»Die Männer zu mir«, forderte Gotthardt. Fielitz starrte ihn an. Er war kreidebleich. Er schluckte, als müsse er sich gleich übergeben. Gotthardt winkte seiner Frau. »Kümmer dich um ihn. Ein starker Kaffee wird ihm guttun. Die Übrigen mir nach.«

Er ging zur Rückseite des Hauses, stieg über das kniehohe Geländer, das den Streifen zwischen Abgrund und Mauer absperrte und sich dann am Steilufer entlangzog, führte sie zu der Stelle, an der das Geländer zerbrochen war, und zeigte hinunter. Die anderen traten vorsichtig bis nahe an den Rand und beugten sich vor.

Etwa zehn Meter unter ihnen glitzerte Wasser, das Meer hatte die Klippe zu einer Nase ausgespült, die ein paar Meter überragte. Direkt unter ihnen lag Susanne Ebert zwischen zwei großen Steinen, das Gesicht im Wasser, die Füße zum offenen Meer. Ihr weißer Rock schwebte auf der Wasserfläche, ihr hellblondes Haar, das jetzt silbern wirkte, tänzelte in der Strömung, als wolle es sogleich davonschwimmen, und gab so dem steifen Körper etwas besonders Starres.

»Lag sie vorhin auch schon so da?«, fragte Enderlein.

Gotthardt nickte.

Wassile kam. Sofia Romanowa ging ihm entgegen, die

anderen folgten ihr, umringten die beiden und hörten zu, wie Sofia erregt auf ihn einredete.

»Fragen Sie ihn, ob es hier irgendwo einen Abstieg gibt«, bat Gotthardt. Die beiden verhandelten einen Augenblick, Wassile zeigte immer wieder mit der Hand waldeinwärts.

»Wir müssen erst zum Strand, wo unser Boot liegt«, erklärte Sofia, »und dann immer am Wasser entlang. Das ist die einzige Möglichkeit.«

»Also los«, drängelte Bockisch, »was stehen wir noch hier herum.«

»Einen Augenblick«, bremste Gotthardt, »lasst uns erst mal überlegen, was wir brauchen. Eine Tragbahre, also Decken, Riemen.«

»Wassile hat Stricke im Boot«, sagte Sofia.

»Und wir haben unsere Gürtel«, ergänzte Altmann.

»Licht«, sagte Enderlein. »Hat Wassile noch Taschenlampen?«

»Nein, nur die eine«, antwortete Altmann, »ein Glück, dass Vollmond ist, sonst wären wir aufgeschmissen.«

»Ich hole die Decken.« Maiendorff ging davon. Als er zurückkam, hatte er auch seinen Fotokoffer bei sich.

Bockisch schüttelte den Kopf. »Sie schrecken wohl auch vor gar nichts zurück, was?«

»Ich dachte«, stotterte Maiendorff, »ich dachte, weil es doch immer heißt, nicht wahr –«

»Ganz richtig«, beruhigte ihn Enderlein, »und ich denke, wir sollten Herrn Maiendorff genug Zeit lassen, dass er von hier oben eine Aufnahme machen kann. Es hat keinen Sinn, wenn wir uns jetzt von Emotionen beeinflussen lassen. In dieser Situation hilft nur nüchternes, klares, logisches Denken.«

»Okay, okay«, Bockisch hielt Maiendorff die Hand hin, »war nicht so gemeint. Schaffen Sie es denn bei dem Licht?«

Maiendorff warf ihm einen vernichtenden Blick zu, machte die Kamera bereit, sah sich um und nickte zufrieden, als er sah, dass alle in gebührender Entfernung standen; dann hob er die linke Hand, als wolle er einem Orchester das Einsatzzeichen geben, und löste aus.

»Blende zwei acht, eine halbe Minute, das müsste reichen«, sagte er, »aber ich werde noch eine ganze und zwei Minuten belichten, sicher ist sicher.«

7

Keiner sprach, während sie durch den Wald hinunterstiegen, voran Wassile mit der Taschenlampe, dann, im Gänsemarsch, einer an der Hand des anderen, Sofia Romanowa, Gotthardt, Enderlein, Wolfgang Altmann und Peter Bockisch, die jeder eine zusammengelegte Decke über der Schulter trugen, am Schluss Maiendorff mit seinem Fotokoffer. Ein fast gespenstisches Bild, wie die Kette stumm dahinzog, die Blicke auf dem Boden, auf den nur ab und zu ein Fleckchen Mondschein durch die dichten Baumkronen fiel. Zweige knackten, einmal brach irgendein Tier vor ihnen durch das Gesträuch, sie schraken zusammen; dann scheuchten sie Vögel auf, die laut flatternd aufstoben. Maiendorff stöhnte vernehmlich: »Mann, ist das unheimlich!« und löste damit die Starre. Plötzlich hatten alle das Bedürfnis zu sprechen, machten sich gegenseitig auf Bodenunebenheiten aufmerksam, warnten vor Ästen, als brächen sie sich Bahn durch unwegsames, unerkundetes Terrain.

Als sie aus dem Wald traten, verstummten sie wie der; sie ließen einander los, gingen aber weiter im Gänsemarsch bis zum Ende des Strandes. Wie auf Kommando zogen sie Schuhe und Strümpfe aus, legten die Jacken ab und krempelten die Hosen hoch, Sofia Romanowa schürzte ihren Rock, dann wateten sie vorsichtig durch das Wasser, sorgsam bedacht, nicht auf kleine Steine zu treten. Sie brauchten sehr lange für die kaum dreihundert Meter. Schließlich sahen sie vor sich etwas Weißes leuchten: Susanne Eberts Rock. Nur Enderlein ging weiter, er ließ sich von Wassile die Taschenlampe geben. Nach kurzem Zögern folgte Gotthardt ihm, aber er blieb ein paar Schritte von der Leiche entfernt stehen.

Enderlein betrachtete die Tote, bewegte vorsichtig ihren Kopf, drehte ihn zur Seite, ließ ihn wieder in die ursprüngliche Lage zurückgleiten. Er winkte Gotthardt näher. »Sie muss sofort tot gewesen sein«, sagte er leise. »Die Wirbelsäule ist gebrochen. Und sehen Sie die Löcher am Kopf?«

Sie blickten nach oben. Sie standen unmittelbar unter der Felsnase. Erst jetzt sahen sie, wie weit die Klippe hier überhing. Oberhalb der schattigen Wand hob sich deutlich gegen den hellen Himmel das zerbrochene Geländer ab.

»Vielleicht wollte sie sich auf die Stangen setzen«, sagte Gotthardt.

Enderlein leuchtete mit der Taschenlampe die aus dem Wasser ragenden Steine ab. »Dort.« Auf einem hellen großporigen Stein neben dem Kopf der Toten waren dunkle Flecken zu sehen. »Das könnte Blut sein, hier könnte –« Er blickte noch mal nach oben und schüttelte den Kopf.

»Und jetzt?«, fragte Gotthardt. Sie sahen sich lange an. »In den Krimis heißt es immer, man soll alles unverändert lassen, bis die Polizei eintrifft. Aber wir können sie doch nicht hier im Wasser liegen lassen, bis wer weiß wann die Miliz kommt.«

»Das brauchen wir auch nicht«, sagte Enderlein. »Wir

haben ja unseren Fotografen. Und wir können die Stelle markieren.»

Er rief Maiendorff herbei. Die anderen kamen mit. Sie stellten sich auf den schmalen Geröllsims an der Klippenwand. Enderlein ließ sich Sofias Lippenstift geben und kennzeichnete damit die Steine, zwischen denen die Tote lag.

Maiendorff machte sich an die Arbeit; er wirkte unpassend geschäftig, sein Gesicht jedoch war kreidebleich, und die verkrampften Bewegungen verrieten, dass er sich hinter der Technik seines Apparates versteckte, um mit der Situation fertigzuwerden.

Peter Bockisch schob die Hände in die Hosentaschen, zog sie aber erschrocken wieder heraus, als sei es ihm peinlich, so leger vor einer Toten zu stehen, dann balancierte er am Ufer entlang bis zur nächsten Klippe und warf Steine ins Wasser.

Maiendorff beendete seine Arbeit und trat zu den anderen. Schweißtropfen standen auf seiner Stirn. »Noch etwas?«

Gotthardt sah Enderlein an, der schüttelte den Kopf. »Nein, danke«, sagte Gotthardt, »jetzt müssen wir eine Trage improvisieren.«

Sie legten die Decken zusammen, Enderlein ging zum Kopf der Toten, Bockisch und Altmann nahmen die Decken und stellten sich bereit. Gotthardt seufzte, watete zu der Toten und packte ihre Beine. Sie hoben die Leiche an, Altmann und Bockisch zogen die Decken unter den Körper, da rutschte Enderlein weg. Wassile sprang hinzu und hielt ihn, aber die Behelfsbahre tauchte tief ein und sog sich im Nu voll. Die Last wurde bleischwer.

»So schaffen wir es nie«, keuchte Wolfgang Altmann, »wir brauchen das Boot.«

Sofia übersetzte, Wassile antwortete mit einem Schwall von Worten.

»Es ist zu schwer, um es bis hierher zu paddeln«, erklärte Sofia, »und es kann auch nicht so dicht an das Ufer. Nur bis da draußen.« Sie wies auf irgendeinen Punkt auf dem Meer.

»Und wenn wir gemeinsam das Boot hierher schieben?«

Damit war Wassile einverstanden.

Als sie mit dem Boot kamen, fiel der Schatten des Steilhanges schon über die Tote. Zu viert trugen sie die tote Susanne hinüber, legten sie auf die lange Sitzbank, dann schoben sie das Boot wieder zurück. Völlig erschöpft ließen sie sich auf den Strand fallen, aber Enderlein scheuchte sie auf. Sie sollten sich warm laufen. »Am besten gleich zur Hütte hinauf und Punsch trinken.« Er hielt Gotthardt zurück. »Bleiben Sie bitte.«

»Warum?«

»Ich brauche Sie noch.« Er drehte sich zu Maiendorff um. »Und Ihren Apparat. Sie vertrauen ihn mir sicher für eine halbe Stunde an.«

»Ja, natürlich. Gerne«, antwortete Maiendorff. »Aber vielleicht sollte ich doch selbst?«

»Nein, danke, das ist nichts für Sie. Der Anblick –«

»Für mich ist das auch nichts«, sagte Gotthardt leise, aber entschlossen. »Außerdem friere ich.«

»Ich auch«, erwiderte Enderlein, »doch es hilft nichts. Die anderen bitte zur Hütte, ja?« Es war keine Frage, sondern ein Befehl.

Er zog sich nackt aus, Gotthardt folgte seinem Bei spiel. Sie liefen in scharfem Tempo den Strand auf und ab, bis sie keuchten und dampften. »Nichts Nasses anziehen«, warnte Enderlein. »Wir hätten vorhin daran denken und nicht nur Schuhe und Strümpfe ablegen sollen.«

»Wollen Sie mir nicht endlich erklären, was wir beide hier noch sollen? Wache halten? Im Hemd?«

»Ich will keine Totenwache halten, sondern die Leiche untersuchen.«

»Sie sind nicht als Polizeiarzt hier, sondern als Urlauber. Ihre Neigung zur Kriminalistik in Ehren, aber ich fürchte, jetzt gehen Sie zu weit. Ich bin nicht sicher, dass die hiesige Miliz es gern sehen wird, wenn Sie sich in die Untersuchungen einmischen. Ich fürchte ohnehin –« Er brach ab und starrte ins Wasser.

»Ich auch«, sagte Enderlein. »Wer weiß, wie lange hierzulande solche Untersuchungen dauern. Außerdem halte ich es für meine Pflicht, die Befunde festzuhalten, die morgen Nachmittag oder gar übermorgen nur noch schwer oder gar nicht mehr zu treffen sind. Ich weiß schon, was ich tue. Ich habe eine Ausbildung als Pathologe, und es ist nicht meine erste derartige Untersuchung.«

»Gut, aber was geht mich das an? Ich bin kein Arzt, ich bin ein Urlauber wie all die anderen auch.«

»Sicher.« Enderlein lächelte. »Aber falls Sie es noch nicht bemerkt haben sollten: Sie haben vorhin stillschweigend die Führung unserer kleinen Truppe übernommen.«

»Das hat sich so ergeben. Ich habe mir das nicht ausgesucht.«

»Stimmt, die Situation hat Sie ausgesucht. Ich glaube aber, dass es niemanden unter uns gibt, der besser als Sie mit der Situation fertigwerden könnte. Wir haben jeder unsere Verantwortung und müssen sie wahrnehmen, ich als Arzt.«

»Und ich? Was für eine Verantwortung sollte ich wahrzunehmen haben?«

Enderlein legte nur den Kopf schief und grinste Gotthardt an.

»Schon gut«, knurrte der. »Was soll ich tun?«

»Zuerst können Sie mir die Lampe halten.«

»Ich kann da nicht hinsehen! Ich –«

»Ach was«, unterbrach ihn Enderlein. »Stellen Sie sich nicht so an. Das ist gewiss nicht die erste Leiche, die Sie sehen. Sie waren doch kein Baby mehr im letzten Krieg.«

»Gerade deshalb«, stöhnte Gotthardt. »Ich habe zu viel Blut und Leichen sehen müssen. Viel zu viel für einen Jungen. Mir wird schlecht, glauben Sie mir. Neulich, da war ein Autounfall bei uns –«

»Sie müssen ja nicht hinsehen; nur aufpassen, dass das Licht nicht völlig daneben fällt. Notfalls werde ich Sie dirigieren.«

Enderlein arbeitete langsam und sorgfältig, er untersuchte den Kopf, den Hals, die Arme, die Beine. »Wir müssen sie ausziehen«, sagte er dann.

»Muss das sein?«

»Das muss sein. Fassen Sie mit an.«

»Nein, ich kann nicht.«

»Dann geben Sie mir die Lampe.«

Gotthardt drehte ihm den Rücken zu.

»Jetzt müssen wir nur noch fotografieren«, sagte Enderlein schließlich. »Können Sie mir wenigstens dabei helfen?«

»Nein«, würgte Gotthardt. »Mir ist so schlecht; ich glaube, ich muss gleich spucken.«

»Gehen Sie, ich schaffe es schon.« Enderlein hantierte lange mit dem Fotoapparat. Zwischendurch bettete er die Tote um. Gotthardt wanderte das Stück zwischen Ufer und Baumstamm auf und ab, bis Enderlein ihn rief.

»Aber jetzt müssen Sie helfen. Wir wollen das Boot ein Stück hinausschieben.«

Er hatte die Tote mit einer Decke zugedeckt. Sie schoben das Boot hinaus und klemmten den Anker zwischen großen Steinen fest, sodass es sich unmöglich losreißen konnte. Enderlein kletterte noch einmal über die Bordwand. Er kam mit zwei Stücken Seife wieder.

»Los, gründlich waschen. Mit Leichengift ist nicht zu spaßen.«

»Ich habe die Tote ja kaum angefasst«, knurrte Gotthardt.

»Kaum kann schon zu viel sein.«

Sie wuschen sich ausdauernd und verbreiteten eine immer größer werdende Schauminsel um sich, die träge zum Strand trieb. Dann setzten sie sich auf dem Baumstamm und massierten die Füße.

»Wie im Film«, sagte Enderlein, »finden Sie nicht

auch? So unwirklich wie eine Kulisse. Meer, Mondschein, das Boot, das auf dem Wasser schaukelt, fehlt nur noch Musik.«

»Und ein Mokka«, sagte Gotthardt bissig.

»Mir ist, als sähe ich mir zu, wie ich eine Rolle spiele. Ich –«

»Was haben Sie denn überhaupt entdeckt?«, unterbrach Gotthardt.

»Sie muss sofort tot gewesen sein. Der zweite Halswirbel ist gebrochen. Wahrscheinlich ist sie mit der linken Schulter aufgeschlagen, dafür spricht eine große Prellung am rechten Schulterblatt. Die Beine sind bis auf ein paar Schrammen unverletzt. Die Wunden am Kopf«, Enderlein zeigte auf den Scheitelpunkt seines Schädels, dann an die linke Schläfe, »müssen nach dem ersten Aufprall entstanden sein; wäre sie mit dem Kopf aufgekommen, hätte sich der Knochen gespalten. Die Verletzungen könnten beim Nachprall entstanden sein oder als sie dann tot zwischen den Steinen –«

Enderlein verstummte mitten im Satz und sah nachdenklich zum Boot hinüber. Gotthardt rieb den Sand von der Haut und zog sich die Strümpfe an. Als er in den zweiten Schuh schlüpfen wollte, sprang Enderlein auf. »Ziehen Sie sich wieder aus«, rief er. »Wir müssen noch einmal ins Wasser. Zur Fundstelle.«

»Warum, um Gottes willen, warum?«

»Das werden Sie gleich selbst sehen«, sagte Enderlein grimmig. Er wollte nichts erklären. Sein verschlossenes Gesicht und die verbissene Zielstrebigkeit, mit der er losmarschierte, erinnerten Gotthardt an den William

Legrand in Poes »Goldkäfer«. Als der Doktor einen Stock vom Strand nahm und ihn wie einen Stafettenstab vor sich her trug, sagte er es ihm.

»Sie haben so unrecht nicht!«, war Enderleins ganzer Kommentar.

Er sagte auch nichts, als sie unter der Felsnase ankamen, sondern blickte sich eine Weile um, stellte sich dann zwischen die mit Sofias Lippenstift markierten Steine und warf den Stock in die Luft, stand danach ganz still und beobachtete, wie der Stock ins Wasser eintauchte, nach oben kam und langsam zum Ufer trieb.

Gotthardt stand mit verschränkten Armen auf dem Geröllsims und sah ihm belustigt zu. »Was soll das Ganze?«

»Können Sie irgendwo das Stück abgebrochene Brüstung sehen?«

»Nein. Vielleicht ist es abgetrieben!«

»Gut, suchen wir es.«

Sie gingen den schmalen Steinstreifen ab, zuerst nach links, bis die Klippe den Weg versperrte, dann nach der anderen Seite.

»Vielleicht ist es doch nach draußen –?«, fragte Gotthardt zögernd.

»Glauben Sie, dass sich die Strömung hier in den letzten Stunden wesentlich verändert hat?«

»Nein.« Er überlegte. »Als wir die Tote von oben erblickten, pendelten ihre Haare in Richtung Land.«

Enderlein zog das Hemd aus und ging zu den Steinen, zwischen denen sie Susanne Ebert gefunden hatten. Er tastete sorgfältig den Grund ab. Als er endlich zurückkam, hatte er die Lippen zusammengepresst, tiefe Falten zogen sich von der Nasenwurzel in die Stirn. »Wir müssen das Ufer noch einmal absuchen«, erklärte er. »Ganz genau. Ob irgendwo Holz liegt. Bitte achten Sie auf jedes Stückchen!«

Enderlein ging im Wasser, Gotthardt auf den Steinen, doch alles, was sie fanden, waren ein paar ausgelaugte, vom Wasser zu hölzernen Eiern geschliffene Stücke, die Enderlein verächtlich fortwarf.

»Wollen Sie mir nicht endlich erklären, was das alles soll?«, fragte Gotthardt ärgerlich.

»Es war kein Unfall. Es war Mord.«

8

Gotthardt starrte den Doktor fassungslos an. Enderlein kaute auf der Unterlippe. Gotthardts Blick glitt ab zu den Steinen, über das Meer. Am Horizont zog ein Leuchtpünktchen vorüber. Enderlein spreizte die Finger, schloss sie zur Faust. Immer wieder.

»Mord?«

Enderlein nickte. »Ich habe nicht gleich darauf geachtet. Ich hatte es zwar bemerkt, aber nicht sofort daran gedacht, was es bedeutet.« Er machte eine lange Pause. »In der Wunde auf dem Schädel habe ich einen Holzsplitter gefunden.«

Gotthardt sah ihn verständnislos an.

»Begreifen Sie denn nicht?« Enderlein packte ihn am Arm. »Ein Holzsplitter! Wie kommt der dorthin? Zuerst dachte ich an das Geländer: Sie ist mit einem Teil des Geländers abgestürzt und im Wasser daraufgeprallt. Aber wo ist es geblieben? Es hätte zum Ufer treiben müssen. Wir haben aber nicht das kleinste Stückchen Holz gefunden. Ich habe die Stelle genau untersucht, ob vielleicht etwas in den Grund gedrückt worden ist, obwohl das dann andere Verletzungen hätte ergeben müssen. Nein, mein Lieber! Ich kann nicht mit Sicherheit sagen, wie es zu den Schädelverletzungen gekommen ist, das könnte erst eine kriminaltechnische Untersuchung erweisen, aber eines ist sicher: Den Holzsplitter hat sie sich nicht erst hier unten eingerissen. Den hatte sie schon im

Schädel, bevor sie ins Wasser fiel. Die Wunde auf dem Kopf hatte sie bereits, als sie abstürzte.«

Gotthardt blickte instinktiv nach oben.

»Im Fallen kann sie auch nirgends aufgeprallt sein«, sagte Enderlein. »Der Mörder –«

»Hören Sie auf«, unterbrach ihn Gotthardt wütend. »Das hier ist kein Mörderspiel!«

»Aber ein Mord. Oder haben Sie eine andere Erklärung?«

Sie standen lange stumm nebeneinander und blickten auf das Meer hinaus.

»Lassen Sie uns noch einmal überlegen«, sagte Gotthardt. »Haben Sie richtig nachgesehen? Vielleicht war es ein aufrecht stehender Stock, der aus dem Wasser ragte und tief in den Boden gebohrt wurde?«

»Bitte, überzeugen Sie sich selbst! Außerdem müsste die Wunde dann anders aussehen. Wenn die Kopfverletzungen beim Aufprall entstanden wären, hätte der Schädel gespalten sein müssen.« Er schüttelte nachdenklich den Kopf. »Je länger ich darüber nachdenke, desto sicherer werde ich, dass zumindest die eine Verletzung durch Schlageinwirkung hervorgerufen wurde. Vielleicht durch einen Schlag mit einem Knüppel?«

Gotthardt packte Enderlein an beiden Armen, schüttelte ihn. »Wissen Sie eigentlich, was Sie da sagen? Wer, um Gottes willen, sollte denn die blonde Susanne umgebracht haben?«

»Einer aus unserer Gruppe.«

Gotthardt stieg ins Wasser und machte sich auf den Rückweg. Er drehte sich nicht um. Irgendwo auf der Insel krächzte ein Vogel. Dann war wieder nichts zu hören als das Gurgeln und Klatschen des Wassers. Gotthardt hatte die Arme über der Brust gekreuzt und die Hände auf die Schultern gelegt, sein Rücken war krumm und schmal. Der Boden schien nur noch aus kleinen, spitzen Steinen zu bestehen. Enderlein holte auf. Sie stapften stumm nebeneinanderher, ein paarmal verhielten sie den Schritt, sahen sich an, gingen wortlos weiter. Am Strand griff Gotthardt nach seinen Sachen, ohne die rechte Hand von der Brust zu nehmen, und ging gleich weiter zu der Baumgruppe, an der der Pfad zur Hütte begann.

Enderlein lief hinter ihm her, packte Gotthardt an der Schulter, drehte ihn herum, dass das Mondlicht sein Gesicht beleuchtete, sah ihn prüfend an. »Gotthardt!«, sagte er scharf. »Ist Ihnen nicht gut?«

»Ich fühle mich schlapp. Und elend. Und kalt.«

»Könnten Sie eine Runde mit mir laufen, um das Blut in Bewegung zu bringen? Ich habe eiskalte Füße.«

Sie rannten den Strand entlang, bis sie, nach Atem ringend, in den Sand fielen. »Nun noch einen dreifachen Mokka«, japste Gotthardt. Er stützte sich auf die Ellenbogen und sah auf das Meer hinaus. Das Boot schaukelte sanft auf der stärker gewordenen Dünung, die mit leisem Schnalzen an den Strand klatschte.

»Ein Bild tiefsten Friedens«, sagte Enderlein nachdenklich. »Niemand würde auf die Idee kommen, dass dort eine Tote liegt. Eine Ermordete.«

»Ich kann es nicht glauben.«

»Sie wollen nicht. Die Miliz wird es glauben. Und sie

wird niemanden von uns loslassen, bevor sie den Mörder hat. Es sei denn –«

»Es sei was?«

»Dass wir den Täter finden.«

Gotthardt lachte auf. »Ich kann mir ja vorstellen, wie es Sie juckt. Endlich ein richtiger Fall. Stimmt's?«

»Nun ja«, sagte Enderlein, »ich gestehe, es reizt mich. Sie nicht?«

»Nein! Im Gegenteil. Ich möchte mich am liebsten verkriechen, bis die Polizei kommt. Ich habe einen Horror davor, jetzt hinaufzugehen, die Gesichter anzusehen und mich zu fragen: Wer ist es? Wem traust du einen Mord zu? Ich glaube, Sie haben keine Ahnung, was passiert, wenn wir unseren Verdacht laut werden lassen, wenn das Misstrauen um sich greift und alles verpestet. Können Sie sich vorstellen, wie es ist, wenn einer vor dem anderen Angst hat, wenn einer den anderen belauert? Nein, Doktor, wir müssen den Mund halten. Gut, wir wollen aufpassen, und wenn uns etwas auffällt, es morgen der Miliz mitteilen. Mehr nicht.«

»Falsch, völlig falsch!« Enderlein sprang auf. »Wir müssen versuchen, den Fall so weit wie nur möglich aufzuklären. Wir beide, Sie und ich!«

»Ich eigne mich nicht zum Polizisten.«

»Ja, glauben Sie denn im Ernst, Sie haben überhaupt noch eine Wahl? Wie lange können Sie so tun, als wäre nichts? Oder denken Sie, die anderen lassen uns jetzt in Ruhe und fragen nicht? Werden Sie selbst nicht jeden misstrauisch ansehen, ob nicht gerade er der Mörder sein könnte? Irgendwann wird Ihnen eine Frage oder eine Bemerkung herausrutschen, die Sie verrät. Oder mir. Und wenn ich mich verrate, bin ich dann noch meines Lebens sicher? Wer sagt, dass der Mörder nicht auf die absurde Idee kommt, wieder außer Gefahr zu sein, wenn er auch mich noch – verunglücken lässt?«

Gotthardt schüttelte den Kopf. »Doktor, Sie haben entschieden zu viel Krimis gelesen! Warum sprechen Sie nicht gleich von einer ganzen Mörderbande? Sie haben sich bestimmt irgendwo geirrt, oder wir haben etwas übersehen. Das Ganze wird sich am Ende doch als Unfall herausstellen.«

»Wenn Sie davon so überzeugt sind, können wir ja anfangen, den Unfall zu untersuchen; wann er geschehen ist zum Beispiel.«

»Und alle ausfragen, wer wann wo gewesen ist, um herauszubekommen, wer ein Alibi hat und wer nicht, ja?«

»Das nun gerade nicht, aber ein wenig Licht in diese Angelegenheit bringen. Ich verstehe nicht, warum Sie sich so sperren. Mich macht es verrückt, wenn ich etwas nicht durchschauen kann. Ich will Gewissheit. Wissen ist Macht, davon sollten Sie schon mal gehört haben.«

»Nein, erzählen Sie mal.«

Enderlein drehte sich wütend ab und ging zum Wasser, kam aber schnell wieder zurück. »Ich kann nicht still dasitzen, als wäre nichts«, sagte er. »Es würde mich verrückt machen, verstehen Sie doch! Ich mache Ihnen einen Vorschlag. Einverstanden, wir sagen nichts von dem Verdacht, schon damit der Mörder nicht gewarnt wird; kein Wort über den Splitter, nicht einmal zu unseren Frauen. Aber wir fangen an, die näheren Umstände zu erhellen. Das werden alle verstehen. Das werden sie sogar eher verstehen, als wenn wir nur dumpf dahocken.«

»Sie sind unverbesserlich. Sie haben endlich einen Fall, und nun lassen Sie nicht locker.«

»Ich will nur die Fragen klären, die man uns mor gen ohnehin stellen wird. Wann es geschehen ist zum Beispiel. Wer Susanne Ebert als Letzter gesehen hat. Wann haben Sie sie entdeckt?«

»Keine Ahnung.«

»Haben Sie denn nicht auf die Uhr gesehen?«, fragte Enderlein entsetzt.

»Ich bin überhaupt nicht auf die Idee gekommen.«

»Als wir draußen hinter der Hütte standen, war es etwa halb zwei«, rechnete Enderlein. »Um drei viertel zwei sind wir zum Strand abmarschiert.«

»Und wie spät ist es jetzt?«

»Kurz nach halb vier.«

»Noch nicht später? Ich hätte geschworen, dass mindestens fünf Stunden vergangen seien. Da sehen Sie, wie leicht man sich irren kann.«

»Um so wichtiger, dass wir die Fakten festhalten, solange noch alles frisch im Gedächtnis ist. Die Miliz wird uns dankbar sein.«

»Und wenn sie uns beschuldigt, wir hätten die Zeit genutzt, um die Aussagen abzustimmen?« Gotthardt stand auf. »Sie machen sich verdächtig, Doktor. Sind Sie es gewesen?«

»Dann hätte ich mich gehütet, Ihnen von dem Splitter zu erzählen, sondern hätte ihn still und heimlich verschwinden lassen.«

»Und wenn ich es nun war?«, sagte Gotthardt belustigt. »Wieso sind Sie eigentlich sicher, dass nicht ich der Täter bin und jetzt Sie umbringe, damit Sie Ihr Wissen nicht weitergeben können?«

»Wegen Ihrer Brandrede vorhin. Sie sind kein Mörder. Oder meine Menschenkenntnis hat mich so weit verlassen, dass es kein Schade wäre, wenn Sie mich umbrächten. Und wir können gleich noch zwei Personen ausschließen, unsere Frauen. Oder trauen Sie Ihrer Gattin so etwas zu?«

»Ich traue es auch Magda Bähreis nicht zu und Uta Altmann und Sofia Romanowa – ich traue es niemandem zu. Und deshalb weigere ich mich, Ihren absurden Verdacht ernst zu nehmen, einer von uns könnte ein Mörder sein!«

»Dann erklären Sie mir doch, wie ein Holzsplitter in die Kopfwunde kommen konnte.«

»Ich bin kein Kriminalist, und außerdem – ich habe ihn nicht gesehen.«

»Wollen Sie behaupten, ich hätte ihn erfunden?«

Gotthardt machte eine begütigende Handbewegung. »Nein, natürlich nicht.« Er wollte davongehen.

Enderlein hielt ihn zurück. »Hören Sie, wir müssen damit rechnen, dass Wassile das Boot nicht flottbekommt. Dann müssen wir auf das nächste Touristenschiff warten, das kommt erst gegen Abend. Das heißt, die Polizei kann frühestens in der Nacht hier sein. Können Sie einen ganzen Tag lang ruhig bleiben? Ich nicht. Ich arbeite zu Hause mit der Polizei zusammen, und ich fühle mich verpflichtet –«

»Jetzt hören Sie einmal gut zu«, unterbrach Gotthardt ihn energisch. »Sie sind hier als Urlauber, und ich verlange –«

»Mit welchem Recht?« Enderlein stellte sich vor Gotthardt hin und verschränkte die Arme über der Brust. Er war fast einen Kopf größer.

Gotthardt legte den Kopf schief, blinzelte zu Enderlein hinauf, verzog das Gesicht, fing an zu grinsen.

»Haben Sie nicht vorhin festgestellt, dass ich die Führung unserer kleinen Gruppe übernommen hätte, Doktor? Sofia wird sicher auch meiner Meinung sein. Und die anderen werden sich anschließen.«

»Seien Sie doch vernünftig.«

»Sie halten es für vernünftig, die ohnehin bedrückende Situation durch dilettantische Vernehmungen zu verschärfen? Ich nicht. Und ich bin nicht bereit, etwas Derartiges zuzulassen.« Gotthard packte den Doktor am Oberarm. »Ist es nicht schlimm, wie wir beide uns schon in die Haare geraten? Was wird erst geschehen, wenn wir die anderen befragen?« Er ließ Enderlein los. »Ich schlage vor, wir gehen jetzt nach oben. Ich möchte endlich meine Hosen trocknen, damit ich mich wieder vorschriftsmäßig anziehen kann.«

»Was ist nach Ihrer Meinung die vorschriftsmäßige Bekleidung bei Mord?«, gab Enderlein bissig zurück.

»Ich komme mir jedenfalls unangemessen komisch vor, nur so im Hemd. Außerdem möchte ich einen Mokka trinken und meine Tabletten nehmen. Und meine Frau streicheln. Ich bin ganz krank von dieser Geschichte. Wenn wir noch lange hier herumstehen, werden Sie mich hinauftragen müssen.« Gotthardts Stimme klang müde, fast verzweifelt.

»Entschuldigen Sie.« Enderlein hielt ihm die Hand hin.

»Vertragen wir uns wieder?«

»Unter einer Bedingung –«

»Schon gut. Ich halte den Mund. Und morgen früh reden wir noch einmal darüber, ja?«

Dieter Gotthardt stöhnte laut.

»Soll ich Sie stützen?«, fragte Enderlein erschrocken. »Legen Sie den Arm um meine Schulter.«

»Ich glaube, es geht auch so.«

Am Waldrand prallten sie zurück. Von den Bäumen löste sich ein Schatten. Wassile. Er lächelte freundlich.

»Wie lange stehen Sie schon hier?«, fragte Enderlein aufgeregt. »Wie lange?«

Wassile hob die Schultern, um anzudeuten, dass er ihn nicht verstand.

»Wie lange stehen Sie schon hier?«, wiederholte Enderlein. Dann drehte er sich zu Gotthardt um. »Wie lange mag er schon dastehen? Vielleicht hat er alles mit angehört.«

»Wennschon. Er versteht doch kein Wort Deutsch.«

»Sind Sie sicher?«

9

Das Feuer im Kamin war niedergebrannt. Gotthardt brauchte eine Weile, bis er seine Frau entdeckte. Sie hockte neben Hannchen Enderlein an der Wand, bis an die Nasenspitze in eine Decke gehüllt. Sie bemerkte ihn erst, als er sich zu Boden gleiten ließ, schlug die Decke zurück und zog ihn dicht zu sich.

Enderlein legte Holz auf und schob den Wasserkessel über das Feuer; er bat seine Frau, Kaffee zu machen. »Mokka double. Für Gotthardt auch.«

»Warum flüsterst du so?«, fragte sie. »Es schläft ja doch niemand. Ist es kalt geworden, Franzl?« Sie sah ihn erwartungsvoll an, doch er erkundigte sich nur, ob noch etwas zu essen da sei.

Gotthardt blickte sich um. Bilder aus dem Krieg tauchten aus der Erinnerung auf, die Nächte im Luftschutzkeller; eine bedrückende Atmosphäre, wie sie da am Boden hockten, in Decken gehüllt, in sich vergraben; alle waren wach, aber niemand suchte das Gespräch.

»Ihr habt lange gebraucht«, flüsterte Lisa. Gotthardt nickte nur. Er fühlte, wie die Müdigkeit von ihm Besitz nahm. Die Augen fielen ihm zu. Er war zu schwach, sich gegen den Schlaf zu wehren.

Dann dauerte es einige Zeit, bis er wusste, wo er war. Vor ihm stand ein Becher, der Kaffee dampfte noch. Er blickte in das besorgte Gesicht seiner Frau, spürte Finger am Handgelenk; Enderlein maß ihm den Puls. Er musste lachen. »Keine Angst, ich bin nur müde.« Seine Frau hielt schon die Tabletten bereit, er würgte sie hinunter und schlürfte begierig den Kaffee. Enderlein setzte sich wieder und kaute an einem Kanten Brot.

»Was haben Sie eigentlich so lange am Strand gemacht?«, fragte Maiendorff laut. Alle sahen herüber.

»Ach, nichts«, sagte Enderlein. »Es hat so lange ge dauert, weil Herrn Gotthardt schlecht geworden war. Wir mussten warten, bis er sich wieder erholt hatte.«

Enderlein drehte sich zu Gotthardt um. In seinen Mundwinkeln zuckte es. Zufrieden?, schienen seine Augen zu fragen.

»Ich dachte, Sie hätten vielleicht die Tote noch, nun ja –« Maiendorff druckste.

»Obduziert?«, fragte Annelie Fuchs. »Dachten Sie etwa, der Doktor hätte sie obduziert?«

Maiendorff warf ihr einen wütenden Blick zu. »Natürlich nicht.« Er sah Enderlein lauernd an. »Ich dachte, Sie hätten sie vielleicht noch untersucht?«

Fielitz setzte sich steil auf und starrte zu Enderlein hinüber, sein Gesicht war bleich, die Augen dick umrandet.

Enderlein hob die Hände, um seine Unschuld zu demonstrieren. »Was heißt hier untersuchen! Bei dem Licht und ohne Instrumentarium?«

Maiendorff nickte, als habe er eine ausführliche und überzeugende Antwort bekommen, und hüllte sich fest in seine Decke. Fielitz vergrub das Gesicht wieder in den Händen.

Gotthardt ließ den Kopf auf die Schulter seiner Frau sinken. Ein Schrei weckte ihn. Er wusste zuerst nicht, ob er den Schrei wirklich gehört oder nur geträumt hatte. Er konnte sich nicht an den Traum erinnern, nur dass er wirr und beängstigend gewesen war. Jemand stocherte im Kamin. Als das Feuer aufflackerte, erkannte er Sofia. Sie blickte besorgt um sich.

Uta Altmann war aufgestanden. Sie hatte die Hände gefaltet und presste sie gegen das Kinn. »Ich halte das nicht mehr aus«, jammerte sie. »Ich kann nicht mehr. Ich will weg von hier.« Ihr Mann versuchte, sie zu beruhigen.

Niemand schlief mehr. Alle starrten zu Uta Altmann. Evelyn Kunack blickte finster, in ihrem Gesicht arbeitete es. Plötzlich sprang sie hoch, riss den Mund weit auf, als wollte sie schreien, schnappte dann aber nur nach Luft. Kunack schälte sich widerwillig aus seiner Decke, ging zur Tür und riss sie weit auf. Kalte Luft schlug in den Raum. Draußen war es noch dunkel.

»Ich weiß nicht, wie ich liegen soll«, jammerte Uta Altmann. »Mir tut alles weh.« Sie winkte ihrem Mann zu. »Komm, lass uns ein bisschen laufen.«

»Bitte nicht«, rief Sofia. »Bitte bleiben Sie hier.«

»Ich will aber nicht«, maulte Uta Altmann. »Komm, Wolfgang.« Sie nahm ihn an die Hand und zog ihn zur Tür.

»Ich muss darauf bestehen, dass Sie hierbleiben«, wiederholte Sofia energisch. »Ich trage die Verantwortung. Wenn Ihnen nun etwas passiert!«

»Das hätten Sie Susanne Ebert –« Annelie Fuchs

brach mitten im Satz ab. Alle schienen den Atem anzuhalten.

Sofia erhob sich ganz langsam. Sie war kreidebleich. Ihre Finger umklammerten das Holzscheit, das sie gerade ins Feuer hatte legen wollen, wie eine Waffe. Gotthardt machte Anstalten aufzustehen. Seine Frau hielt ihn am Handgelenk fest.

Altmann schüttelte den Kopf. »Ich denke, wir sind alt genug, die Verantwortung für uns selbst zu tragen«, sagte er ruhig. In seiner Stimme schwang so etwas wie Überraschung, dass er eine derart banale Feststellung aussprechen musste.

»Ich bestehe darauf, dass Sie hierbleiben!«, schrie Sofia verzweifelt. Sie schien den Tränen nahe zu sein.

»Dies ist kein Gefängnis, oder?«

»Aber verstehen Sie doch! Bitte bleiben Sie in der Hütte. Wenigstens so lange, wie es draußen dunkel ist.« Sie bückte sich zu ihrer Tasche und kramte darin herum, holte ein Taschentuch hervor, schnaubte verbissen.

Evelyn Kunack stellte sich drohend vor sie. »Wa rum sitzt Wassile hier 'rum? Warum ist er nicht am Boot und versucht, es zu reparieren? Sollen wir ewig hier hocken?«

»Beruhigen Sie sich doch«, bat Sofia. Sie sah sich hilfesuchend um. »Wir müssen warten.«

»Worauf? Worauf denn?« Evelyn Kunack drehte sich zu ihrem Mann um. »Egon, sag du was! Tu doch was! Wir können doch nicht –«

»Benimm dich«, herrschte er sie an. »Wir sind nicht allein. In dem Boot liegt die Tote.«

Er packte seine Frau am Arm und zog sie zu sich herunter. Sie blickte einen Augenblick verwirrt in die Runde, dann schlang sie die Arme um die Knie, ließ den Kopf sinken und begann, hemmungslos zu schluchzen. Lisa Gotthardt ging zu ihr und sprach beruhigend auf sie ein.

Wolfgang Altmann baute aus Kissen, Tauwerk und Kistenbrettern einen Sitz. Seine Frau ließ sich vorsichtig darauf nieder.

»Besser so?«, fragte er. Sie sah ihn mutlos an.

Bockisch hatte inzwischen Kaffee gemacht und reichte jetzt Becher herum. Magda Bähreis hockte sich zu Dieter Gotthardt. »Wir müssen etwas unternehmen«, flüsterte sie, »du!«

»Warum ich?«

»Wer sonst? Einer von uns.«

Gotthardt nickte müde. Ja, es würde bei ihm hängen bleiben. Er wusste, dass es keinen Sinn hatte, sich zu sträuben. Er hatte schon geahnt, dass es so kommen würde. Zu viele ähnliche Situationen hatte er erlebt, sein Körper schien bereits ein eigenes Signalsystem dafür herausgebildet zu haben, das von den Kniekehlen ausging, sich über den Rücken zog, in die Arme, bis in die Fingerspitzen; auch der Magen musste angeschlossen sein, und wenn ihn dieses flaue Gefühl überkam, dann dauerte es nicht mehr lange, bis jemand sagte: Und du, Genosse Gotthardt, übernimmst die Verantwortung …

»Was?«, fragte er. »Hast du eine Ahnung, was man tun könnte?«

»Ich hoffte, du wüsstest es.«

Sie waren wie selbstverständlich zum Du übergegangen. Magda Bähreis hatte nichts mehr von einer spleenigen alten Dame, die ihre Rente in Reisen anlegte. Gotthardt bedauerte, dass er nichts von ihr wusste, dass er bisher nie das Gespräch mit ihr gesucht hatte. Ja, er erinnerte sich beschämt, er hatte sogar Witze über sie gerissen, zum Glück nur Lisa gegenüber. Ihn überfiel die Versuchung, sich ihr anzuvertrauen, ihr von Enderleins Verdacht zu erzählen, von seinen Zweifeln, nein, von seiner Überzeugung, dass Enderlein nicht recht haben konnte.

Magda Bähreis stand auf. »Denk mal drüber nach.« Ihr Ton verriet absolutes Vertrauen, dass ihm schon etwas einfallen würde. Das Richtige. »Ich kümmer' mich um Achim Fielitz. Die Sache hat ihn furchtbar mitgenommen. Ich fürchte, er klappt zusammen. Gib mir einen Wink, wenn du mit mir sprechen willst.«

Gotthardt sah ihr nach, sie durchquerte mit festen Schritten den Raum, scheinbar unbekümmert; sie blickte sich freundlich um, als wollte sie allen Mut zusprechen. Nur Sofia erwiderte ihr Lächeln.

Bockisch reichte einen Becher Kaffee herüber. Gotthardt hielt ihn mit beiden Händen. Während er den heißen Kaffee schlürfte, beobachtete er unter gesenkten Lidern hervor die anderen. Wenn Enderlein nun doch recht hatte, wenn einer von ihnen tatsächlich ein Mörder war?

Wer?, dachte Gotthardt. Wer sollte das getan haben? Wut stieg in ihm auf, weil er tatsächlich einen nach dem anderen musterte und sich fragte, ob er ihm einen Mord zutraute. Weil er sich dabei ertappte, dass Wassile der Einzige war, den zu verdächtigen er bereit war. Er fragte sich, warum. Weil der so fremd aussieht, weil er ein Ausländer ist? Inländer, korrigierte er sich. Wassile ist hier zu Hause, nicht wir. Nein, er traute auch Wassile keinen Mord zu.

Enderlein schien ihn beobachtet zu haben. Als ihre Blicke sich trafen, verzog er die Mundwinkel. »Ich muss Sie sprechen«, flüsterte er. »Lassen Sie uns einen Augenblick nach draußen gehen.«

Sofia sah verstört hoch, als sie zur Tür gingen. Gotthardt beruhigte sie. »Wir stellen uns nur vor die Hütte.« Sie schien noch etwas sagen zu wollen, zuckte dann aber nur mit den Schultern.

Gotthardt blieb an der Tür stehen und sog die kühle, würzige Luft, die vom Wald herüberstrich, tief ein. Der kurze Schlaf hatte ihm gutgetan. Er fühlte sich frisch und kräftig.

Enderlein wartete an der Hausecke. »Ich habe Sie beobachtet«, sagte er mit kaum verhohlenem Spott, »wie Sie die Runde musterten und sich bei jedem fragten: War es der? – Auf wen tippen Sie?«

»Sie verdammter Amateurdetektiv!«, schimpfte Gotthardt. »Ich verdächtige niemanden, und ich weigere mich weiterhin, irgendjemanden zu verdächtigen. Ich sagte es Ihnen schon einmal. Ich eigne mich nicht zum Polizisten.«

»Sie haben doch wohl nichts gegen unsere Polizei?« Enderlein legte gleich seine Hand begütigend auf Gotthardts Arm. »Entschuldigen Sie, ich weiß, dies ist keine Situation für Ironie.«

»Schon gut. Was wollen Sie?«

»Ich denke, Sie geben mir jetzt wenigstens in dem einen Punkt recht, dass wir nicht die Hände in den Schoß legen dürfen. Es ist doch unerträglich da drinnen. Jede Minute kann ein neuer Ausbruch kommen. Der Tod von Susanne Ebert beschäftigt alle. Niemandem ist damit gedient, wenn wir das Thema tabuisieren, im Gegenteil, nur wenn darüber gesprochen wird, können wir die Situation entschärfen. Haben Sie keine Angst, ich werde nichts von unserem Verdacht verraten.«

»Von Ihrem Verdacht!«

»Gut, wenn Ihnen das angenehmer ist, von meinem Verdacht. Warum sperren Sie sich eigentlich so gegen die Tatsachen? Geben Sie mir eine halbwegs logische Erklärung, wie der Splitter in die Wunde gekommen sein könnte, und ich lasse sofort diesen Verdacht fallen.«

»Ich weiß es nicht, Doktor! Aber alles in mir sträubt sich dagegen, aufgrund eines einzigen, so winzigen Indizes ein Verbrechen zu vermuten. Wissen Sie denn nicht, wie viel Leid und Unglück durch voreilige und unüberlegte Verdächtigungen geschehen ist?«

»Eben weil ich niemanden unüberlegt verdächtigen will«, entgegnete Enderlein heftig. »Im Gegenteil. Und ich verspreche Ihnen, dass ich mit niemand anderem darüber sprechen werde als mit Ihnen.«

Gotthardt sah ihn aufmerksam an.

»Ich möchte das ein für allemal bereinigen. Ich gebe

zu, dass mir alles, was mit Kriminalistik zusammenhängt, Spaß macht. Ich war begeistert, als die Kriminalpolizei mich bat, gelegentlich bei Untersuchungen in unserem Kreis mitzuarbeiten. Ich gebe auch zu, dass ich schon als Junge gewünscht habe, ich würde einmal einen Fall selbst aufklären. Aber glauben Sie mir, ich finde es überhaupt nicht spaßig, unter uns einen Mörder zu suchen. Aber ich weiß, dass Susanne Ebert nicht einem Unfall zum Opfer gefallen ist. Ich kann das nicht einfach verdrängen. Und ich bin sicher, Sie können es auch nicht. Deshalb sollten wir die Zeit nutzen und versuchen, so viel wie möglich aufzuklären. Ich betrachte das geradezu als unsere Pflicht.«

»Und ich möchte mich am liebsten verkriechen, wie ein Maulwurf in die Erde vergraben und erst herauskommen, wenn alles vorbei ist.«

»Sie machen aber durchaus nicht den Eindruck eines Mannes, der den Kopf in den Sand steckt. Sollte ich mich so geirrt haben?«

»Ich fühle mich so ohnmächtig, so hilflos, vor allem, weil ich nur einen finde, den ich verdächtigen will –«

»Wassile?«

»Sie auch?«

Enderlein nickte. »Zuerst beschuldigt man den Fremden, den Andersartigen, den Außenseiter; das ist doch schon seit ein paar tausend Jahren so.«

»Das macht es nicht weniger schlimm!«

Sie starrten zum Waldrand hinüber, als käme von dorther die Lösung. »Ja, es hat wohl keinen Sinn, so dazuhocken«, sagte Gotthardt schließlich.

»Die Polizei wird uns ohnehin fragen, wann es geschehen ist, wer sie zuletzt gesehen hat. Wenn es uns wenigstens gelingt, die Zeit bis zum Sonnenaufgang zu überbrücken, ist schon viel gewonnen. Bei Tageslicht wird manches anders aussehen.«

10

»Ich denke, wir sollten uns beraten«, sagte Gotthardt in der Hütte. »Ich schlage vor, wir setzen uns am Kamin zusammen und denken gemeinsam über die Situation nach. Sofia, würden sie bitte Wassile herrufen und ihm dann übersetzen?«

Es dauerte eine Weile, bis sich alle zurechtgerückt hatten.

»Der Vorfall bedrückt uns alle«, begann Gotthardt, »und wir wollen uns nichts vormachen, es ist nicht nur der Gedanke an das entsetzliche Unglück, das Susanne Ebert getroffen hat, sondern ebenso der Gedanke, welche Auswirkungen es auf uns haben wird. Ich bin dafür und ebenso Doktor Enderlein, dass wir alles tun sollten, die unvermeidlichen Unannehmlichkeiten so gering wie möglich zu halten. Wir sollten deshalb hier nicht tatenlos herumsitzen, sondern die Zeit nutzen und die Fakten zusammentragen, nach denen uns die Polizei morgen fragen wird. Sind Sie damit einverstanden?«

»Ich schlage vor, dass Herr Gotthardt die Sache in die Hand nimmt«, sagte Magda Bähreis. Die meisten nickten. »Er soll die Fragen stellen, die er für notwendig hält. Und wir brauchen auch einen Sprecher, jemand, der unsere Interessen vertritt, gegenüber der Miliz zum Beispiel. Sie fassen das sicher nicht als Misstrauen auf, Sofia, aber –«

»Nein, nein«, beteuerte Sofia Romanowa, »ich verstehe Sie schon.« Es klang, als sei sie sogar erleichtert.

»Gut«, stimmte Gotthardt zu, »aber ich möchte das nicht allein tun. Sind Sie einverstanden, dass Doktor Enderlein mitmacht?« Niemand erhob Einspruch. »Zuerst müssen wir feststellen, wann der Unfall geschah.«

Es stellte sich heraus, dass niemand wusste, wann Susanne Ebert die Hütte verlassen hatte. Altmanns hatten auf die Uhr gesehen, als das Mörderspiel begann; um viertel eins waren sie vor die Tür geschickt und fünf vor halb eins wieder hereingerufen worden.

»Also ist sie irgendwann zwischen halb eins und halb zwei abgestürzt«, sagte Enderlein, »denn um drei viertel zwei sind wir bereits zum Strand hinuntergestiegen. Wie lange mag vergangen sein, bis wir sie vermissten? Wie lange, bis Sie sie fanden, Gotthardt?«

»Zehn Minuten? Fünfzehn?«

»Sie waren doch Holz holen, Herr Maiendorff, war Susanne Ebert da noch in der Hütte?«

»Ging ich nicht erst, als wir sie schon vermissten?«

»Ich glaube nicht«, sagte Magda Bähreis.

»Ich glaube aber doch«, erwiderte Maiendorff energisch. »Ist das überhaupt wichtig? Brauche ich etwa ein Alibi?« Er sah herausfordernd in die Runde.

»Wenn ich mal etwas sagen darf.« Kunack erhob sich. »Ich finde es pietätlos, aus Fräulein Eberts Tod ein neues Mörderspiel zu machen!«

»Ich weiß nicht, Egon«, sagte seine Frau. »Ich habe mehr Vertrauen zu Herrn Gotthardt und Doktor Enderlein als zu den hiesigen Behörden; wer weiß, ob die wirklich gut ausgebildet sind.«

»Erstklassig, meine Liebe, erstklassig.«

»Sie denken wohl, südlich von Delitzsch endet die Zivilisation?«, fragte Frau Fuchs.

»Ich bin auch dafür, dass wir der Polizei nicht ins Handwerk pfuschen«, meinte Maiendorff.

»Ruhe, Ruhe!«, mahnte Gotthardt. »Wozu dieser bissige Ton? Wir stellen doch nur die Fragen, die die Polizei uns ohnehin stellen wird. Wenn wir jetzt zusammentragen, was wir wissen, verkürzen wir die Zeit, die wir morgen oder in den nächsten Tagen bei der Polizei verbringen müssen. Ich dachte, das sei für alle angenehm.«

»Ich bin für Weitermachen«, sagte Anke Pittkowski, »ich habe keine Lust, meinen Urlaub in miefigen Polizeistuben zu verbringen.« Sie fing an zu schluchzen. »Und der toten Susanne können wir auch nicht mehr helfen, wenn wir wie die Duckmäuser herumhocken. Wir können höchstens uns noch ein bisschen helfen.«

»Weitermachen«, forderte Altmann.

»Ich bin auch für Weitermachen«, sagte Peter Bockisch, »aber wer weiß, ob die Polizei es gerne sehen wird, wenn wir hier unsere Privatuntersuchungen anstellen.«

»Das bezweifle ich auch«, sagte Frau Gotthardt leise und stieß ihren Mann an.

»Abstimmen«, schlug Magda Bähreis vor. »Wer da für ist, dass die Untersuchung weitergeht, soll die Hand heben.« Sie streckte ihre schmale Hand in die Höhe und blickte sich um. Niemand folgte ihrem Beispiel.

»Halt«, rief Gotthardt. »Ich glaube, dies ist eine Frage, die nicht durch Mehrheitsentscheid zu klären ist. Es soll jedem überlassen bleiben, ob er sich schon jetzt äußern will oder erst morgen bei der Miliz. Wir wollen niemanden zwingen.«

»Jeder kann die Aussage verweigern«, sagte Enderlein bissig.

»Und sich damit verdächtig machen, was?«, fragte Maiendorff.

»Natürlich nicht«, beschwichtigte Gotthardt. »Außerdem glaube ich, dass wir uns nicht so viele Sorgen um die Reaktion der Miliz machen müssen. Wir brauchen uns nur zu fragen, wie unsere Polizei in solch einem Fall denken würde; schließlich sind wir in Freundesland.«

»Das Wort in Gottes Ohr«, murmelte Frau Kunack.

»Ist es eigentlich richtig, dass wir das Boot unbewacht am Strand lassen?«, fragte Annelie Fuchs.

»Wir haben es ein Stück aufs Meer hinausgeschoben«, erklärte Gotthardt.

»Machen wir weiter«, sagte Enderlein. »Die Miliz wird unbedingt versuchen, die Unfallzeit so genau wie möglich festzustellen, das können wir schon jetzt tun. Frau Fuchs, Sie waren doch draußen. Wissen Sie noch, wann und wie lange das war?«

»Nein, ich pflege nicht auf die Uhr zu sehen, wenn ich – na, Sie wissen schon.«

»Ich denke«, sagte Frau Kunack, »wir sollten vor allem festhalten, dass Fräulein Ebert dank eines unverzeihlichen Maßes an Liederlichkeit und Fahrlässigkeit ums Leben gekommen ist. Wenn das Geländer in Ordnung gewesen wäre, hätte sie nicht abstürzen können.«

Sofia sprang auf. »Warum? Warum hat sie sich auf kaputtes Geländer gesetzt? Was hatte sie dort zu suchen?

Hinter – Haus? Dieses Gebiet ist gesperrt. Da ist Zaun, oder?«

»Das ist doch empörend«, rief Frau Kunack.

Ihr Mann fuhr sie an: »Evelyn! Bitte!«

»Hat Wassile etwas bemerkt?«, fragte Gotthardt.

Sofia sprach mit ihm. »Nein«, sagte sie dann. »Er ist die ganze Zeit am Boot gewesen. Ich glaube, es stimmt. Ich habe ihn ja dort besucht.«

»Wissen Sie noch, wann und wie lange Sie draußen waren?«

»Nein. Und ich habe Susanne Ebert nicht gesehen und nicht gehört.«

»Und Wassile«, schaltete Altmann sich ein, »hat er etwas gehört? Er muss doch etwas gehört haben! Er hat ja auch gehört, als Sie ihn gerufen haben, Sofia.«

Sie hatte es Wassile schon übersetzt, der verneinte noch einmal.

»Merkwürdig«, murmelte Altmann, »sehr merk würdig.« Er sah Gotthardt an. »Glauben Sie das? Sie muss doch geschrien haben. Jeder würde schreien, wenn er abstürzt.«

»Wir haben ja auch nichts gehört«, sagte Magda Bähreis betroffen.

»Wieso haben wir eigentlich nichts gehört?«

»Warum schon! Weil wir in der Hütte waren, natürlich«, antwortete Kunack, »und weil die Tür zu war.«

Altmann stand auf, ging hinaus und schloss die Tür hinter sich.

Kurz darauf hörten sie einen Schrei, der so entsetzlich klang, dass Gotthardt Gänsehaut bekam. Die meisten waren aufgesprungen und starrten zur Tür. Uta Altmann war kreideweiß. Ihr Mann kam wieder herein. »Na«, sagte er, »habt ihr's gehört?«

»Gott sei Dank!« Seine Frau drängte sich an ihn. »Ich dachte, du wärst auch noch abgestürzt.«

»Mir ist ganz schlecht«, stöhnte Magda Bähreis. »Ich brauchte jetzt einen Kognak. Haben Sie keinen Kognak in Ihrem Wunderkeller, Sofia?«

»War es denn nun zu hören?«, fragte Altmann. »Ich habe so laut geschrien, wie ich konnte. Wenn einer in Todesangst ist, habe ich gedacht, wird er doch so laut schreien, wie er nur kann.«

Er sah von einem zum anderen. »Was ist? Habt ihr es gehört?«

Gotthardt nickte.

»Und warum haben wir dann Susanne nicht ge hört?« Altmann packte Gotthardt am Arm und schüttelte ihn. »Warum? Warum haben wir sie nicht gehört?«

»Weil sie nicht geschrien hat«, sagte Evelyn Kunack ganz leise, aber in dem Schweigen der anderen waren ihre Worte dennoch deutlich zu vernehmen. »Und warum hat sie nicht geschrien. Warum wohl?« Sie lachte hysterisch. »Weil sie schon tot war, als sie abstürzte. Habe ich recht?« Sie drängte sich zu Dieter Gotthardt vor und trommelte mit ihren Fäusten auf seiner Brust. »Habe ich recht? Habe ich recht?«

Ihr Mann versuchte vergeblich, sie zu besänftigen, sie stieß ihn zurück. Gotthardt schaffte es nicht, ihre Hände festzuhalten, er konnte auch nicht nach hinten ausweichen, er stand mit dem Rücken am Kamin. Enderlein befreite ihn. Er gab Evelyn Kunack eine Ohrfeige. Sie ließ die Arme sinken und starrte ihn an.

»Entschuldigen Sie bitte«, sagte Enderlein, »aber das musste sein.«

Ihr Mann führte sie beiseite. Sofia Romanowa stieg in den Keller; als sie wiederkam, hatte sie zwei Flaschen in der Hand. »Kognak ist nicht da, aber Sliwowitz und Traubenschnaps.« Wassile öffnete die Flaschen.

»Dann trinke ich einen Traubenschnaps«, sagte Magda Bähreis. »Weiß Gott, ich habe jetzt einen Schnaps nötig, und du sicher auch.« Sie reichte Gotthardt einen Becher, er schüttelte sich, als der scharfe Schnaps durch seine Kehle rann, Magda Bähreis nicht.

»Ist es so?«, fragte Lisa Gotthardt. »War sie schon tot, als sie abstürzte? Habt ihr das gewusst?«

»Natürlich«, behauptete Anke Pittkowski. »Natürlich haben sie es gewusst. Warum sonst hätten sie Detektiv spielen wollen? Doktor Enderlein ist ja ganz verrückt darauf, aber Ihr Mann?« Sie sah Gotthardt an. »Wenn Susanne schon tot war, als sie abstürzte, wieso –?«

Gotthardt kaute auf der Unterlippe. Er hielt Wassile seinen Becher zum Eingießen hin, aber es war nur eine Verlegenheitsgeste, den Schnaps trank er nicht.

Kunack hatte sich gesetzt, seine Frau lag in seinem Schoß und schluchzte. »Hören Sie nun endlich auf, Detektiv zu spielen?«, fragte er. »Ich finde, Sie haben genug Verwirrung gestiftet. Am Ende behauptet noch einer, Susanne Ebert sei ermordet worden. Ich war von Anfang an dagegen, dass Sie hier Polizei spielen. Ich war dagegen, und das werde ich morgen auch der Miliz sagen.«

»Warum sind Sie eigentlich so dagegen?«, fragte Bockisch.

Die beiden belauerten sich einen Augenblick, schließlich sagte Kunack: »Wenn Sie mir etwas in die Schuhe schieben wollen, mein Lieber, wenn Sie etwa andeuten wollen, dass ich etwas mit dem Tod von Susanne Ebert zu tun haben könnte, dann verbitte ich mir das ganz energisch! Ich weise das hiermit entschieden zurück, mein Herr!« Die letzten Worte schrie er fast. »Außerdem bin ich gar nicht draußen gewesen. Ich habe die ganze Zeit neben meiner Frau gesessen. Nicht wahr, Evelyn?« Er schüttelte sie. Sie blickte ihn verständnislos an. »Wir haben doch die ganze Zeit beieinandergesessen, stimmt's?« Sie schluchzte immer noch. »Nun, sag doch schon.«

»Ja«, stammelte sie, »das stimmt.«

»Sehen Sie!«, rief Kunack triumphierend. »Wir haben ein Alibi, uns beide kann man nicht beschuldigen.«

»Sie brauchen kein Alibi«, sagte Enderlein trocken. »Niemand hat Sie nach Ihrem Alibi gefragt, und niemand hat Sie beschuldigt, Sie nicht und auch keinen anderen.«

»Aber Sie haben einen Verdacht«, sagte Anke Pittkowski ängstlich, »stimmt's?«

Gotthardt schüttelte den Kopf.

»Natürlich haben Sie!«, behauptete Annelie Fuchs. »Sie sind ein schlechter Lügner, Herr Gotthardt. Es steht Ihnen auf der Stirn geschrieben, dass Sie lügen. Wie sollte Susanne Ebert auch tot abgestürzt sein, wenn niemand nachgeholfen hätte, he?« Sie sah sich im Kreis um.

»Na, ’raus mit der Sprache! Wer von euch ist es gewesen?«

»Stopp!«, unterbrach Enderlein. »Niemand hat behauptet, dass Susanne Ebert nicht verunglückt wäre. Auch, dass wir keinen Schrei gehört haben, will nichts besagen. Sie könnte geschrien haben, als es hier drinnen gerade sehr laut zuging. Sie kann auch einen Schock bekommen haben, sodass sie keinen Ton mehr herausbrachte. Sie kann ebenso gut ausgerutscht und mit dem Kopf aufgeschlagen sein und erst dann abgestürzt. Wir wissen das doch nicht. Das kann erst die Untersuchung der Polizei ergeben.«

»Und warum sind Sie dann so lange unten geblieben?«, fragte Annelie Fuchs. »Warum? Ich glaube nicht mehr an Gotthardts Unwohlsein!«

»Darf ich mal?« Magda Bähreis drängelte sich vor. »Warum solche Ausbrüche«, sagte sie leise, aber es klang sehr bestimmt. »Das fehlte noch, dass wir uns das Leben mit hysterischen Ausbrüchen unnötig schwermachen. Ich finde es so schon schlimm genug. Können wir uns nicht wie Erwachsene aufführen? Ich schlage vor, wir setzen uns wieder. Wer etwas sagen will, soll es ruhig vorbringen. Und dann sollen die beiden weitermachen.«

»Ich bin dafür, endlich aufzuhören«, sagte Maiendorff, »und ich bin damit nicht allein.« Kunack nickte. Sofia Romanowa ebenfalls.

»Jetzt gerade nicht«, widersprach Anke Pittkowski. »Nichts ist schlimmer als Misstrauen. Also, was wollen Sie wissen?«

Sie setzten sich wieder vor den Kamin; nur die Kunacks blieben an der Wand hocken. Bockisch bot Punsch und Kaffee an. Magda Bähreis und Hannchen Enderlein ließen sich von Wassile noch einen Traubenschnaps einschenken.

»Wer hat mit Susanne Ebert gesprochen, nachdem wir mit dem Spiel begonnen hatten?«, fragte Gotthardt.

Niemand meldete sich.

Bockisch stieß Fielitz an. »Du doch bestimmt, Achim, oder?«

»Ja, natürlich«, sagte Fielitz. Er schien völlig durch einander zu sein. Schlucken quälte ihn. »Sie setzte sich zu mir, nachdem die Altmanns sie ausgefragt hatten, aber sie ist schnell wieder gegangen. Wir – wir haben uns gestritten.«

»Weshalb?«, fragte Gotthardt.

»Wegen nichts. Wegen dieses verdammten Mörderspiels! Susanne fand es spannend und aufregend; sie kam an und sagte –«, er musste schlucken, »sie sagte: Jetzt bin ich ermordet. Wie gefalle ich dir als Leiche?«

Alle schwiegen betroffen.

»Ich sagte, ich fände das Spiel abgeschmackt und blöde. Da ist sie gegangen. Muffel, hat sie zu mir gesagt, Mördermuffel.«

»Danach haben Sie sie nicht noch einmal gesprochen?«

»Nein.«

»Haben Sie bemerkt, dass sie nach draußen ging?«

»Sie kam sogar vorher zu mir und sagte, sie ginge frische Luft schnappen, ob ich mitkäme. Und ich habe die beleidigte Leberwurst gespielt! Wäre ich nur –« Er fing wieder an zu schlucken.

»Schon gut.«

»Nein! Nicht gut! Dann wäre ihr gewiss nichts passiert.«

»Wissen Sie noch, wann das war?«

»Nein. Aber ich glaube, ziemlich früh.«

»Hat noch jemand mit Susanne Ebert gesprochen, nachdem das Spiel begonnen hatte?«

»Wir beide«, sagte Altmann. »Aber nur über das Spiel.«

»Du«, Evelyn Kunack stieß ihren Mann an, »du hast dich doch mit ihr unterhalten.«

»Unterhalten! Was heißt unterhalten. Wir haben ein paar Worte gewechselt.«

»Worüber?«

»Über das Spiel, Flaxereien, nichts sonst.«

»Wer war alles draußen?«

Annelie Fuchs hob zaghaft die Hand. Dann wies sie auf Maiendorff. »Sie doch auch.«

»Bestreitet ja niemand.«

»Sie auch, Sofia«, sagte Gotthardt. »Sie waren bei Wassile.«

»Ja, natürlich. Ich dachte nicht, dass Sie mich fragen.«

»Wir fragen jeden«, erwiderte Enderlein. »Selbstverständlich auch Sie. Warum sollten wir Sie auslassen?«

»Weil ich nichts damit zu tun habe!«, antwortete Sofia entschieden. »Und ich bin nicht länger bereit, dieses Spiel mitzumachen. Warten Sie, bis Miliz kommt. Ich bestehe darauf. Ich bin Reiseleiter!«

»Bitte, Sofia, bestehen Sie nicht darauf«, sagte Gotthardt. »Wir würden uns nur streiten. Ich kann Sie verstehen. Für uns ist es auch schwierig, mit der Situation zurechtzukommen. Wir sprechen doch nur die Fragen aus, die jeder von uns hat. Eine Frage auszusprechen ist immer besser, als sie verschlucken zu müssen. Oder?« Er lächelte sie an, und sie erwiderte zaghaft sein Lächeln. »Sie können natürlich tun, was Sie wollen, Sofia, doch wir auch. Niemand kann uns verbieten, über den Vorfall zu sprechen. Ist es da nicht besser, wenn wir es gemeinsam tun? Wenn jeder sagt, was er weiß? Wir helfen damit nur Ihren Behörden, glauben Sie mir. Ich würde mich freuen, wenn Sie bei uns blieben.«

»Ich bin nur nervös«, sagte sie. »Entschuldigen Sie bitte meine Heftigkeit. Schrecklich nervös.«

»Das sind wir alle, Sofia. Als Sie von Wassile zurückkamen, waren die Altmanns bei den sogenannten Verhören. Befand sich Susanne Ebert da noch in der Hütte?«

»Ich weiß es nicht.«

»Und Sie«, wandte Gotthardt sich an Annelie Fuchs. »Wie war es, als Sie hinausgingen?«

»Ich habe nicht darauf geachtet. Bestimmt nicht.«

»Weiß denn niemand etwas? Hat keiner etwas bemerkt?«, fragte Gotthardt verzweifelt. Alle schüttelten die Köpfe. Enderlein stieß ihn an.

»Haben Sie noch eine Frage?«

»Im Moment nicht.« Es klang wie ein Schlusssatz.

»Das wär's dann wohl«, sagte Maiendorff und erhob sich; auch die anderen standen auf und reckten sich.

»Die Filme«, erinnerte Enderlein leise.

»Ach ja, Herr Maiendorff«, sagte Gotthardt, »darf ich Sie um die Filme bitten.«

»Warum? Bei mir sind sie ebenso gut aufgehoben wie bei Ihnen.«

Gotthardt streckte nur die Hand aus. Maiendorff verzog das Gesicht, ging aber zu seiner Fototasche und kam mit zwei Kleinbildpatronen zurück. Gotthardt steckte sie ein.

»Und wenn ich Ihnen falsche Filme gegeben habe?«, sagte Maiendorff bissig.

»Warum sollten Sie? Sie haben doch keinen Grund dazu«, antwortete Gotthardt. »Oder?«

11

Enderlein saß auf dem Geländer, das den Streifen hinter der Hütte absperrte. Gotthardt setzte sich zu ihm.

»Sind wir jetzt klüger als vorher?«, fragte er vorwurfsvoll. »Dafür haben wir alle verstört.«

»Ich fand es aufschlussreich«, widersprach Enderlein. »Zum Beispiel, wie Maiendorff sich benommen hat. Oder Kunack! Warum wehrt er sich gegen unsere Untersuchung?« Enderlein sah Gotthardt herausfordernd an. »Wo Fragen sind, sind auch Wege. Was ist mit Fielitz? Warum hat er nicht gleich gesagt, dass Susanne Ebert hinausgegangen ist? Erinnern Sie sich: Als sie von uns gesucht wurde, tat er doch, als wüsste er nicht, wo sie sei. Und Annelie Fuchs? Ich erinnere mich recht gut, dass sie sehr lange verschwunden war. Viel zu lange, um sich nur mal in die Büsche zu hocken. Und wieso konnte sie sich dabei verirren? Sie hat sich aber bei uns bedankt, als wir sie und Susanne Ebert riefen; ohne uns hätte sie die Hütte vielleicht nicht wiedergefunden. Und die gute Magdalene Bähreis war auch draußen. Sie verschwand während des Verhörs durch die Altmanns …«

»Nun lassen Sie wenigstens Magda Bähreis aus dem Spiel«, unterbrach Gotthardt unwillig. »Wenn jemand von uns kein Mörder ist, dann sie. Was besagt es schon, dass jemand draußen war? Ich war auch draußen. Sie nicht? Wenn Sie daraus einen Verdacht konstruieren wollen! Nicht einmal in den billigsten Kriminalromanen ist es so, dass man nur die Alibis überprüfen muss und schon weiß, wer es war. Ich bezweifle, dass diese ganze Fragerei etwas nutzt. Was haben wir denn nun wirklich herausbekommen?«

»Und der Schrei? Von allein wären wir vielleicht nie darauf gekommen. Das ist ein eindeutiges Indiz für unsere These. Warum sollte Susanne Ebert nicht geschrien haben, wenn sie noch bei Bewusstsein war?«

Gotthardt tat erstaunt. »Wenn ich mich recht erinnere, wussten Sie eben noch drei Gründe dafür.«

»Beruhigungspillen. Doch nicht für uns!«

»Der fehlende Schrei überzeugt mich mehr als der Holzsplitter«, gestand Gotthardt.

»Dann finden Sie meinen Verdacht also nicht mehr abwegig?«

»Nein.«

»Das passt gut zusammen: ein Schlag mit dem Knüppel, sie verliert das Bewusstsein, stürzt ab –«

Die Hüttentür wurde geöffnet. Lisa Gotthardt und Hannchen Enderlein kamen. »Na, ihr Helden«, sagte Lisa, »sehr erleuchtet seht ihr gerade nicht aus.«

»Was ist drinnen los?«, fragte Enderlein.

»Ruhe nach dem Sturm«, berichtete seine Frau. »Wassile und Sofia hocken in einer Ecke und tuscheln, die anderen haben sich wieder in ihre Decken gehüllt und versuchen zu schlafen; sie tun zumindest so.«

»Geh wieder ’rein, Hannchen«, bat Enderlein. »Einer von uns sollte jetzt immer bei den anderen sein, damit wir wissen, was geschieht. Du würdest uns sehr helfen.«

»Ihr habt also doch einen Verdacht? Gegen wen?«

»Gegen niemand, Hannchen, wirklich, gegen niemand.«

»Aber es gibt ein paar Indizien«, ergänzte Gotthardt, »die darauf hindeuten, dass es vielleicht kein Unfall war. Warum sollen wir es unseren Frauen nicht sagen? Ich fühle mich wohler, wenn sie es wissen.«

»Der Schrei«, sagte seine Frau, »der fehlende Schrei?«

»Ja, der vor allem.«

»Und wenn sie gar nicht abgestürzt ist?«, fragte Frau Enderlein. Die anderen sahen sie verständnislos an.

»Wenn sie nicht abgestürzt ist, sondern hinunter gesprungen? Dann hätte sie auch nicht geschrien.«

»Du meinst Selbstmord?«

»Ist das ausgeschlossen?«

Gotthardt zuckte die Schultern.

»Wir werden mal darüber nachdenken«, versprach Enderlein. »Das heißt, wenn man uns Zeit dazu lässt.«

»Wir können ja mitdenken«, bot Lisa Gotthardt an.

»Der Doktor hat recht«, sagte Gotthardt zu ihr, »einer von uns sollte jetzt drinnen sein. Willst du nicht?«

Hannchen Enderlein nickte ihr zu. »Ich komme mit.«

»Seht euch doch mal nach Susanne Eberts Handtasche um, so, dass niemand es merkt. Vielleicht finden wir in der Tasche etwas Aufschlussreiches. Zumindest könnten wir etwas über sie erfahren. Was wissen wir denn von Susanne Ebert? Nicht einmal, wie alt sie war, wo und als was sie gearbeitet hat, ob sie ledig oder verheiratet war.«

»Den Eindruck einer verheirateten Frau machte sie nicht gerade.«

»Das kann täuschen. Du benimmst dich manchmal auch nicht wie eine verheiratete Frau mit vier Kindern.«

Frau Enderlein wandte sich ab. »Kommen Sie, Lisa. Lassen wir die Männer allein. Ohne uns kommen die doch nicht lange aus.«

»Selbstmord, lächerlich!«, brummte Enderlein, als die Frauen verschwunden waren.

»So lächerlich finde ich das nicht«, entgegnete Gotthardt.

»Warum sollte sie ausgerechnet hier Selbstmord machen? Im Urlaub! Auf einer romantischen Insel, im Mondenschein! Ist das eine Situation für Suizid? Nein, mein Lieber, glauben Sie mir, Suizidkranke benehmen sich ganz anders. Man hätte es ihr angesehen. Sie hatte gerade jemanden gefunden, war verliebt in ihren Achim, das sah man doch.«

»Ja«, gab Gotthardt zu, »aber kann nicht gerade das der Grund gewesen sein? Eine Liebe, von der sie erkennen musste, dass sie sich nie erfüllen würde? Gerade weil es so schön war? Weil es ihr zeigte, wie sie in Wirklichkeit lebte? Dazu diese Mondnacht, die Insel; eine Situation, die alles fremd und geheimnisvoll erscheinen lässt – vielleicht bedrohlich? Was wissen wir, woran der Mond über dem Wasser sie erinnerte, als sie auf der Klippe stand und auf das Meer hinaussah? Und dann der dunkle Abgrund vor ihr. Kennen Sie nicht die Versuchung, einfach zu springen?«

»Nein, und ich kann mir auch nicht vorstellen, dass ich jemals in solch eine Versuchung geraten könnte.«

»Ich schon.«

Enderlein blickte Gotthardt überrascht an.

»Einmal«, erzählte Gotthardt, »als wir in Urlaub fuhren, bummelten wir durch Stralsund. Wir stiegen auf den Turm der Marienkirche. Waren Sie mal da oben? Ein wundervoller Ausblick. Ich hatte den ganzen Tag Kopfschmerzen gehabt, hier waren sie plötzlich verschwunden. Ich fühlte mich frei. Davonfliegen, dachte ich. Die Arme ausbreiten und einfach davonfliegen. Und dann dachte ich: hinunterspringen. Verstehen Sie? Ich habe tatsächlich daran gedacht. hinunterzuspringen! Nicht verbittert, obwohl ich damals Gründe gehabt hätte, mich davonzuschleichen, aber daran dachte ich gar nicht. Ich fühlte weder Erlösung noch Entsetzen bei dem Gedanken, hinunterzuspringen. Auch keine Furcht vor dem Aufprall, vor dem Sterben.« Er sah Enderlein an. »Es war so sachlich. Ohne jede Emotion. Ohne Abwehr. Erst als wir wieder unten waren, erschrak ich.«

»Aber Sie sind nicht gesprungen.«

»Gott sei Dank.«

»Sie würden nie springen, Sie nicht.«

»Vielleicht. Seit damals bin ich nicht mehr sicher. Aber es geht ja auch nicht um mich. Ich wollte Ihnen nur begreiflich machen, wie einfach es sein kann, zumindest den Gedanken zu fassen.«

»Und der Holzsplitter in der Wunde?« Enderlein schwang sich über den Zaun, betrat den Streifen zwischen Haus und Abgrund und stellte sich vor das zerbrochene Geländer. Gotthardt folgte ihm.

»Hoffentlich bekommen wir keinen Ärger mit der Miliz, weil wir den Boden zertrampelt haben«, sagte er.

»Vielleicht gab es eine Spur, und wir haben sie heute Nacht vernichtet.«

»Daran habe ich auch schon gedacht. Aber jetzt ist es ohnehin zu spät.« Enderlein sah sich um. »Wo mag der Knüppel geblieben sein? Wo hätten Sie ihn gelassen?«

»Hinuntergeworfen. Ins Meer.«

»Wenn Sie aber Angst hätten, dass Blut daran ist? Dass man ihn neben der Leiche finden wird? Mit Ihren Fingerabdrücken?«

»Zeichnen sich Fingerabdrücke überhaupt auf Holz ab?«

»Keine Ahnung.«

»In den Wald werfen«, sagte Gotthardt. »Oder noch besser: ihn ins Unterholz stecken zwischen andere Knüppel.«

»Dann wäre es aussichtslos, ihn jemals wiederzufinden.«

»Wenn er ihn ins Meer geworfen hätte«, sagte Gotthardt, »hätten wir ihn gefunden. So, wie wir gesucht haben.«

»Aber nur hier unten. Wenn es hell wird, sollten wir auch den Strand links und rechts der Fundstelle absuchen. – Wie mag es sich abgespielt haben?« Enderlein kaute am Daumen, während er sich langsam einmal um sich selbst drehte. »Was glauben Sie, hat Susanne Ebert ihren Mörder kommen sehen? Hat sie sich noch mit ihm unterhalten? Oder hat er sich von hinten angeschlichen und ihr einfach eins über den Schädel gegeben? Hat er den Knüppel mitgebracht? Oder vom Zaun gerissen? Wenn er ihn vom Zaun gerissen hat, warum hat sie sich nicht gewehrt? Warum nicht geschrien? Warum ist sie nicht davongelaufen?«

»Der Zaun war schon entzwei; Sofia hat es doch vorhin gesagt.«

»Sofia? Ich kann mich nicht erinnern.«

»Sie sagte doch: Warum hat sie sich auf kaputtes Geländer gesetzt?« Gotthardt machte Sofia Romanowas Stimme ziemlich echt nach.

»Oho, Sie machen Fortschritte als Detektiv!« Enderlein nickte übertrieben anerkennend.

»Ich habe Sofia gefragt. Sie weiß nicht, ob das Geländer vorher schon so aussah wie jetzt, aber sie hat vor ein paar Tagen in der Verwaltung gehört, wie sich ein Kollege beschwerte, dass der Zaun schon seit vierzehn Tagen entzwei und noch immer nicht repariert wäre.«

»Die haben Reparaturzeiten!«, stöhnte Enderlein. »Ich wäre froh, wenn ich in acht Wochen einen Handwerker bekäme.«

»Hier geht es um eine lebensgefährliche Stelle.«

»Die abgesperrt ist. Da gebe ich Sofia recht, hier hat niemand etwas zu suchen.« Enderlein bückte sich und betrachtete den zerbrochenen Zaun. »Da fehlt ein Stück«, rief er aufgeregt, »gerade groß genug, um einen handlichen Knüppel abzugeben. Ich sage Ihnen, Gotthardt, dieses Stück war die Mordwaffe, oder ich fresse einen Besen.«

12

»Wo steckt ihr denn?« Lisa Gotthardt erwartete sie vor der Hütte. In der Hand trug sie eine weiße Knautschlacktasche, über ihrem linken Arm lag eine marineblaue Jerseyjacke mit goldenen Knöpfen. »Irgendetwas ist in den Taschen. Wir haben uns nicht getraut, es herauszuholen. Wegen der Fingerabdrücke«, ergänzte sie ein wenig verlegen.

»Bravo«, lobte Enderlein, »sehr gut.« Er gab Gotthardt die Lampe, holte ein Taschentuch hervor, stülpte es über Daumen und Finger und fuhr mit der so geschützten Hand in die Jackentasche. Es war nicht viel, was er hervorholte: ein unbenutztes weißes Taschentuch mit Häkelkante und den eingestickten Initialen S. E., ein kleines blaues Portemonnaie, in dem aber nur ein paar Münzen und zwei Zehnerscheine steckten, und ein lackiertes Seepferdchen, wie es am Strand für wenige Pfennige verkauft wurde, drei Päckchen Würfelzucker aus dem Burgrestaurant. Enderlein steckte alles wieder zurück. Dann öffnete er ebenso vorsichtig die Handtasche und leuchtete hinein. »Hat jemand ein sauberes Taschentuch?«

Enderlein schüttelte den Inhalt der Tasche aus: ein hellbrauner Taschenkamm, ein blau-weiß gestreifter Kosmetikbeutel, fünf Päckchen Würfelzucker aus drei verschiedenen Restaurants, Sonnenbrille im Etui, ein Perlonnetz in einem kleinen Täschchen, zwei frankierte, aber noch nicht beschriebene leuchtend-bunte Ansichtskarten, ein Päckchen Papiertaschentücher, ein winziges blaues Täschchen, ein Gasfeuerzeug aus gelbem Plast, eines der billigen Dinger, die nicht nachgefüllt werden können, eine fast leere Packung »Pall Mall« ohne Filter, eine große Packung »Peremesin«-Tabletten, aus der drei Stück fehlten, eine angebrochene Stange »Pfeffi«, ein kunstledern gebundener Kalender, in dessen Schlaufe ein dünner, sorgsam gespitzter Bleistift steckte, Personalausweis, Versicherungsausweis, auch er in Zellophanhülle, drei Kleinpackungen Pflaster, ein Kugelschreiber. Enderlein öffnete auch den Kosmetikbeutel: Lippenstift, Nagellack, Eyliner, Lidschatten, Pinsel, Mascarograf, Puderdose, alles von der gleichen französischen Firma, ebenso ein Minifläschchen Parfüm, eine Dose Nivea-Creme, eine Packung Abschminktücher, Nagelfeile, Haarklemmen, ein Taschenspiegel, auf dessen Rückseite eine Blondine Reklame für Budweiser Bier machte. In einem kleinen blauen Täschchen stak Nähzeug, weißes, schwarzes, dunkelblaues und beigefarbenes Garn, drei verschiedene Knöpfe, ein Briefchen Sicherheitsnadeln.

»Sagt schnell, was euch auffällt«, forderte Enderlein. »Der erste Eindruck.« Er stieß Lisa Gotthardt an.

»Ordentlich«, sagte sie. »Es ist im Prinzip nichts anderes, als Sie in meiner Handtasche auch finden würden, in Hunderttausenden von Handtaschen, aber es sieht alles so ordentlich, so sauber, so gepflegt aus. Kein Kleingeld, bei mir liegt immer was lose 'rum. Kein schmutziges Taschentuch.«

»Es sind ausschließlich ausländische Kosmetiksachen«, stellte Gotthardt fest. »Und amerikanische Zigaretten.«

»Das bedeutet gar nichts«, erwiderte seine Frau. »Die Zigaretten kannst du hier an jedem Kiosk kaufen, und die Kosmetika – weißt du überhaupt, was ich benutze?«

Ihr Mann blickte überrascht auf. »Nein, keine Ahnung. Bis auf dein Parfüm. Das ist französisches. Ich habe es dir zu Weihnachten geschenkt.«

»Das gleiche Fabrikat wie dieses hier. Und die an deren Sachen könnten in Berlin gekauft sein, in dem Exquisitladen am Alexanderplatz zum Beispiel.«

»Aber sie sind sündhaft teuer«, sagte Gotthardt.

»Vielleicht hat sie sie auch aus dem ›Intershop‹? Vielleicht hat sie Westverwandtschaft.«

»Oder einen ausländischen Freund«, sagte Enderlein. »Mir ist aufgefallen, dass sie keine Pillen bei sich hat. Sie machte den Eindruck einer Frau, die die Pille nimmt. Dafür ›Peremesin‹.«

»Wofür sind die?«

»Gegen alle Arten von Übelkeit und Erbrechen, gegen Seekrankheit und Flugempfindlichkeit, aber auch gegen Schwangerschaftsbeschwerden.«

»Vielleicht war sie schwanger?« Lisa Gotthardt legte erschrocken die Hand vor den Mund und sah erst zu ihrem Mann, dann zu Enderlein. »Das wäre ein Motiv, ja?«

Enderlein überlegte einen Augenblick, dann schüttelte er den Kopf. »Kaum. Das hieße ja, dass der Vater unter uns sein müsste.«

»Ich habe gesehen, wie Susanne Ebert in Schönefeld zu uns stieß«, sagte Gotthardt. »Sie ging zuerst zu einer anderen Gruppe und erkundigte sich dort. Dann kam sie zu uns, und es war offensichtlich, dass sie niemanden kannte.«

Lisa Gotthardt nickte erleichtert.

»Könnten Sie feststellen, ob sie schwanger war?«, fragte Gotthardt.

»Ja, schon. Aber ich würde es ungern tun. Es ist zu viel Zeit verstrichen. Wir müssen es der gerichtsmedizinischen Untersuchung überlassen. Wenn sie jedoch schwanger wäre, dann höchstens im dritten Monat. Andernfalls hätte ich es vorhin bemerkt.«

In der Ausweishülle steckte ein Zettel, ein Einlieferungsschein, auf dem sechssprachig bescheinigt wurde, dass zwei Schwarz-Weiß-Kleinbildfilme am Foto-Kiosk an der Hauptbrücke zum Entwickeln abgegeben worden waren.

»Dass sie dafür Devisen ausgibt!«, entfuhr es Lisa Gotthardt. »Die hätte ihre Fotos ebenso gut zu Hause entwickeln lassen können.«

Ihr Mann warf ihr einen missbilligenden Blick zu.

»Na ja, stimmt doch. Hast du mal beobachtet, was Susanne Ebert fotografierte? Landschaft mit Achim, Achim mit Landschaft. Das hätte wirklich Zeit bis Berlin gehabt.«

»Es kommt auch hier zu spät«, bemerkte Enderlein leise. Frau Gotthardt sah ihn verlegen an. Der Doktor schlug den Ausweis auf. Sie erkannten Susanne Ebert erst nach genauem Hinsehen, das junge Mädchen auf dem Bild wirkte fremd.

»Das muss ihr erster Ausweis sein«, meinte Gotthardt. »Sehen Sie: Schülerin.«

»Stimmt. Vor zehn Jahren ausgestellt. In Berlin. Und

sie ist auch in Berlin gemeldet, Schöneweide, Farradaystraße. Seit drei Jahren. Die Adresse davor galt schon bei Ausstellung des Ausweises, vielleicht die Wohnung ihrer Eltern, und dies ist jetzt ihre eigene.«

»Wie alt ist sie?«

»Vierundzwanzig und ledig. Kein Kind.«

»Und dann eine eigene Wohnung, wenn ihre Eltern in Berlin leben?«

»Ich kenne die Ecke«, sagte Lisa Gotthardt, »alte, zum Teil schwer vermietbare Kästen, könnte schon sein, dass sie da eine kleine Wohnung bekommen hat.«

Unter der hinteren Lasche der Ausweishülle steckten zwei Zettel und ein Brief auf Kopfbogen des Reisebüros:

»Liebe Susanne!

Ich habe es mit dem Urlaubsplatz so arrangieren können, wie Du es gewünscht hast. Gute Erholung und toi, toi, toi. Bis bald. Schreib mir mal. Deine Ingrid.«

Der eine Zettel war ein Kontoauszug. Enderlein stieß einen Pfiff aus, als er ihn las. »Fast fünfzehntausend Mark!«

»Nicht schlecht für ein so junges Mädchen«, sagte Lisa Gotthardt.

»Haben Sie etwas zu schreiben?«, fragte Enderlein. Sie griff in die Jackentasche und holte Notizbuch und einen Bleistiftstummel hervor. »Mit einem Gruß von Ihrer Frau. Sie meinte, es wäre gewiss das Erste, wonach Sie verlangen würden.«

»Weibergeschwätz«, knurrte Enderlein, es klang wohlwollend. Er notierte sich Kontonummer und Summe, dann den Text des Briefes sowie die Daten des Personalausweises.

Der andere Zettel war eine Rechnung aus dem Nachtclub »Havanna«.

»Eine hübsche Zeche«, konstatierte Gotthardt, »fast ein halbes Taschengeld.«

»Sicher für alle vier zusammen«, vermutete seine Frau. »Sie waren doch mit Anke Pittkowski und Peter Bockisch da.«

»Würden Sie so etwas aufheben?«, erkundigte sich Enderlein.

»Ja, wahrscheinlich. Zur Erinnerung an einen be sonders schönen Abend. Susanne scheint eine Souvenirsammlerin gewesen zu sein. Denken Sie nur an die Zuckerstückchen.«

Enderlein nahm den Versicherungsausweis und las daraus vor. Susanne Ebert hatte die allgemeinbildende Oberschule bis zur zehnten Klasse besucht, danach eine Ausbildung als Stenokontoristin im Glühlampenwerk erhalten, seit vier Jahren arbeitete sie bei »AHG Investex« als Sachbearbeiterin; sie war in jedem Jahr zwei- oder dreimal krankgeschrieben gewesen.

»Nichts Ernsthaftes«, erklärte Enderlein, nachdem er die Nummern des Diagnoseschlüssels studiert hatte, »Erkältungskrankheiten, Grippe, Sehnenzerrungen, die vor allem.«

»Berufskrankheit«, sagte Gotthardt.

»Ja, aber auch eine gute Möglichkeit, die sechs Wochen auszuschöpfen.« Enderlein klappte den Ausweis zu. »Nicht gerade aufschlussreich. Haben Sie eine Ahnung, was ›AHG Investex‹ ist?«

»Ich glaube, ja«, antwortete Gotthardt nachdenklich.

»AHG heißt Außenhandelsgesellschaft. Wenn ich mich nicht täusche, laufen über Investex alle Außenhandelsgeschäfte für Industrieanlagen, die wir im Ausland bauen.«

Enderlein stieß einen Pfiff aus.

»Sie wittern wohl gleich einen Fall von Industriespionage«, sagte Gotthardt bissig. »Doktor, ich fange an, Ihre Fantasie zu bewundern. Sie nutzen noch den kleinsten Zipfel eines Hinweises.«

Enderlein grunzte nur, nahm Susanne Eberts Kalender und blätterte ihn vorsichtig durch. Im Deckel standen Name und Adresse, auf den Seiten, die jeweils für zwei Tage unterteilt waren, fanden sich Eintragungen in sehr kleiner, wie gestochener Schrift, mit blauem oder rotem Kugelschreiber oder Bleistift. Die roten Eintragungen waren offensichtlich Geburtstage, die blauen Termine: Zahnarzt, Friseur, Kosmetikerin, Theater; während die roten Eintragungen sich über den ganzen Kalender verteilten, gingen die blauen mit Ausnahme eines Zahnarzt- und eines Kosmetiktermins nur bis zum Urlaub. Die Bleistifteintragungen waren in Stenographie, zumeist kurze Notizen.

Lisa Gotthardt hatte sich vorgebeugt. »Tanzen, Blumen«, entzifferte sie mühsam. »Wenn ich mir Mühe gebe, könnte ich vielleicht das eine oder andere herausbekommen.«

»Das wäre schon was.« Begeisterung schwang in Enderleins Stimme. »Meine Frau kann Ihnen helfen, sie hat sich vor Urzeiten auch mal mit Steno versucht.«

»Anke Pittkowski ist sicher firm.«

»Wir wollen andere nur soweit wie unbedingt nötig heranziehen. Versuchen Sie es bitte zuerst allein, ja? Und – seien Sie möglichst sorgsam, vor allem mit dem Einband, dass Sie eventuelle Fingerabdrücke nicht verwischen.«

Gotthardt holte seinen Ausweis hervor, nahm ihn aus der Hülle und hielt sie Enderlein hin. »Vielleicht passt der Kalender da 'rein?«

»Ausgezeichnet.«

Lisa Gotthardt nahm das Notizbuch und stand auf. »Übrigens, was mir aufgefallen ist: die Kosmetiktermine.«

»Ich habe mich auch gewundert, dass sie schon zur Kosmetikerin gerannt ist«, sagte ihr Mann. »Sie war doch eigentlich noch zu jung dafür.«

»Das nicht«, widersprach seine Frau. »Viele Frauen fangen früh damit an. Aber im Januar und Februar ist sie gar nicht gegangen, ab März jedoch jede Woche.«

»Und was bedeutet das Ihrer Meinung nach?«

»Ich weiß nicht. Ich finde es ungewöhnlich. Im Allgemeinen geht man einmal im Monat oder alle vierzehn Tage.«

13

»Sind wir jetzt schlauer?«, fragte Gotthardt missmutig. »Ich finde, die Handtasche hat überhaupt nichts ergeben; es ist die Tasche einer jungen Frau, wie es sie zu Tausenden bei uns gibt, eine, die brav arbeitet und spart, um sich einmal im Jahr eine große Reise zu leisten.«

»Und fünfzehntausend Mark!«

»Vielleicht hat sie geerbt. Oder im Lotto gewonnen. Vielleicht hat sie sich davon die Reise geleistet. Sie denken natürlich an Agentengelder! Da würde sie wohl kaum einen Kontoauszug mit sich herumtragen.«

»Und warum tut sie es?«

»Keine Ahnung. Um damit anzugeben, falls sie jemanden auf der Reise kennenlernen sollte. Wir können Fielitz ja mal fragen, ob Susanne Ebert versucht hat, ihn mit dem Kontoauszug zu ködern.«

»Fielitz zu befragen wird sowieso höchste Zeit!«

»Halten Sie den etwa auch für verdächtig? Er ist der Einzige unter uns, der unmittelbar von ihrem Tod betroffen ist.«

»Eben. Er ist der Einzige, der engere Beziehungen zu ihr hatte und damit ein Motiv haben könnte. Vielleicht ist sie ihm zu sehr auf den Pelz gerückt?«

»Sie spinnen, Doktor! Hat man einen Mord nötig, um den Nachstellungen einer Frau zu entgehen? Außerdem kannten die beiden sich erst eine Woche. Was sollte da wunder geschehen sein, dass er Gewalt nötig gehabt hätte, sie loszuwerden! Haben Sie denn nie gesehen, wie die beiden Händchen haltend herumzogen? Wenn sie sich nicht überhaupt irgendwo in die Dünen verkrochen, weitab von allen anderen. Und wie Susanne Eberts Tod ihn mitnimmt – sieht so ein Mörder aus?«

»Was für ein Gesicht müsste er machen, wenn er sie umgebracht hätte?«

»Keine Ahnung. Mord ist Ihre Spezialität.«

»Gut, Fielitz nicht. Wer dann? Sofia? Warum? Annelie Fuchs?«

»Aus blinder Eifersucht?«, schlug Gotthardt vor. »Frau Fuchs tötet die böse Elster, die ihr den attraktivsten Mann der Gruppe vor der Nase weggeschnappt hat.«

»Anke Pittkowski?«

»Hat alle Hände voll mit ihrem Peter zu tun.«

»Die Altmanns?«

»Utas Sonnenbrand füllt die beiden völlig aus.«

»Und sie haben die Hütte in der fraglichen Zeit nicht verlassen.«

»Die Kunacks auch nicht.«

»Das behauptet sie. Vielmehr, er behauptet es; und er hatte Mühe, dass sie es bestätigte.«

»Wahrscheinlich, weil sie noch von den Tabletten benommen war.«

»Möglich. Aber Alibis, die Pärchen sich gegenseitig geben, sind keinen Pfifferling wert. Einer deckt den anderen, um sich vor Unannehmlichkeiten zu bewahren. Außerdem sind wir keine offiziellen Untersucher. Uns kann man ungestraft belügen.«

»Wenn jemals einer von den Kunacks mordet«, sagte

Gotthardt, »dann ist bestimmt der Ehepartner das Opfer. Die beiden sind doch wie Hund und Katz, wenn sie mal für einen Augenblick die Beherrschung verlieren.«

»Maiendorff?«, fuhr Enderlein fort. »Die Rache eines verschmähten Liebhabers? Oder hat er ihr im Suff einen unsittlichen Antrag gemacht? Gefragt, ob er Aktfotos von ihr machen darf?«

»Ein Motiv für Mord? Das glauben Sie selbst nicht.«

»Eine Situation kann eskalieren. Die beiden geraten sich in die Wolle, egal, wie. Sie geht auf ihn los, er weicht zurück, vielleicht in Richtung Abgrund, stolpert, bekommt den Knüppel in die Hand; als sie das sieht, geht sie auf ihn los, er hat Angst, in den Abgrund zu stürzen, gerät in Panik und schlägt zu –«

»Und wir hören von alledem nichts? Warum ruft sie nicht ihren Achim zu Hilfe? Warum kommt sie nicht in die Hütte gerannt? Nein, Doktor, eher glaube ich, dass Wassile ihr nachstellte. Oder dass sich noch jemand auf der Insel befindet. – Warum eigentlich nicht?«

Enderlein lachte. »Sie wehren sich mit Händen und Füßen gegen die Tatsache, dass es einer von uns gewesen sein muss.«

»Weil nur Unsinn herauskommt, wen wir auch verdächtigen. Wer sollte eine kleine, unbedeutende Stenokontoristin umbringen?«

»Ja, das Motiv«, sagte Enderlein, »davon müssen wir ausgehen! Da sind die klassischen Motive: Liebe, Hass, Rache, Habgier, Machthunger, dann Sexualdelikte, Spionage, Sabotage –«

»Geisteskrankheit.«

»Die dürfte hier kaum in Frage kommen; aber seelische Not, eine Stress-Situation, in der jemand die Kontrolle verliert und etwas tut, was er bei klarem Verstand nie tun würde, das wäre möglich.«

»Sie meinen, wenn jemand erpresst wird oder so?«

»Zum Beispiel. Wo fangen wir an?«

»Beim Geld. Fünfzehntausend Mark sind eine handfeste Summe. Wenn man den Kriminalisten glauben darf, wurde mancher schon wegen weniger umgebracht.«

»Auch bei uns?«

Gotthardt zuckte mit den Schultern. »Das weiß ich nicht. Gibt es bei uns überhaupt noch Morde? Unsere Zeitungen sind da ein wenig zurückhaltend.«

»Zu zurückhaltend.«

»Ich glaube nicht. Gehören Verbrechen in die Zeitung? Ich habe was gegen Sensationsmacherei. Und Verbrechen als Unterhaltung –«

»Als Information«, unterbrach Enderlein unwillig. »Ich will nicht jeden Mord oder jede Vergewaltigung bis ins kleinste Detail geschildert bekommen, ich möchte aber wissen, wie es mit der Kriminalität bei uns bestellt ist, ob sie sinkt oder steigt, ob es zum Beispiel überhaupt noch Morde oder Banküberfälle gibt. Wo ich nichts weiß, fange ich an zu rätseln; wenn ich nicht informiert werde, muss ich denken, man will mir etwas verheimlichen. Ich hasse es, raten zu müssen, wo ich wissen sollte.« Er schwenkte die Arme und holte tief Luft, als wollte er eine breit angelegte Rede beginnen, atmete aber nur schnaufend aus. »Entschuldigen Sie den Ausbruch.«

»Schon gut. Ich bin ja nicht Chefredakteur.«

»Sie sind auch gar nicht der Typ dafür. – Wo waren wir?«

»Beim Geld. Ich glaube nicht, dass es aus Geldgier geschah. Selbst wenn Susanne Ebert eine Million besessen hätte, wäre das kein Motiv, denn der Täter könnte nicht an das Geld; es sei denn, er wäre einer ihrer Erben.«

»Bei Edgar Wallace entpuppt sich das kleine Bürofräulein nicht selten als Millionenerbin. Sie hat natürlich keine Ahnung, dass sie eines Tages ungeheuer reich sein wird. Oder Herzogin. Nur einer weiß das, der Bösewicht, der sie heiraten oder umbringen will, um an ihr Erbe zu kommen …«

»Maiendorff«, rief Gotthardt. »Maiendorff ist der Schurke.«

Sie grinsten beide.

»Liebe und Hass«, sagte Enderlein, »wie steht es damit? Jemand könnte sich in Susanne Ebert verliebt und sie lieber in den Abgrund gestürzt haben, als sie Achim Fielitz zu überlassen. Oder sie hat den Hass einer der anderen Frauen auf sich gezogen, die selbst auf Fielitz scharf war. Auch Rache ist ein starkes und uraltes Motiv.«

»Halten Sie denn einen von unserer Gruppe so starker Leidenschaften für fähig, dass er deshalb einen Mord begeht?«

»Ehrlich gestanden, nein; aber als Auslöser für eine Affekthandlung? Wenn zum Beispiel jemand ihr seine Liebe entdeckt, sie aber lacht ihn aus, reizt ihn, bis er so mit Wut und Hass aufgeladen ist, dass er zuschlägt.«

»Könnte Sie jemand so reizen, dass Sie jegliche Kontrolle über sich verlieren?«

»Wer weiß? Ich hatte schon öfter das Bedürfnis, jemandem den Hals umzudrehen. – Was haben wir noch auf unserer Motivliste?« Enderlein sah auf seine Notizen. »Machtgier? Nein!« Er klopfte mit dem Bleistiftstummel auf das Büchlein. »Wem könnte die kleine blonde Stenotypistin im Weg gestanden haben, dass er sie umbringen musste?«

»Sie könnte entdeckt haben, dass jemand Republikflucht begehen will. Ich habe neulich gelesen, dass sich Leute über die Schwarzmeer-Kurorte ausschleusen lassen wollten, dabei ist eine Menschenhändlerorganisation aufgeflogen. Wenn Susanne Ebert solch einer Sache auf die Spur gekommen ist –«

»Vielleicht ohne es zu wissen.« Enderlein griff den Faden eifrig auf. »Vielleicht hat jemand auch nur Angst bekommen, sie habe etwas bemerkt.«

»Die Kunacks?«, sagten beide wie aus einem Mund.

»Oder Annelie Fuchs?«, fragte Enderlein. »Fielitz? Peter Bockisch reist ohnehin dauernd ins Ausland.«

»Das behauptet er.«

Enderlein sah überrascht auf. »Stimmt. Wir wissen es nur von ihm selbst.«

»Es muss sich ja nicht um Republikflucht handeln«, sagte Gotthardt, »sie könnte auch etwas erfahren haben, mit dem sie den Betreffenden erpressen konnte.«

»Etwa, dass er in Wirklichkeit ein gesuchter Nazi ist?« Enderlein lachte skeptisch. »In unseren Krimis kommt das ja andauernd vor, aber in Wirklichkeit? Sagen Sie mir lieber, was Sie von Spionage halten, Wirtschaftsspionage? Wenn, wie Sie sagen, über die ›Investex‹ unsere Außenhandelsgeschäfte mit ganzen Anlagen und Fabriken gehen, halte ich das für ein hervorragendes Motiv. Haben nicht gerade Sachbearbeiter und Sekretärinnen oft den besten Einblick? Jemand hat versucht, sich an sie heranzumachen, hat vorsichtig vorgefühlt und sieht jetzt die Gelegenheit gekommen, die Katze aus dem Sack zu lassen. Sie will nicht. Er aber hat sich entlarvt und schlägt zu. Oder sie hat Spionage getrieben und war nicht mehr bereit, mitzumachen.«

»Falsch«, sagte Gotthardt. »ganz falsch! Ich hab's. In Wirklichkeit war sie Mitarbeiterin der Staatssicherheit und hinter einem Agenten her; der sieht sich entlarvt und bringt sie um. Was halten Sie davon, Sherlock Holmes?«

»Glaube kaum, dass sich Ermittlungen so abspielen«, brummte Enderlein. »Ich denke mir, dass dann wenigstens ein zweiter Mann dabei wäre, und der würde sich wohl jetzt in die Untersuchung einschalten.«

Sie blickten sich an, dann lachten sie beide auf.

»Ich nicht«, sagte Enderlein.

»Ich auch nicht.«

14

Beinahe wäre Gotthardt der Länge nach in die Hütte geflogen. Als er die Klinke in die Hand nahm, wurde die Tür von innen aufgerissen, er stolperte, rempelte Maiendorff an und konnte sich nur mit Mühe fangen. Maiendorff stand vor ihm wie eine verängstigte Mutter, die ihr Baby an die Brust drückt, ein dreibeiniges, glotzäugiges Baby, seine linke Hand umklammerte die Kamera, die rechte die Stativstangen. »Ich gehe den Sonnenaufgang fotografieren«, sagte er betont selbstsicher, »Sie haben hoffentlich nichts dagegen.«

»Warum sollte ich? Beeilen Sie sich nur, es wird schon mächtig hell, und von hier oben werden Sie den Sonnenaufgang kaum mitbekommen, wohl auch nicht vom Strand. Ich schätze, Sie müssen erst noch quer über die Insel.«

»Verdammt!«, rief Enderlein, holte seine Fototasche und packte Maiendorff am Arm. »Los! Wir werden uns doch nicht diese einmalige Gelegenheit entgehen lassen!«

Als sie jedoch vor die Tür traten, ging die Sonne schon hinter dem Wald auf. Es wurde fast schlagartig hell, durch die Baumspitzen stachen Strahlenbündel. Maiendorff stellte blitzschnell sein Stativ auf und hatte im Nu ein halbes Dutzend Aufnahmen geschossen.

»Auch nicht schlecht«, sagte er. »Sonnaufgänge bekommt man relativ leicht, aber solche Waldaufnahmen dürften ziemlich einmalig sein.« Er rieb sich die Hände. »Wann steht man schon bei Sonnaufgang fast in Höhe der Wipfel? Haben Sie nicht fotografiert?« Er blickte schadenfroh auf Enderlein, der verärgert seine Kamera verstaute, ohne sie auch nur einmal benutzt zu haben.

Inzwischen waren auch die anderen vor die Hütte getreten, übernächtig, verkatert, mit graugrünen, bestenfalls olivfarbenen Gesichtern, tiefen Falten und Tränensäcken, kein Reklameanblick für Urlaub am Schwarzen Meer. Am besten schienen noch Wassile und Magda Bähreis die Nacht überstanden zu haben. Die meisten muffelten, gähnten, krochen in sich hinein.

»Ans Wasser«, kommandierte Peter Bockisch. »Das Einzige, was uns jetzt helfen kann, ist ein Bad. Wer kommt mit?«

Uta Altmann, Sofia und Annelie Fuchs erklärten, dass sie so früh noch kein Bad vertrügen, schon gar nicht heute; die anderen trotteten hinter Wassile her, der bereits mit langen, federnden Schritten den Waldweg hinunterlief.

»Ich bleib' auch lieber oben«, sagte Lisa Gotthardt.

»Könnt ihr nicht schon Kaffee vorbereiten und versuchen, aus den Resten ein Frühstück zu zaubern?«, schlug ihr Mann vor, dann beeilte er sich, damit er den Anschluss an die Gruppe nicht verlor. Im Wald waren sie übertrieben lustig und laut; als sie an den Strand kamen und das Boot erblickten, verstummten sie.

Peter Bockisch zog sich entschlossen aus und ging nackt ans Wasser, steckte erst einen Fuß hinein, watete dann bedächtig weiter, als habe er Furcht, den fast glatten Spiegel des Meeres zu zerbrechen. Einer nach dem anderen folgte ihm. Wie in Kiellinie schwammen sie hinaus, immer weiter von dem Boot entfernt, das in der Morgensonne golden und weiß glänzte. Niemand sprach laut, zumeist war nur das Eintauchen der Hände oder das Schlagen der Füße zu hören. Wassile schwamm an der Spitze in langen, ruhigen Stößen wie ein geübter Langstreckenschwimmer. Peter Bockisch legte sich auf den Rücken und wirbelte mit den Beinen meterhohe Wasserfontänen in die Luft, die anderen gesellten sich zu ihm, alle ein wenig erschöpft von dem schnellen, pausenlosen Schwimmen.

Wassile machte einen Bogen zum Boot hin, Gotthardt ließ sich so treiben, dass er ihn im Auge behielt. Dann sah er, dass weit draußen noch ein Kopf über dem Wasser stand; er vergewisserte sich, wer fehlte. Fielitz.

Er schwamm zu Enderlein. »Achten Sie auf Wassile? Ich schwimme Fielitz nach.« Der hatte reichlich Vorsprung. Und ein hohes Tempo. Gotthardt legte einen Zwischenspurt ein, kraulte ein-, zweihundert Meter, Fielitz begann auch zu kraulen, und der Abstand wurde noch größer. Gotthardt rief ihn, Fielitz reagierte nicht. Er rief noch einmal, so laut er konnte. Fielitz drehte sich um, kam zurück. »Brauchen Sie Hilfe?«

»Nein. Ich dachte nur, wir sollten zurückschwimmen. Die anderen sind schon am Strand.«

Fielitz passte sich seinem Rhythmus an; sie tauchten die Hände zugleich ein, zogen sie im gleichen Tempo durch das Wasser und stießen sie zugleich wieder nach vorn. Fielitz hatte Farbe bekommen. Er sah nicht herüber, und er versuchte auch kein Gespräch. Er tauchte den Kopf ein, obwohl sie nicht allzu schnell schwammen. Die anderen waren bereits beim Anziehen; sie warteten, bis sich Gotthardt und Fielitz warm gelaufen und angezogen hatten. Erst im Wald fingen sie an, laut zu sprechen und sich zu bestätigen, wie gut das Morgenbad ihnen bekommen sei.

Die Frauen hatten eine erstaunlich reichhaltig wirkende Frühstückstafel improvisiert: eine weiße Decke im Gras, rundherum die Kissen, auf dem Tuch die Becher, zwei Dosen Kaffeepulver, vier Häufchen Würfelzucker und kleine Berge in Würfel geschnittenes Brot, Käse und Wurst auf Papierservietten, außerdem Keks.

»Wie geht es nun weiter?«, fragte Kunack. Er drehte sich zu Sofia. »Wie haben Sie sich das vorgestellt?«

»Ich denke, Wassile versucht jetzt, bei Tageslicht, noch einmal, ob er den Motor in Gang bekommt. Vielleicht kann ihm einer helfen? Auch könnte jemand auf die andere Seite der Insel gehen und aufpassen, ob ein Boot vorbeikommt; vielleicht ein Feuer machen und Zeichen geben?«

Peter Bockisch meldete sich. »Das wäre etwas für mich. Ich bin ein gelernter Indianer. Und du, Squaw, kommst mit. Und du auch, Achim, keine Widerrede. Da hast du endlich eine Aufgabe, die dich ablenkt.«

»Ich helfe Wassile«, erklärte Altmann.

»Und ich?«, maulte seine Frau.

»Wir anderen gehen an den Strand«, schlug Gotthardt vor. »Für Sie, Frau Altmann, bauen wir ein Sonnendach. Es ist bestimmt besser, wenn wir möglichst zusammenbleiben.« Er beugte sich zu Bockisch. »Ich muss noch mit Ihnen sprechen, bevor Sie losgehen.«

Peter Bockisch legte die Hand militärisch an den Kopf. »Zu Befehl, Genosse General!«

»Mir graut davor, ständig auf das Boot sehen zu müssen«, sagte Annelie Fuchs.

»Wir schieben das Boot noch ein Stück zur Seite«, versprach Gotthardt. »Hier oben wird aufgeräumt und dicht gemacht. Einverstanden, Sofia?«

»Ja, warum nicht.« Sie stand auf und begann, die Becher einzusammeln.

Gotthardt nahm Wolfgang Altmann zur Seite. »Wenn ihr jetzt hinuntergeht, ich meine –«

»Sag schon, was ich tun soll.« Altmann blickte ihm in die Augen. »Mit mir kannst du offen reden, einverstanden?« Er hielt Gotthardt die Hand hin, der schlug ein.

»Pass auf«, bat Gotthardt, »dass niemand die Tote berührt. Niemand, hörst du?« Altmann nickte. »Notfalls gebrauche Gewalt. Ich glaube aber nicht, dass es nötig sein wird.«

»Wird gemacht.«

Lisa stand bei den Enderleins. »Setzt euch möglichst nahe an die Klippe«, sagte Gotthardt, »und lasst niemand vorbei. Wenn jemand Schwierigkeiten macht, sagt, ich hätte es so angeordnet und er solle warten, bis ich komme. Versucht so viel wie möglich von den Notizen zu übersetzen. Und nehmt Susanne Eberts Sachen an euch.«

Sofia Romanowa kam. »Wir sind fertig, Herr Gotthardt. Alles ist aufgeräumt und eingeschlossen. Ein paar

Decken nehmen wir mit an den Strand, den Wasserkessel und die Selters, damit wir Kaffee kochen können. Zu essen haben wir leider nichts mehr.«

»Erklären Sie bitte Peter Bockisch den Weg über die Insel, und bitten Sie Wassile, er möchte am Strand auf uns warten. Ich will mit ihm sprechen. Mit Ihnen beiden.«

Sofia sah ihn prüfend an, dann Enderlein, zuckte mit den Schultern, drehte sich um und gab das Zeichen zum Aufbruch.

Gotthardt winkte Anke Pittkowski, Peter Bockisch und Achim Fielitz zu sich. »Nehmt ein paar Bündel Brennholz mit und bereitet ein Feuer vor. Aber so, dass ihr nicht den Wald in Brand steckt.«

»Ich kenne mich aus«, versicherte Bockisch, »ich habe zu Hause bei einem Indianerklub mitgemacht, die Sioux von Ebingerode. Wir bauen einen zünftigen Hohlstapel, der schnell brennt, obenauf legen wir grüne Zweige für eine schöne Rauchsäule, mit der wir SOS signalisieren können, sobald wir ein Boot sichten. Einer von uns kommt dann an den Strand und sagt Bescheid. In der Zwischenzeit –«, er steckte die Hände in die Hosentaschen und holte mit der einen Hand ein paar Brocken Brot heraus, mit der anderen eine Rolle Schnur und vier Sicherheitsnadeln, »in der Zwischenzeit angeln wir. Es müsste doch mit dem Teufel zugehen, wenn wir nicht ein prächtiges Mittagessen zusammenbekommen. Okay? Also dann!«

»Halt!«, rief Enderlein. »Hiergeblieben. So schnell kommen Sie uns nicht davon.«

»Was ist denn noch?«

»Ein paar Fragen.«

»Über Susanne?« Bockisch war mit einem Schlag ernst.

»Ja. Aber setzen wir uns doch.« Enderlein zeigte auf den Sonnenfleck, der sich vor der Hütte gebildet hatte, und er dirigierte die drei so, dass sie mit dem Gesicht zur Sonne saßen.

»Also gut«, sagte Bockisch, »fangen Sie an.«

15

»Vielleicht ist es am besten so«, Enderlein sah Fielitz an, »ich meine, dass wir im kleinen Kreis sprechen. Vielleicht fällt es Ihnen dann leichter.«

Fielitz nickte nachdenklich, zupfte einen Grashalm aus und wickelte ihn um die Kuppe seines rechten Zeigefingers.

»Wir wollen Sie nicht quälen, aber Herr Gotthardt und ich wollen uns vorbereiten. Es kann ja nicht mehr lange dauern, bis die Miliz uns befragen wird.«

Bockisch setzte sich mit dem Rücken an die Hüttenwand, die jetzt voll im Licht der Sonne lag, auch Pitty und Fielitz rutschten hoch. Sie blinzelten, dann zog einer nach dem anderen die Sonnenbrille hervor. In die eigene Falle getappt, dachte Gotthardt, zuerst schadenfroh, weil sich der Doktor mit seinem kriminalistischen Kniff selbst ausgetrickst hatte, dann verärgert; die drei saßen ihnen nun mit großen dunklen Brillen gegenüber, hinter denen sie nahezu jede Regung verbergen konnten.

Gotthardt ließ sich ins Gras sinken und schloss die Augen. Wenn es ohnehin nichts zu sehen gab, konnte er ebenso gut durch entspannte Haltung der Befragung eine Note von Beiläufigkeit geben. Er würde trotzdem genau aufpassen, ja sogar besser; er gehörte zu jenen Menschen, die stärker akustisch als optisch orientiert sind. Er war bedeutend aufmerksamer, wenn er die Augen schließen konnte, und es hatte schon manche Verhandlungsrunde verblüfft, wenn der scheinbar dösende Gotthardt plötzlich ganze Passagen des Gesprächs zitierte und auf Widersprüche hinwies.

»Sie haben sich also erst auf dieser Reise kennen gelernt«, begann Enderlein, und Gotthardt wusste, das Schweigen bedeutete, dass die drei jetzt nickten.

»Entschuldigen Sie bitte, dass ich danach frage«, wandte Enderlein sich an Fielitz, »aber hatten Sie und Susanne Pläne für die Zeit nach dem Urlaub?«

Fielitz schluckte. »Nein«, sagte er dann. »Oder doch. Aber jeder für sich. Wir waren uns einig, dass es nur ein Urlaubsflirt sein würde.« Er zögerte einen Augenblick. »Sehen Sie, ich habe mein Leben genau geplant. Eine längere Verbindung mit Susanne …?« Er schüttelte den Kopf. »Wir haben darüber gesprochen. Ich werde wahrscheinlich demnächst für zwei Jahre ins Ausland gehen. Ich habe es ihr gesagt. Sie wusste, dass es nur diese Wochen hier sein würden.« Er sprach schleppend und warf Enderlein, während er nach Worten suchte, immer wieder Blicke zu, als wollte er sagen: Siehst du nicht, wie ich mich quäle?

Bockisch erlöste ihn. »Das hat sie sogar selbst ge sagt. Als wir im ›Havanna‹ waren. Und wenn es nur drei Wochen dauert, sagte sie, dann eben nur drei Wochen. Doch die voll und ganz. Erinnert ihr euch?« Er packte Pittys Arm, und die wurde, das sah man trotz der hellen Sonne, ein wenig rot zwischen Brille und Ohren.

»Susanne hat es nicht nur einmal ausgesprochen, dass sie auf keine Stunde Glück verzichten wollte. Ich bin nicht so reich, sagte sie, dass ich großzügig sein kann.

Ich muss festhalten, was mir in die Finger kommt. Kannst du das nicht verstehen? Und ob ich das verstehen konnte, obwohl – ja, ich glaube auch, man muss jede Stunde festhalten, in der man glücklich sein kann, man muss seine Zeit nutzen, voll dasein, genießen, aber Susanne, so schien es mir, meinte nicht nur, die Zeit festhalten, sie –« Anke Pittkowski machte eine etwas hilflose Geste, nahm dann die Sonnenbrille ab und reckte das Gesicht in die Sonne. »Einmal sagte sie zu mir: Die meisten Weiber sind dumme Gänse, glauben an die große, die einmalige Liebe, und dann sitzen sie da.« Pitty legte ihre Hand auf Fielitz' Arm. »Entschuldige, Achim, ich will dir nicht wehtun, aber du warst, glaube ich, für sie nur ein kleines Intermezzo.«

Fielitz hob die Arme, ließ sie aber gleich wieder re signierend in den Schoß fallen. Er sah aus, als ob er trotz der schon heiß werdenden Sonne fröre.

»Sie meinen, Susanne Ebert war mehr für kurzfristige, intensive Freundschaften, um das Wort Abenteuer nicht zu benutzen?«

»Nein. Sie war nur dagegen, etwas ohne Zukunft unnötig auszudehnen. Sie wartete auf die große Chance. Einmal fragte sie mich: Würdest du nicht zupacken, wenn dir jemand über den Weg läuft, der dir halbwegs gefällt und bei dem du alles bekommen kannst, was du willst?«

»Haben Sie mit Susanne Ebert über Arbeit gesprochen? Wir wissen aus dem Versicherungsausweis, dass sie als Sachbearbeiterin bei der ›Investex‹ arbeitete, aber was?«

»Vertragsbearbeiter oder so was. Davor war sie im Chefsekretariat, aber sie hat sich versetzen lassen, weil sie keine Entwicklungsmöglichkeiten sah. Sie hätte nicht ewig Sekretärin bleiben wollen.«

»War Susanne ehrgeizig?«, fragte Enderlein. »Was meinen Sie, Herr Fielitz?«

»Ich glaube schon.«

»Ich hatte aber nicht den Eindruck«, sagte Peter Bockisch, »dass Susanne ihren Ehrgeiz durch eigene Qualifizierung befriedigen wollte, eher, dass sie auf eine gute Partie aus war. Denn so gut Susanne aussah und so charmant und freundlich sie sein konnte, sie war wohl keine allzu große Leuchte.«

Joachim Fielitz wickelte unentwegt den Grashalm um seine Fingerkuppe und wieder ab.

»Wussten Sie, dass Susanne Ebert wohlhabend war?«

Alle drei verneinten erstaunt.

»Wir haben bei ihren Sachen einen Kontoauszug über fünfzehntausend Mark gefunden. Hat Susanne Ihnen den Kontoauszug gezeigt, Herr Fielitz?«

»Nein.«

»Warum sollte sie Achim erst scharfmachen«, sagte Pitty, »entschuldigen Sie bitte den Ausdruck, aber warum soll ich es nicht so sagen, wie es ist. Ich bin sicher, dass Achim für sie nicht in Frage kam. Ich weiß, wie sie sich ihr Leben vorstellte: eine schicke Wohnung, ein Auto, ›Shiguli‹ oder ›Polski Fiat‹, versteht sich, ein, höchstens zwei Kinder und nicht mehr arbeiten müssen.«

»Hat sie ›müssen‹ gesagt?«

Pitty überlegte einen Augenblick. »Ja, ich bin ganz sicher. Sie sagte: Jeden Tag ausschlafen! Am liebsten wollte sie ein kleines Häuschen im Grünen, sie wusste genau, wie sie es einrichten würde, und im Sommer draußen frühstücken, weiße Chippendale-Möbel auf grünem Rasen, eine blütenweiße Decke, Meißner Porzellan, ein großer Sonnenschirm und am Apfelbaum angebunden ein Pferd – sie wollte nämlich wieder reiten. Susanne hat früher schon geritten, in der GST. Und ein Schaf sollte da sein, das den Rasen abfrisst, aber ganz zahm; es sollte auf Anruf kommen und aus der Hand fressen.«

»Und ein Haus an der Ostsee, am besten auf Hiddensee, was?«, ergänzte Peter Bockisch bissig.

»Nein, im Gegenteil. Sie wollte reisen, überallhin. Am liebsten wollte sie überhaupt im Ausland wohnen, in Paris oder Rom. Angle dir doch einen Diplomaten, habe ich mal im Spaß gesagt. Warum nicht, antwortete sie. Ganz ernst!«

»Hat sie Ihnen auch von ihren Plänen oder Träumen erzählt?«, fragte Enderlein Fielitz, der mit verkniffenen Lippen dasaß und den Grashalm zwischen den Fingerspitzen zerrieb.

»Ich –«, sagte er, dann winkte er ab, rappelte sich hoch und baute sich vor Enderlein auf. »Sie reden und reden und reden!« Er schnippte die Reste des Halms von der Fingerkuppe. »Ich halte das nicht länger aus!« Er stand auf und setzte sich in den Schatten des Waldrandes.

Enderlein sah ihm erschrocken nach. »Das wollte ich nicht«, murmelte er betroffen. »Es tut mir leid.«

»An dem Punkt ist Achim ohnehin empfindlich«, erwiderte Peter Bockisch. »Wenn wir mal ans Pläneschmieden kamen, hat er jedesmal sauer reagiert; stimmt's, Pitty?«

»Du mit deinen Plänen! Du erzählst mir auch noch, wir gehen als Botschafter auf den Mars!«

»Ich glaube, Achim ist ehrgeizig. Es hat ihn wohl gekränkt, dass er für Susanne nicht in Frage kam, weil er ihre Träume nicht erfüllen könnte.«

»Immerhin, wenn er nach Kalkutta geht, hat er den Anfang doch geschafft«, sagte Anke Pittkowski. »Ich weiß nicht, wenn einer ins NSW darf –«

»NSW?« Enderlein blickte ratlos.

»Nichtsozialistisches Währungsgebiet«, erklärte Bockisch. »Pitty hat recht, das ist vielleicht der Anfang einer steilen Karriere, der unaufhaltsame Aufstieg des Achim F. Eines Tages wechselt er dann vom Außenhandel in den diplomatischen Dienst.«

»Und am Schluss wird er Staatsratsvorsitzender.«

»Warum nicht, ich zum Beispiel –«

»Hatte Susanne Ebert Angst vor Seekrankheit«, unterbrach Enderlein, »oder vor dem Fliegen?«

»Keine Ahnung.«

»Wie war sie sonst, trank sie gerne, war sie eher ernst oder lustig, konzentriert oder entspannt?«

»Sie war vielleicht keine Intelligenzbestie«, sagte Bockisch, »aber nie langweilig, immer zu Streichen aufgelegt, unternehmungslustig, dauernd wollte sie etwas erleben.«

»Mir war es recht«, sagte Pitty. »Wenn man sich eine so teure Reise leistet, will man doch was davon haben, nicht wahr? In der Beziehung war Susanne einfach große Klasse.«

»Haben Sie beobachtet, dass sie Streit mit jemandem von der Gruppe hatte?«

Pitty und Bockisch sahen sich an.

»Na los, reden Sie schon. Wir sind diskret. Wir können schweigen, nicht wahr, Herr Gotthardt?«

»Ja«, brummte der. »War da nicht etwas zwischen Susanne Ebert und Frau –?« Er ließ den Satz in der Luft hängen, als müsse er erst nach dem Namen suchen.

»Mit Frau Kunack, meinen Sie?«, sagte Pitty. »Na ja, das war wohl von beiden Seiten Antipathie auf den ersten Blick. Susanne nannte sie immer ›die alte blondierte Kuh‹. Und als Frau Kunack Susanne beschuldigte, sie mache sich an ihren Mann heran und sie solle ihm nicht immer schöne Augen machen, ist sie halt explodiert. Er hat ihr schon in Schönefeld schöne Augen gemacht. Und beim Weinabend hat er ihr erklärt, er könnte sich eine schöne Zukunft mit ihr vorstellen.«

»Da hatten wir alle einen in der Krone«, wehrte Peter Bockisch ab, »und Kunack steht offensichtlich auf blond.«

»So'n alter Knacker. Hat Susanne auch gesagt: Der hat doch seine Zukunft schon hinter sich.«

»Sie konnte ganz schön spitz sein. Wenn ich an die Sache mit der Füchsin denke – ich hab' es zufällig gehört, an dem Abend mit der Weinkostprobe. Auf der Toilette. Die Fenster standen doch offen. Susanne hat die Füchsin angefahren, sie solle gefälligst ihre verrunzelten Klauen von Achim lassen, verrunzelte Klauen hat sie tatsächlich gesagt! Sie könne ja verstehen, dass Frau Fuchs mal wieder scharf auf was Junges im Bett sei, aber Achim sei ein Feinschmecker, der bevorzuge frisches Obst und kein wurmstichiges Fallobst. Ich habe ihr meine Meinung gesagt, aber Susanne hat nur gelacht. Die soll die jungen Männer in Ruhe lassen und sich den Maiendorff krallen, aber der will wohl auch lieber was Junges.«

»Wann nahm sie die Pille? Morgens oder abends?«

»Woher soll ich das wissen?« Anke Pittkowski blickte ratlos.

»Sie haben doch zusammen in einem Zimmer gewohnt.«

»Ja, die erste …« Sie brach den Satz erschrocken ab.

»Nur die erste Nacht? Wollten Sie das sagen?«

»Nun ist es ’raus! Ich habe ja gleich gewusst, dass es herauskommen wird. Ist das schlimm?«, fragte sie Gotthardt.

»Was soll daran schlimm sein«, meinte Peter Bockisch. »Schließlich sind wir volljährig. Was geht das überhaupt andere Leute an, wer mit wem schläft?«

Gotthardt setzte sich auf. »Ich bin kein Moralapostel und Doktor Enderlein sicher auch nicht. Von uns erfährt es niemand.«

»Ich wusste es übrigens schon«, sagte Enderlein.

»Woher?«

»Susanne Ebert hat sich gestern versprochen. Als Frau Altmann darüber klagte, dass die Morgensonne sie schon so früh aus dem Bett holt, sagte Susanne Ebert, ihr ginge es auch nicht besser; erinnern Sie sich? Sie beide hatten aber ein Zimmer zum Wald hinaus bekommen.« Enderlein grinste breit.

»Haben Sie sonst noch Fragen?« Es war Pitty anzusehen, dass sie gehen wollte.

»Was war mit der Arbeitsstelle? Hatte Susanne Ebert mit Auslandsverträgen zu tun oder mit den Lieferfirmen bei uns?«

»Sie war in der Dokumentation, glaube ich«, antwortete Pitty. »Achim weiß das bestimmt.« Sie stand auf, klopfte sich die Hosen ab.

»Eine letzte Frage. Wer hatte eigentlich die Idee, die Zimmer zu tauschen?«

»Ich war zwar sofort dafür«, sagte Peter Bockisch, »aber es war nicht meine Idee. Achim war sogar dagegen. Susanne kam damit, als wir im ›Havanna‹ saßen, und sie hat nicht lockergelassen, bis wir alle mitmachten. In derselben Nacht noch. Sie wollte wirklich keine Stunde auslassen.«

»Als ob sie geahnt hat, wie wenig Zeit ihr noch blieb«, sagte Pitty.

16

»Ich dachte tatsächlich, Sie seien eingeschlafen«, sagte Enderlein.

Gotthardt blickte gedankenversunken den dreien nach, bis sie im Wald verschwunden waren. Enderlein stieß ihn an. »Ziemlich aufschlussreich, finden Sie nicht auch? Die Hassausbrüche zwischen den Frauen und Kunacks Angebot für eine schöne Zukunft –«

»Sie hat ihm aber die kalte Schulter gezeigt.«

»Hat sie Pitty erzählt. Wer weiß, was wirklich geschah. Vielleicht hat er gestern Abend noch einmal sein Glück versucht? Wenn er ihr nun eine Zukunft im Westen versprochen hat? Ihre Lebensvorstellungen sind doch wie aus einem Neckermann-Katalog abgeschrieben.«

»Ich möchte mal wissen, wie viele Leute bei uns wohl noch von solchem Leben träumen«, sagte Gotthardt. »Als ob es keine anderen Zielvorstellungen und Ideale gäbe. Dass so was immer wieder nachwächst!«

»Und ich möchte lieber nicht wissen, wie viele Leute bei uns sich solch ein Leben eingerichtet haben. Sie sollten mal ein paar Seen abfahren. Mir scheint, Sie sind etwas weltfremd. Sie haben wohl keine Datsche?«

»Nein, Sie?«

»Ich habe vier Kinder.«

»Wir haben keine Kinder«, sagte Gotthardt leise, und nach einer langen Pause: »Man kann nicht alles haben …«

Enderlein sah ihn nachdenklich an. »Die Kunacks haben gerade ein Häuschen verkauft. Wer verkauft heutzutage ein Wochenendhaus, wenn er nicht dringend Geld braucht? Der Wert steigt doch von Jahr zu Jahr. Und die beiden machten mir eigentlich nicht den Eindruck, als ob Geld ihnen gleichgültig wäre.«

»Vielleicht wurde es eine zu große Belastung?«

»Ja, vielleicht. Für eine Reise, auf der man kein Gepäck mitnehmen kann. Vielleicht ist Kunack zu weit gegangen? Stellen Sie sich vor: Er hat alles für die Flucht vorbereitet, da begegnet er seinem Typ, Susanne Ebert, und ob er die eine Blondine mitnimmt oder die andere, macht wahrscheinlich keinen Unterschied. Er offenbart sich ihr, aber sie lacht ihn aus. Er muss Angst haben, dass sie ihn verpfeift. Bei seiner Frau und bei der Miliz, denn dann ist alles verloren. Da schlägt er zu!«

»Sind Sie sich darüber im Klaren, dass Sie hier einen Verdacht konstruieren, für den Sie auch nicht den geringsten Anhaltspunkt haben?« Gotthardts Stimme hatte einen harten und unversöhnlichen Ton angenommen. »Sie wissen offensichtlich nicht, was Sie mit derartigen Verdächtigungen anrichten können.«

»Nicht gleich so hitzig«, entgegnete Enderlein. »Ich dachte, wir beide wären uns einig, dass wir keinen Gedanken voreinander zurückhalten wollen. Ich spreche doch nur mit Ihnen so. Wir müssen schon alle nur möglichen Versionen einmal durchspielen, und dies ist eine, oder? Andererseits hat auch unser Spionageverdacht neue Nahrung bekommen, finden Sie nicht? Als Vertragsbearbeiter hatte Susanne Ebert bestimmt hervorragende Möglichkeiten zur Industriespionage, und in diesem Metier soll es überhaupt nicht fein zugehen. Mir ist übrigens ein Gedanke gekommen: Wenn es sich bei dem Kontoauszug gar nicht um Susanne Eberts Konto handelt? Wenn es das Konto eines anderen betrifft, und sie wollte ihn damit erpressen?«

»Warum hat der Mörder dann den Kontoauszug nicht an sich genommen?«

»Vielleicht ist der Mörder gar nicht auf die Idee gekommen, dass sie den Kontoauszug mit sich herumträgt und dass er so leicht daran könnte.« Er packte Gotthardt am Arm. »Mann, das würde auch den Brief der Freundin erklären! Erinnern Sie sich? Die Freundin vom Reisebüro hatte doch was von ›arrangieren‹ geschrieben. Würden Sie sich so ausdrücken, wenn Sie einem Freund einen Urlaubsplatz besorgen?«

»Vielleicht heißt es beim Reisebüro so?«

»Nein, nein, das klingt vielmehr, als ob Susanne Ebert eine ganz bestimmte Reise haben wollte. Diese. Um sich an jemanden heranzumachen!«

»An Achim Fielitz? Die beiden sahen nicht gerade wie Erpresser und Opfer aus.«

»Der Flirt mit Fielitz muss nichts mit der Erpressung zu tun haben.«

»Und das ‚Toi-toi-toi'? Das würde dann bedeuten, dass Susanne Ebert und ihre Freundin Komplizen sind, ja?«

Enderlein schnaufte.

»Sie wissen doch selbst, Doktor, wie schwer es ist, in der Hauptsaison einen solchen Platz am Schwarzen Meer zu bekommen. Da muss schon ›arrangiert‹ werden! Aber mir war vorhin etwas anderes eingefallen. Als wir heute Nacht warteten, bis Maiendorff mit den Aufnahmen der Toten fertig wurde, ist Peter Bockisch auf und ab gegangen und hat Steinchen ins Meer geworfen; erinnern Sie sich?«

»Sie meinen, er könnte bei der Gelegenheit den Knüppel beiseitegeschafft haben?« Enderlein fing an zu grübeln. Gotthardt hielt das Gesicht in die Sonne.

»Meinen Sie wirklich, Bockisch?«, fragte Enderlein. »Ausgerechnet Bockisch?«

»Sie selbst haben erklärt, dass jeder verdächtig bleibt, solange nicht eindeutig entlastende Fakten vorliegen.«

»Ja, aber Bockisch hat doch gesagt –«

»Die Wahrheit? Was wissen wir denn, wer hier lügt und wer die Wahrheit sagt!«

»Natürlich können wir uns nicht auf die Aussagen verlassen. Aber auf die Fakten, die dabei zutage treten. Und auf die Widersprüche. Die Widersprüche, mein Lieber, sind auch hier die treibenden Kräfte. Sie drängen zur Lösung.«

»Hoffentlich«, knurrte Gotthardt und ging zum Waldrand. Er kam mit einem armlangen Knüppel wieder.

»Haben Sie etwa das Stück Geländer gefunden?«, rief Enderlein.

»Nein. Ich will einen Versuch machen.« Gotthardt ging zur Hütte, stellte sich an den Zaun, holte zum Wurf aus, ließ den Arm aber wieder sinken, ging ein paar Schritte, dann noch einmal, bis er dicht vor den Büschen stand, trat etwas zurück und warf den Knüppel; der federte von einem Ast zurück und fiel ins Gebüsch. »Wenn der Mörder den Knüppel nicht in den Wald getragen, sondern geworfen hat, muss er hier im Gebüsch liegen.«

Sie suchten den Waldrand rund um die Hütte ab; das einzige Ergebnis waren zerkratzte Hände und Arme und für Enderlein eine breite, rote Schramme quer über die linke Wange.

»Nun bin ich endlich zünftig«, erklärte er. »Was denken Sie, wie ich darunter gelitten habe, dass ich keinen Schmiss vorweisen konnte! – Ich glaube, wir sollten uns mal um die anderen kümmern.«

Sie machten sich auf den Weg zum Strand. »Ich möchte nur wissen, was es mit dem Kontoauszug auf sich hat«, sagte Enderlein. »Was glauben Sie?«

»Ich glaube, wir sollten jetzt zehn Minuten Pause machen, den Wald betrachten und die Natur genießen. Falls Sie es schon vergessen haben: Wir sind im Urlaub, Doktor!«

»Der dürfte für uns längst beendet sein.«

17

Uta Altmann lag nicht allein unter dem improvisierten Sonnendach, auch die Kunacks, Annelie Fuchs und Sofia Romanowa hatten den Schatten gesucht und schliefen, Annelie Fuchs schnarchte. Magda Bähreis lag in der Sonne. Sie hatte nur den Hut über das Gesicht gezogen. Maiendorff hockte wie eine Buddhastatue im Schatten der Steilwand, etwa fünf Meter von den beiden Frauen entfernt, die so in das Studium von Susanne Eberts Kalender vertieft waren, dass sie nicht bemerkten, wie ihre Männer kamen, bis Maiendorff hochsprang und auf Gotthardt einredete.

»Ich protestiere, Herr Gotthardt, ich protestiere auf das Energischste! Sie maßen sich hier Rechte an, die Ihnen nicht zustehen. Sie sind ein Tourist wie wir anderen auch. Sie haben mir überhaupt nichts zu verbieten!«

»Was habe ich Ihnen denn verboten?«

»Ihre Frau sagt, Sie hätten verboten, dass jemand hier entlanggeht. Ich kann nicht akzeptieren, dass Sie bestimmen, was erlaubt und was verboten sein soll!«

»Warum sind Sie dann nicht weitergegangen?«, fragte Gotthardt. Enderlein lachte laut auf. Maiendorff lief rot an. »Ich finde es aber sehr vernünftig, dass sie trotzdem meiner Bitte entsprochen haben, Herr Maiendorff. Es ging mir darum, Neugierige von der Stelle fernzuhalten, damit nicht eventuelle Spuren vernichtet werden.« Er fasste Maiendorff am Oberarm und sah ihn treuherzig an. »Sie verstehen mich bestimmt, nicht wahr? Sie hatten gewiss auch einen Grund, warum Sie dorthin wollten, stimmt's?«

»Natürlich! Ich wollte die Stelle noch einmal bei Tageslicht fotografieren. Wer weiß, ob die Nachtaufnahmen etwas geworden sind.«

»Ich möchte Sie trotzdem bitten, auf die Aufnahmen zu verzichten. Wegen der Miliz, verstehen Sie?«

»Wenn Sie es so sagen, Herr Gotthardt –« Maiendorff nahm seinen Fotokoffer und stampfte davon.

»Endlich«, seufzte Lisa Gotthardt. »Nachdem wir ihn nicht durchließen, wollte er unbedingt hierbleiben. Ich glaube, er hat mitbekommen, womit wir uns beschäftigen, und ist neugierig. Wir mussten ihn direkt auffordern, sich ein paar Meter zu entfernen.«

»Wie lange braucht ihr denn noch?«

»Eine Stunde vielleicht.«

»Wir sprechen inzwischen mit Sofia und Wassile. Kommen Sie, Doktor!«

»Unsere wichtigste Frage –«, begann Gotthardt, »kann außer uns noch jemand auf der Insel gewesen sein, Sofia?«

Sie beriet sich mit Wassile, dann erklärte sie: »Bestimmt nicht. Es gibt nur diese eine Anlegestelle, und Wassile war die ganze Zeit am Strand.«

»Wirklich die ganze Zeit?«

»Ja, bestimmt.« Sofia fragte Wassile noch einmal, der gestikulierte mit den Händen und stieß einen Schwall von Worten aus. Sofia hatte Mühe, ihn zu beruhigen.

»Sie können ihm glauben«, sagte sie. »Er wollte doch den Motor reparieren.«

Enderlein lächelte. »Er hätte sich nach jemand um sehen können, der ihm hilft, die langen Nachtstunden zu verkürzen. Das wäre doch nur menschlich. Und Wassile sieht nicht so aus, als ob er ein Kostverächter wäre. Gibt es da nicht gewisse Gerüchte?«

Sofia merkte nicht, dass Enderlein nur auf den Busch klopfte. »Verleumdungen«, sagte sie eifrig, »Wassile ist kein Pappagallo.« Bei diesem Wort sah Wassile sie an und runzelte die Stirn, Sofia lächelte ihm beruhigend zu. »Solche Gerüchte tauchen jedes Jahr über diesen oder jenen unserer Kollegen auf. Da braucht einer nur gut auszusehen, schon heißt es, er treibe es mit den Frauen. Es scheint so, als ob einige Frauen nur zu dem Zweck herkommen, sich von einem unserer Burschen verführen zu lassen. Und wenn sie dann nicht befriedigt –«, sie musste lachen, »entschuldigen Sie. Ich wollte sagen, wenn sie dann nicht zufriedengestellt werden, verbreiten sie Gerüchte. Natürlich gibt es auch Pappagalli, die sich von wohlhabenden Touristinnen beschenken lassen; bei Ihnen nicht? Aber Wassile gehört nicht dazu. Ich weiß nicht, woher Sie es erfahren haben, doch es stimmt, eine Touristin hat Wassile beschuldigt, er sei ihr zu nahe getreten. Zu seinem Glück haben andere Touristen für ihn ausgesagt, dass diese Frau es war, die ihm nachstellte, sonst, wer weiß –. Wir sind sehr streng, wenn es zu einem Skandal kommt, das können Sie mir glauben. Habe ich Sie überzeugen können?«

»O ja.«

»Noch Fragen?«

»Nein, danke«, sagte Gotthardt. »Aber Sie könnten die Kunacks bitten, zu uns zu kommen.«

Sofia machte sich auf den Weg zum Sonnensegel.

Wassile winkte Altmann zu.

»Na«, sagte Enderlein triumphierend, »da haben wir ja einen erstklassig Verdächtigen mit einem erstklassigen Motiv! Wassile hat also Ärger gehabt. Ich glaube schon, dass die hier kurzen Prozess machen, wenn einer sich danebenbenimmt. Das sind sie ihrem Ruf schuldig. Daran hängt Geld, Devisen. Und Burschen wie Wassile gibt es genug. Auf den kann man verzichten. Nicht aber er auf einen so guten Job. Ist das kein Motiv? Haben Sie Wassile beobachtet? Der Mann ist ein Vulkan. Sie wissen, wie hoch hierzulande Blondinen bei den Männern im Kurs stehen. Und Susanne Ebert war nicht nur eine sehr attraktive, sie war vor allem eine absolut echte Blondine. Ich denke, Susanne war eine zu große Versuchung für ihn. Er hat die Kontrolle über sich verloren, und als er dann merkte, in welch eine Situation er gekommen war –«

»Warum hat sie nicht geschrien?«

»Vielleicht hat er ihr den Mund zugehalten.«

»Ich weiß nicht, ich weiß nicht.« Gotthardt sah auf das Meer hinaus, Wassile und Altmann wateten zum Boot. »Ich fürchte, Sie machen es sich zu leicht. Irgendetwas sagt mir, dass Wassile es nicht war. Kann es nicht doch ein Fremder gewesen sein? Lassen Sie uns das noch einmal durchdenken. Jemand, der Heimlichkeiten hatte. Ein Schmuggler vielleicht? Nachts ist die Insel im Allgemeinen verlassen. Man kann alles herbringen, verstecken und irgendwann ganz unauffällig im Segelboot zum Festland bringen. Oder ein Angler.«

»Oder Wassile mit seinem Touristenkahn.«

»Schon möglich.«

»Woran denken Sie«, fragte Enderlein, »an Rauschgift?«

»Warum sollte es hier, wo sich Hunderttausende von Menschen aus aller Herren Ländern treffen, nicht Rauschgift geben? Gerade unter den vielen jungen Leuten aus den kapitalistischen Ländern. Man liest doch immer wieder, wie viele von ihnen süchtig sind. Und die Türkei ist nicht weit.« Gotthardt redete sich in Feuer. »Kommt nicht von da ein Großteil des Rohopiums? Nehmen wir mal an, der Schmuggler kommt. Er hat keine Ahnung, dass wir hier sind, dass wir Panne haben, plötzlich steht er Susanne Ebert gegenüber, fühlt sich ertappt –«

»Das Boot«, erinnerte ihn Enderlein, »unser Boot, lag am Strand. Niemand konnte also überrascht sein, es sei denn, er wäre von einem vor der Insel ankernden Boot herübergeschwommen.«

»Schon gut«, sagte Gotthardt. »Ist also nichts mit dem großen Unbekannten.«

18

Egon Kunack kam allein.

»Sie wollten mich sprechen?«

»Ja«, sagte Gotthardt, »Sie und Ihre Gattin.«

»Meine Frau schläft.«

»Wollen Sie sich nicht setzen?«

Kunack nahm widerwillig Platz. »Also?«

»Wir möchten gern Ihre Meinung hören«, begann Gotthardt.

»Worüber?« Kunacks Tonfall verriet nicht gerade große Bereitschaft zu einem Gespräch.

»Über Susanne Eberts Tod. Wir haben zwar schon heute Nacht darüber gesprochen, doch vielleicht ist Ihnen inzwischen noch etwas eingefallen, das –«

»Was?«, unterbrach Kunack. »Was sollte mir eingefallen sein?«

»Etwas, das dazu beitragen könnte, die Umstände zu klären, ich meine, den Tod von Susanne Ebert; vielleicht nur eine Kleinigkeit, eine Beobachtung, etwas …« Gotthardt hatte sich restlos verheddert.

Enderlein kam ihm zu Hilfe. »Herr Gotthardt hält es zum Beispiel nicht für ausgeschlossen, dass Susanne Ebert Selbstmord verübt haben könnte«, erklärte er.

»Selbstmord?« Kunack sah erst Enderlein mitleidig an, dann Gotthardt. »Wie kommen Sie auf diese hirnverbrannte Idee? Einfach lächerlich. Sieht so jemand aus, der Selbstmord begehen will? Haben Sie denn nicht beobachtet, wie glücklich Susanne Ebert war? Das konnte man doch nicht übersehen! Warum sollte sie Selbstmord machen? Sie war jung, schön, lebenslustig, verliebt – kurzum, sie war glücklich und zufrieden.«

»Sie haben wohl mit ihr darüber gesprochen?« Enderlein gab sich viel Mühe, seine Frage harmlos klingen zu lassen.

»Warum sollte ich?«, fragte Kunack gereizt.

»Nun, aus Interesse.«

»Warum, um Gottes willen, sollten meine Frau und ich uns für Susanne Ebert interessieren?«

»Vielleicht nur Sie?«, fragte Gotthardt.

Kunack fuhr herum. »Wie meinen Sie das?«

»Einfach so. Man interessiert sich doch für seine Mitmenschen.«

»Wir nicht! Wir kümmern uns schon zu Hause nicht um die anderen, geschweige denn im Urlaub.«

»Entschuldigen Sie, es hätte ja sein können.«

»Nein, es hätte nicht sein können!« Kunack stand auf.

»Sie haben sich also gestern nicht mit Susanne Ebert unterhalten?«, fragte Enderlein noch einmal.

»Weder gestern noch vorgestern noch an einem an deren Tag.«

»Und Ihre Frau?«

Kunack lachte auf. »Meine Frau und Susanne Ebert? Falls es Ihnen tatsächlich nicht aufgefallen sein sollte: Meine Frau ist notorisch eifersüchtig.«

»Aber Sie hatte doch keinen Grund dazu, oder?«

Kunack musterte Enderlein empört. »Ist dies ein Verhör?«

»Natürlich nicht.« Gotthardt versuchte, ihn mit einem freundlichen Lächeln zu besänftigen.

»Dann kann ich wohl gehen.«

Kunack ging zum Wasser hinunter. Er sammelte Steine und ließ sie über das Wasser schnippen. Enderlein stieß Gotthardt an.

»Unser Starreporter starrt schon die ganze Zeit herüber; wollen wir?« Er winkte, ohne die Antwort abzuwarten. Maiendorff ließ sich unaufgefordert nieder.

»Nun, meine Herren, darf man erfahren, was Sie hier ausbrüten?«

»Was schon, wir unterhalten uns.«

»Über Susanne Ebert?«

»Natürlich. Haben Sie mal mit ihr gesprochen? Wir haben gerade festgestellt, dass wir kaum ein Wort mit ihr gewechselt haben.«

»Wie sollte man? Sie war doch ganz auf Fielitz fixiert. Wie eine, wenn ich mal so sagen darf, wie eine Glucke auf ihr Kücken.«

»Wenn man verliebt ist«, sagte Gotthardt.

»Ist das Liebe?«

Gotthardt und Enderlein sahen ihn erstaunt an.

»Ich finde, Liebe muss selbstlos sein. Man muss für den anderen aufgehen, nicht ihn besitzen wollen. Ich wollte mich mal mit ihm unterhalten, wollte ihn fragen, ob er nicht Lust hat, mit in die Berge zu kommen, auf Foto-Safari. Aber sie hat ihn gleich davongezogen.« Maiendorff lachte. »Der gute Fielitz musste sich ganz schön seiner Haut wehren; einmal hörte ich –« Er brach verlegen ab.

»Was hörten Sie?«

»Es ist sicher nicht richtig, wenn ich es Ihnen erzähle. Ich wurde zufällig Zeuge eines Gesprächs. Fielitz wimmelte sie ab, ich meine, er baute vor; er sagte, dass er, bis er nach Kalkutta ginge, kaum noch Zeit für irgendetwas außerhalb der Arbeit fände.«

»Und was sagte sie dazu?«

»Sie sagte, dass es doch zu schade sei, dass in seinen Plänen kein Platz für sie sei, und warum er sie eigentlich nicht mit nach Kalkutta nehmen wolle; ob sie nicht mal zu seinem Chef gehen und um eine Planänderung bitten sollte.«

»Sagte sie das ernst oder heiter?«

»Spöttisch, wie es so ihre Art war. Fast aggressiv. Vielleicht sollte es ein Versuchsballon sein? Er reagierte jedenfalls sauer. Fielitz ist nicht der Typ, der es ertragen kann, wenn man mit einer so heiligen Kuh wie seiner Karriere Spott treibt.« Maiendorff überlegte. »Ja, wahrscheinlich war es ein Versuchsballon, denn danach versuchte sie es mit dem Thema Kinder. ›Wie viele Kinder willst du eigentlich haben?‹, fragte sie. ›Vorläufig kann ich keine Kinder brauchen‹, antwortete er. ›Und wenn du doch eines bekämst?‹, fragte sie. ›Es gibt ja jetzt die Möglichkeit, es nicht zu bekommen‹, antwortete er. Darauf sie: ›Wenn ich ein Kind von dir bekäme, ich würde es nicht abtreiben lassen.‹ – Ob sie katholisch war?«

»Weiter!«, drängelte Enderlein.

»Fielitz war ganz schön aufgeregt. ›Du hast mir versprochen, dass du die Pille nimmst, sagte er. Sie beruhigte ihn schnell, er brauche sich keine Sorgen zu machen.«

»Und dann?«

»Nichts weiter. In dem Augenblick entdeckten sie mich. Sie machten Gesichter, als hätte ich sie bei Gott weiß was ertappt.« Maiendorff grinste. »Ich tat natürlich ganz erstaunt, als wäre ich gerade erst gekommen, grüßte und ging weiter. Ich hätte gerne noch gehört, wie sie ihn weiter durchtestete.«

»Sie glauben also, Susanne Ebert hat Fielitz testen wollen, ob er als Ehemann in Frage käme?«

»Klar! Die war auf der Jagd nach einem Mann. Schon, wie sie in Schönefeld ankam. Haben Sie das beobachtet? Nein? Sie ging zuerst zu einer falschen Gruppe, dann noch zu einer anderen; dabei hatte sie uns schon von dem Augenblick an, da sie die Halle betrat, beobachtet. Ich möchte wetten, sie wusste genau, dass wir die richtige Gruppe waren, aber sie wollte sich erst in Ruhe umsehen. Und dann dieser Wettbewerb am Weinabend! Die hat doch ganz genau abgewogen, wem sie den Vorzug geben sollte, Bockisch oder Fielitz. Wussten Sie, dass Kunack ihr auch den Hof gemacht hat?«

»Wann denn?«, fragte Enderlein aufgeregt.

»Da staunen Sie, was? Vorgestern hatte ich am Fischerhafen fotografiert, die Boote im Abendlicht, den Sonnenuntergang, wie die Netze aufgehangen wurden, dann eine romantische Kneipe – nun, ich kam erst nach Mitternacht nach Hause, da standen die beiden vor dem Hotel. Sie waren ziemlich verlegen, als ich auftauchte. Kunack stotterte was von frische Luft schnappen, und Susanne Ebert sagte, obwohl ich gar nicht danach gefragt hatte, dass sie auf Fielitz warte, der mit Bockisch irgendwo Wein auftreiben wollte.«

Maiendorff wies verdutzt auf Gotthardt. »Ich glaube, er ist eingeschlafen.«

»Ist das ein Wunder nach dieser Nacht? Sind Sie gar nicht müde?«

»Ich bin quicklebendig. Ein paar Nächte um die Ohren zu schlagen macht mir nichts aus. Eine mei ner Spezialitäten sind Nachtaufnahmen. Ich habe auch schon einen Preis von der Archenhold-Sternwarte bekommen. Bei einem Amateurwettbewerb für Sternaufnahmen.«

»Da haben Sie sich diesen prächtigen Vollmond entgehen lassen?«, meldete sich Gotthardt.

»Hab' ich doch nicht, heute –« Maiendorff hielt erschrocken inne.

Gotthardt richtete sich auf. »Heute Nacht haben Sie den Mond fotografiert – das wollten Sie doch sagen?«

»Nein, das wollte ich nicht sagen.«

»Aber Sie haben fotografiert, nicht wahr?«

»Ja, habe ich«, gab Maiendorff widerwillig zu, »doch vor dem Mörderspiel. Das kann ich jederzeit beweisen. Anhand meiner Aufnahmen. Das ist leicht nachzuprüfen.«

»Das schließt nicht aus, dass Sie später noch ein mal draußen gewesen sein und sich mit Susanne Ebert getroffen haben könnten«, sagte Enderlein.

»Wollen Sie etwa behaupten, ich hätte etwas mit ihrem Tod zu tun? Am Ende wollen Sie mich verdächtigen, ich hätte sie von der Klippe gestoßen, was?«

»Es sieht wie ein Unfall aus. Aber der könnte geschehen sein, weil jemand sie bedrängte.«

»Ich etwa? Ich hab' mir nichts aus Susanne Ebert gemacht, nicht so viel!«

»Sie machen sich wohl überhaupt nichts aus Frauen?«

Maiendorff stierte Enderlein wütend an. »Und wenn es so wäre, ginge Sie das was an? Stempelt mich das zum Mörder?«

»Ich weiß gar nicht, warum Sie sich so aufregen. Niemand hat behauptet, dass Sie homosexuell sind. Und wennschon – das ist schließlich nicht mehr strafbar bei uns.«

»Nicht mehr strafbar! Vor Gericht vielleicht, aber nicht vor den lieben Mitmenschen. Es hat sich noch nicht herumgesprochen, dass die Betroffenen nichts dafür können. Wenn einer es nicht verbirgt, wird er nach wie vor wie ein Aussätziger oder wie ein Verbrecher behandelt. Da hört die Toleranz auf. Sie können alles sein, Neger, Indianer, Eskimo, Mohammedaner, Buddhist, Mönch, Analphabet – wir bringen für alle Verständnis und Toleranz auf, nur nicht für Homosexuelle.«

»Entschuldigen Sie bitte«, sagte Enderlein erschrocken, »ich wollte Sie nicht kränken.«

»Mich? Was geht mich das an!« Maiendorff er hob sich. »Ich bin zum Glück nicht so veranlagt. Aber ich kenne das aus meiner Bekanntschaft. Außerdem, was hat das mit Susanne Eberts Tod zu tun?«

»Susanne Ebert könnte Sie damit bis aufs Blut gereizt haben«, sagte Gotthardt. »Oder versucht, Sie zu erpressen. Nicht alle Formen der Homosexualität sind straffrei, nicht wahr, zum Beispiel mit Jugendlichen.«

Maiendorff grinste ihn an. »Keine Ahnung. Ich kenne mich da nicht so gut aus wie Sie. Aber jetzt möchte ich mal eine Frage stellen: War es am Ende gar kein Unfall, ist Susanne Ebert ermordet worden? Woraus schließen Sie das?«

»Ach, das war nur so ein Gedanke«, antwortete Enderlein. »Vergessen Sie das wieder. Am besten, wir vergessen das ganze Gespräch, einverstanden?«

»Einverstanden.« Maiendorff blickte fragend zu Gotthardt, und als der ihm zunickte, trabte er davon.

»Ganz aufschlussreich, nicht wahr?«, meinte Enderlein, sobald Maiendorff außer Hörweite war.

»Ich fürchte, Maiendorff ist ein ziemlicher Schwätzer«, knurrte Gotthardt.

»Zumindest wissen wir jetzt, dass Kunack gelogen hat.«

»Hätten Sie das an seiner Stelle nicht getan? Ich ja. Schon um einem Eifersuchtsanfall seiner Frau zu entgehen.«

»Und das Gespräch zwischen Fielitz und Susanne Ebert über das Kinderkriegen? Dass sie ein Kind von ihm nicht abtreiben lassen würde? Dass sie ihm versprochen hat, die Pille zu nehmen, besagt doch gar nichts.«

»Doktor, rechnen Sie mal nach!«

»Stimmt«, gab Enderlein zu. »Wenn Fielitz sie geschwängert hätte, konnte sie es noch nicht wissen. Wenn sie aber wusste, dass sie schwanger war, konnte es nicht von Fielitz sein.«

Gotthardt erhob sich. »Kommen Sie, wir wollen mal zum Boot gehen.«

Wassile und Altmann hatten die Deckklappen hochgestellt und hockten über dem Motor, beide nackt und mit Öl beschmiert. Sie versuchten gerade, den Motor anzuwerfen; er gab ein paar ächzende und knatternde Töne von sich, verstummte aber gleich wieder. Altmann steckte den Kopf aus der Luke, als Gotthardt und Enderlein sich über Bord schwangen. »Ihr werdet den Aufzug entschuldigen«, sagte er, »aber da unten ist es brühheiß, und das Sonnendach konnten wir ja schlecht für uns nehmen.«

»Wie sieht's aus?«, fragte Gotthardt. »Weißt du, warum der Motor gestern nicht wollte?«

»Ein Kolben hatte sich festgefressen, darauf ist was im Gestänge gebrochen. Wir versuchen gerade zu improvisieren. Wassile scheint ein ziemliches Ass zu sein.«

»Wie verständigt ihr euch?«

»Mit Händen und Füßen und ein paar Brocken Russisch. Wir verstehen uns ganz gut.«

Wassile tauchte aus der Luke auf. Er lachte die beiden an, als hätte er es verstanden.

»Bekommt ihr das Boot wieder hin?«

»Ich möchte fast eine Wette riskieren, dass der Kahn in spätestens einer Stunde flott ist.«

»Hat er –?« Enderlein wies mit dem Kopf zum Achterschiff.

»Ganz im Gegenteil. Ich musste sie allein zudecken. Er scheint eine panische Angst vor Toten zu haben.«

19

»Die meisten Notizen«, berichtete Hannchen Enderlein, »sind nur Vermerke über Ausgaben – dahinter mussten wir erst kommen, zumal ihr Steno nicht annähernd so sauber ist wie die Handschrift. Wir haben ein bisschen gerechnet; es sieht so aus, als ob Susanne Ebert äußerst sparsam gelebt hat. Nun wissen wir natürlich nicht, wie viel sie verdiente, nur, dass es etwa sechshundert Mark waren; es scheint aber, als habe sie sich nicht allzu viel geleistet –«

»Außer einer Auslandsreise von weit über tausend Mark«, warf ihr Mann ein. »Nennst du das auch sich nichts leisten, Hannchen?«

»Die hat sie bestimmt geschenkt bekommen«, sagte Frau Enderlein; ihr Tonfall ließ eher an Gewissheit als an Vermutung denken.

»Und du weißt wohl auch, von wem.«

»Von Jacky.« Die beiden Frauen lachten zufrieden über die verblüfften Gesichter ihrer Männer. »Kennt ihr etwa Jacky nicht? – Spaß beiseite. Er taucht im April auf, wahrscheinlicher: Er tauchte wieder auf. Hier, am dritten April, steht: ›Jacky war da. Heiß und glücklich wie einst.‹ Er hat sie dann von Anfang April bis Ende Juli vierundzwanzigmal besucht, in fünfzehn Wochen je einmal, in den vierzehn Tagen zwischen dem neunten und dreiundzwanzigsten Juni aber neunmal, zum letzten Mal am dreißigsten Juli.«

»Und zwischen Ende Juli und Reisebeginn?«

»Nicht mehr, wie es scheint. Sie hat aber auch nichts von Ende oder Abschied eingetragen. Doch zwischendurch, am ersten Juni, steht: ›Alles aus, alles verloren‹. Noch eins, Susanne Ebert hat offensichtlich immer vorher gewusst, wann Jacky zu ihr kam, denn sie hat regelmäßig an demselben Tag oder am Tag zuvor Wein gekauft.«

»Hat er sie auch am Wochenende besucht?«

»Du meinst, ob Jacky vielleicht verheiratet war? Möglich. In den zwei ›Flitterwochen‹, wie wir sie getauft haben, war er auch an den Sonnabenden und Sonntagen bei ihr. Den erhöhten Ausgaben nach würden wir annehmen, dass er die Wochenenden bei ihr blieb, aber genau kann man das natürlich nicht sagen; er dürfte ja auch zum Wochenendhaushalt beigetragen haben.«

»Was schreibt sie über Jacky?«

»Nichts, nur dass er da war. Meist hat sie nur ein J notiert. Die beiden Stellen, an denen ein Kommentar zu finden war, habe ich zitiert.«

Enderlein und Gotthardt ließen sich die Aufstellung der Besuchstage geben und verglichen sie mit dem Kalender, konnten aber nichts daraus entnehmen.

»Was schreibt sie vom Urlaub?«

»Wenig. Einmal: ›Urlaub o. k.‹; dann: ›Flug herrlich, nicht gekotzt‹ – wir nehmen jedenfalls an, dass es so heißen soll; dann schreibt sie: ›Im Havanna‹, ›Zimmertausch‹. Und gestern: ›Ausflug Pirateninsel‹. Der Rest sind wieder Notizen über Geldausgaben.«

»Habt ihr irgendwelche Vermerke gefunden, die auf

ihre Menstruation hinweisen könnten?«, fragte Enderlein.

»Da sind ganz feine rote Punkte hinter den Datumszahlen«, sagte Lisa Gotthardt, »das könnte es sein. Wir haben uns das jedenfalls so zusammengereimt. Ziemlich regelmäßig.«

»Wann das letzte Mal?«

»Anfang Juni.«

»Sodass sie jetzt im dritten Monat sein könnte!«

»Wenn sie nicht nur vergessen hat, es zu notieren«, sagte Frau Enderlein. »Im Januar fehlen die Punkte auch.«

»Die Frucht der Flitterwochen«, sagte Gotthardt nachdenklich. »Anfang Juli hätte sie wieder ihre Tage bekommen müssen. Nehmen wir an, sie wartete noch zehn Tage, das wäre Mitte Juli ...«

»Am zwölften war Jacky da und am neunzehnten.«

»Da könnte sie es ihm gesagt haben. Danach kommt er noch einmal und dann nicht mehr.«

»Sie hat aber nicht Ende Juli, sondern am ersten Juni notiert: ›Alles aus, alles verloren‹.«

»Das könnte voreilig gewesen sein«, sagte Enderlein. »Vielleicht hat er angekündigt, er käme nicht mehr, hat es sich dann aber wieder anders überlegt.«

»Oder er hat zuerst gedacht, er kann nicht mehr kommen, dann aber –« Gotthardt überlegte einen Augenblick. »Eine Verlängerung. Eine Aufenthaltsverlängerung? Und als Ergebnis der unverhofften Zugabe die Flitterwochen? Die Urlaubsreise könnte dann ein Abschiedsgeschenk sein. Der Kontoauszug ist auch aus dieser Zeit.«

»Vielleicht ist das Geld für das Kind?«

»Das erst in diesen ›Flitterwochen‹ gezeugt wurde?«

»Wenn wir diesen Jacky hätten!«, seufzte Enderlein.

»Wüssten wir immer noch nicht, wer sie umgebracht hat. Jacky wohl kaum. Und dass es jetzt gedungene Mörder in unserem Ländchen geben sollte, mag ich nicht denken. Das wäre zu viel des Weltniveaus.«

20

»Wie geht es weiter?«, fragte Lisa Gotthardt. Sie waren in den Schatten der Steilwand gekrochen und grübelten.

»Warten«, sagte ihr Mann, »warten, dass ein Boot kommt oder dass Wassile und Altmann unseres wieder in Gang bringen. Dann wird sich die Miliz um unseren Tagesablauf kümmern.«

»Ich fürchte, sie wird uns ganz schön in die Mangel nehmen«, sagte Enderlein grimmig. »Es sei denn, uns fällt noch etwas ein. Aber was?«

Die Sonne wurde unerträglich grell. Die Luft tanzte auf dem Sand. Hinter dem kochenden, flimmernden Wüstenstreifen, der sich Strand nannte, lag breit und unbeweglich ein blauschwarzes, einsames Meer. Als ob wir mitten im Stillen Ozean gestrandet wären, dachte Gotthardt. Er hatte Visionen von Palmen und knallbunten Hemden, von Wellenreitern und Hulahula-Mädchen in Baströcken; er presste die Lider zusammen.

Altmann und Wassile sprangen über Bord, tauch ten unter, spritzten, jagten einander, kletterten wieder ins Boot. Altmann hielt eine Decke ins Meer. Er hatte Mühe, sie wieder herauszuziehen. Die Frauen unterhielten sich, ihre Worte vermischten sich mit dem leisen Klatschen der Dünung zu einem dumpfen, auf und ab schwellenden Brausen. Gotthardt kämpfte gegen den Schlaf. Einen Augenblick dachte er: Warum nicht, du hast Urlaub! Dann gewann sein Verantwortungsgefühl wieder Oberhand. Er wusste, wenn er jetzt einschlief, war er in den nächsten zwei Stunden durch nichts wieder wach zu bekommen. Enderlein ging vom Pfeifen zu tiefen, harten Schnarchtönen über. Seine Frau rüttelte ihn; er drehte sich auf die Seite und verstummte.

»Soll ich ihn wecken?«, fragte sie.

»Lassen Sie ihn ruhig eine Stunde schlafen. Vielleicht findet er die Lösung im Traum, wie einst Newton die Gravitationsgesetze.«

Ich finde bestimmt nichts, dachte er. Heute nicht mehr. Er fühlte sich leer. Wie ein Luftballon. Eine schillernde Seifenblase, die größer und größer wurde; er hatte Angst zu zerplatzen, gleich stieß er gegen den Regenbogen.

»Bist du eigentlich zufrieden mit deinem Leben?«, fragte Lisa gerade. So, dachte Gotthardt, unsere Frauen duzen sich also. »Ich kann mir das gar nicht vorstellen, ein Leben lang zu Hause, ohne Beruf –«

»Ach, weißt du«, erwiderte Hannchen Enderlein, »was heißt hier ohne Beruf? Frau eines Landarztes, das ist schon ein Beruf für sich. Und dann vier Kinder aufziehen, ist das nicht ebenso gut, ebenso wichtig wie in einem Büro sitzen?«

Sie lachte. »Wenn ich wütend bin, werf' ich Franzl natürlich vor, dass er mir damals ein Kind gemacht und damit meine stolze Karriere als Apothekerin versaut hat.«

»Ob Susanne Ebert es Fielitz gesagt hat, dass sie schwanger ist? Hättest du es gesagt, Hannchen?«

»Nur, wenn ich ernsthaft an ihm interessiert gewesen wäre. Aber ich glaube, sie hätte es auf keinen Fall verraten. Vielleicht hätte sie ihm das Kind sogar als sein eigenes unterschieben können; er macht den Eindruck, als ob er einmal einen braven Familientrottel abgeben wird. Brav und spießig.«

»Weil er sich gegen den Zimmertausch gesperrt hat? Wahrscheinlich hatte Achim Fielitz Angst, dass er Ärger bekommen könnte. Einen Skandal kann er sich nicht leisen, wenn er ins Ausland will.«

»So etwas gibt doch heute keinen Skandal mehr, Hannchen. Fielitz ist schließlich ledig.«

»Aber er wird einmal einen braven Ehemann abgeben! Hast du gemerkt, wie sehr Susanne Ebert ihn schon unter dem Pantoffel hatte? Dabei kannten sie sich kaum eine Woche.«

»Manchmal sahen sie mir eher wie ein altes Ehe paar aus.«

»Vielleicht hat es überhaupt keinen Abschied von Jacky gegeben«, sagte Frau Enderlein plötzlich. »Sie hat nichts dergleichen notiert. Aber als sie Angst hatte, dass es zu Ende sei, hat sie es in ihren Kalender geschrieben. Sollte sie sich da nicht auch notiert haben, wenn sie ihn zum letzten Mal gesehen hätte?«

Gotthardt richtete sich auf. »Das ist ein interessanter Gedanke. Weiter, was würde sich daraus ergeben?«

»Andererseits fährt sie allein in Urlaub und flirtet hier auf Teufel komm raus mit Fielitz, zieht sogar zu ihm ins Zimmer. – Aber das könnte für sie auch nur ein Intermezzo gewesen sein. Es muss in Berlin nicht herauskommen, was sie hier treibt. Sie sind beide ledig, also wird sich niemand im Betrieb oder sonstwo über sie beschweren. Denkt mal an den Film von ›Paul und Paula‹. Die Paula hat sich auch vorgenommen, noch einmal ein richtiges Fass aufzumachen, bevor sie ihren Reifenfritzen heiratet. Vielleicht wollte Susanne Ebert die Gelegenheit nutzen, bevor sie Ehefrau und Mutter wird.«

»Wenn sie und Jacky heiraten wollen, wie du an nimmst, warum fahren sie dann nicht gemeinsam in Urlaub?«

»Vielleicht kann er jetzt nicht Urlaub machen und in den nächsten Monaten auch nicht. Vielleicht hat er auch eine längere Auslandsreise und hat zu ihr gesagt: Mach du inzwischen eine Reise ans Schwarze Meer und –«

»Also gut«, sagte Gotthardt. »Jacky ist Kapitän bei der Handelsmarine, auf großer Fahrt, kommt im April wieder mal in die Republik, bleibt ein paar Wochen an Land, sie verleben tolle Flitterwochen, und er macht ihr ein Kind; dann geht er wieder auf Fahrt, okay. Das erklärt zwar alle Eintragungen im Kalender, nicht aber, wer Susanne Ebert umgebracht hat und warum.«

Die beiden Frauen machten lange Gesichter. Gotthardt rückte dichter an die Klippe. Der kürzer werdende Schatten bedeckte gerade noch seinen Fuß. Altmann sprang wieder über Bord. Diesmal tauchte er nicht nur kurz unter, sondern kam an Land. Er strahlte.

»In einer halben Stunde sind wir startklar«, verkündete er.

»Wassile ist wirklich ein Ass. Den nehm' ich mit nach Hause.«

Er setzte sich zu Gotthardt. »Es wird auch höchste Zeit«, flüsterte er, »ich habe noch einmal die Decke nass gemacht, trotzdem, es riecht schon.«

»Gut«, sagte Gotthardt, »ich hole die drei von der anderen Seite. Sag vorläufig hier noch nichts. Das will ich selbst tun. Versuch mal, ob du Wassile dazu bringen kannst, den Mund zu halten.«

»Klar, kann ich.«

Es sah komisch aus, wie Altmann in kurzen Sprüngen über den Sand hüpfte; Gotthardt musste an Schneewittchens Stiefmutter denken, die zur Strafe auf glühenden Eisenplatten tanzen musste. Er zog seine Schuhe an und streifte das Hemd über. Enderlein schreckte hoch. »Wir müssen gehen«, sagte er verschlafen und geistesabwesend, »schnell, wir müssen gehen.«

Seine Frau drückte ihn wieder zu Boden. »Jaja, wir gehen gleich. Ich weck' dich dann.«

Einen Augenblick lag er still, dann richtete er sich wieder auf, rieb die Augen, blinzelte zum Meer, gähnte, sah Gotthardt an und sagte trocken: »Wir sind vielleicht ein paar Idioten! Wir haben nicht mal geguckt, wie es bei Tageslicht hinter der Hütte aussieht.« Er schüttelte mitleidig den Kopf. »Wenn mir das einer prophezeit hätte, dass ich die Tatortbesichtigung glatt vergesse!«

21

Die Hitze lag drückend auf dem Wald, sogar die unteren Blätter hingen schlaff und welk herab, trotzdem war es hier angenehm kühl nach dem Lauf über den Strand. Enderlein steckte Gotthardt mit seinem Gähnen an. Wie sie da den Waldweg hinaufstapften, in Badehose und Sandalen, mit offenen Hemden, unrasiert, verschwitzt, übernächtig und mit schweren Gliedern, sahen sie nicht gerade aus wie zwei Detektive auf dem Weg zur Tatortbesichtigung in einem Mordfall. Keuchend blieben sie vor der Hütte stehen. Im gleichen Augenblick kam Peter Bockisch um die Ecke. Er wirkte verlegen.

»Ich war gerade auf dem Weg zu Ihnen«, sagte er. »Ein Boot haben wir nicht gefunden. Einmal tauchte eines am Horizont auf, verschwand aber wieder, bevor wir noch den Stapel in Brand setzen konnten; und einmal haben wir einen Dampfer gesichtet, der aber nicht uns, oder die Besatzung hat das Rauchsignal für einen Jungenstreich gehalten; er fuhr jedenfalls weiter. Dafür haben wir genug Fische geangelt, dass es für alle zum Mittag reichen müsste. Ich wollte gerade zum Strand –«

»Sind Sie ganz sicher«, fragte Enderlein, »dass der Weg zum Strand dort entlang führt?« Er zeigte auf die Hütte.

Peter Bockisch lief rot an. »Ich hatte mich nur einen Augenblick in den Schatten gesetzt.«

»Der ist hier unter den Bäumen bestimmt kühler.«

»Nun gut, ich wollte mir die Stelle noch einmal bei Tag ansehen. Ist das ein Verbrechen?«

»Das nicht.« Enderlein betonte das erste Wort.

»Wollen Sie damit sagen –«

»Nein, nein«, unterbrach Gotthardt schnell. »Der Doktor hat nur befürchtet, Sie könnten die Spuren noch mehr zertrampelt haben, als wir es heute Nacht ohnehin schon getan haben.«

»Ich bin doch kein Idiot! Ich bin überhaupt nicht hinter dem Haus gewesen, sondern am Gitter stehen geblieben. Aber, was wollen Sie hier?«

»Wir wollten zu Ihnen, Bescheid sagen, dass Sie die Wache abbrechen und zum Strand kommen können; unser Boot ist in Kürze wieder seetüchtig. Holen Sie bitte die anderen, und bringen Sie die Fische mit!«

»Okay, Chef« Peter Bockisch machte sich auf den Weg.

Enderlein schüttelte den Kopf. »Glauben Sie etwa, dass er nicht hinter der Hütte war? Oder dorthin wollte, wenn wir nicht zufällig gekommen wären? Warum wohl?«

»Aber Bockisch«, ahmte Gotthardt ihn nach, »ausgerechnet Bockisch?«

Enderlein sah ihn wütend an, dann lachte er. »Ja, wahrscheinlich war er nur neugierig.«

Sie blieben am Zaun stehen. Die Spuren waren gut zu sehen; eine dicke Schicht dunkler und ziemlich feuchter Erde bedeckte den Streifen zwischen Hütte und Abgrund. Es sah so aus, als sei sie erst unlängst hierher gebracht worden. Die breite, vielfüßige Spur zeichnete sich deutlich von dem sonst unberührten Boden ab.

»Wir werden am besten ein Stück neben unserer Nachttrampelei hergehen und unsere jetzigen Fußspuren kennzeichnen«, sagte Enderlein, »damit die Miliz sie von den anderen unterscheiden kann. Am besten, Sie gehen soweit wie möglich in meinen Fußstapfen.«

Sie konnten deutlich verschiedene Schuhabdrücke unterscheiden, darunter ihre eigenen, aber aus den Spuren war nichts anderes abzulesen, als dass sich eine Anzahl von Menschen zum Abgrund und wieder zurück begeben hatte.

»Hat einer von uns gestern Nacht hier geraucht?«, fragte Enderlein.

»Nein, bestimmt nicht. Erst als wir zusahen, wie Maiendorff fotografierte, und da standen wir schon wieder dahinten am Zaun.«

»Dann können wir also annehmen, dass alle Zigarettenstummel von Susanne Ebert beziehungsweise von ihrem Mörder stammen!« Enderlein zählte, indem er mit dem Zeigefinger von einem Stummel zum anderen wies. »Vier. Geben Sie mir mal die Hand.«

Gotthardt hielt ihn fest, Enderlein beugte sich so weit wie möglich über die zertrampelte Erde. »Alles ›Pall Mall‹.«

»Können Sie das so erkennen? Die werden doch nicht alle mit der Beschriftung nach oben liegen!«

»Das nicht, aber die ›Pall Mall‹ hat eine charakteristische Zeichnung im Papier.« Er zog sich wieder hoch. »Drei mit deutlichen Lippenstiftspuren, die vierte ohne.«

»Wer von uns raucht?« Sie überlegten. Mit Sicherheit wussten sie, dass die Kunacks, Wassile, Sofia und Bockisch rauchten, sie selbst und ihre Frauen, Pitty und Fielitz nicht. Wie es damit bei den Altmanns, Maiendorff, Annelie Fuchs und Magda Bähreis stand, konnten sie sich nicht erinnern.

»Kann aber auch sein, dass der Lippenstift sich bei der vierten Zigarette nur nicht so abzeichnet«, wandte Enderlein ein. »Ohne gerichtsmedizinische Untersuchung ist da gar nichts mit Sicherheit auszumachen. Wenn allerdings der Mörder diese Zigarette geraucht hat, dann überführt ihn der Stummel- der unvermeidbare Speichelrest. Vielleicht sollten wir den Stummel lieber sicherstellen?«

Enderlein holte zwei Ästchen, nahm sie wie chinesische Essstäbe in die Hand, beugte sich mit Gotthardts Hilfe noch einmal über die Spuren und angelte den Zigarettenstummel vom Boden. Er legte ihn vorsichtig auf ein Ahornblatt und markierte die Stelle mit den beiden Ästen. Dann traten sie vorsichtig an das Geländer. Unmittelbar vor dem Zaun fanden sie tiefe, pfenniggroße Eindrücke, die offensichtlich von Maiendorffs Stativ stammten, und direkt an dem eingerissenen Zaunstück, an dem Susanne Ebert abgestürzt sein musste, die Abdrücke eines schmalen Schuhes mit kleinen, wahrscheinlich hohen Absätzen.

»Das muss Susanne Eberts Spur sein«, sagte Enderlein. Sie starrten lange auf die Fußabdrücke und den nur wenige Zentimeter dahinter gähnenden Abgrund.

»Komisch«, sagte Gotthardt, »dass die Schuhspitzen nicht zum Abgrund, sondern zur Hütte hin zeigen. Wenn wir nicht wüssten, dass der Zaun schon entzwei war, müssten wir daraus schließen, dass sie sich hinsetzen wollte.«

»Vielleicht hatte der Mörder den Zaun so hergerichtet, dass er heil aussah? Nein, dann hätte sie geschrien, als sie abstürzte. Und das Stück Zaun hätte unten liegen müssen. Wie weit muss man wohl vom Abgrund entfernt sein, um herunterzustürzen, ohne die Kante zu streifen? Sehen Sie, hier scheint weder etwas abgebrochen noch abgeschliffen zu sein.«

Gotthardt blickte verblüfft auf die Kante. Es war offensichtlich, dass dort in der letzten Zeit kein schwerer Gegenstand aufgeprallt oder entlanggeschrammt war. Er schloss die Augen und überlegte sich die Situation.

»Sie muss dicht am Abgrund gestanden sein«, sagte er dann, »sehr dicht. In jedem anderen Fall hätte sie die Erde streifen müssen.«

»Ja, es sieht so aus, als sei sie rückwärts an den Abgrund herangetreten. Das heißt –«

»Sie hat ihrem Mörder ins Gesicht gesehen, als der zum Schlag ausholte!«

»Und nicht geschrien«, sagte Enderlein kaum vernehmbar, »und sie hat nicht geschrien.«

22

Enderlein balancierte das Blatt mit dem Zigarettenstummel auf der linken Hand, in der rechten trug er wie Gotthardt Brennholz. Als sie den Strand erreichten, hatten die drei Angler mit ihrem Lärm über den erfolgreichen Fischfang die Schläfer geweckt. Altmann nickte Gotthardt beruhigend zu, und Wassile lachte ihn wie ein Mitverschwörer an. Gotthardt schämte sich, dass er Wassile verdächtigt hatte. Sofia, Magda Bähreis und Evelyn Kunack mühten sich mit Taschenmessern, die Fische einigermaßen sauber auszunehmen und abzuschuppen. Fielitz half Maiendorff, das Holz kunstgerecht aufzustapeln und in Brand zu setzen. Peter Bockisch und Anke Pittkowski suchten Stöcke, die als Fischspieße geeignet sein könnten. Gotthardt setzte sich an den Waldrand und sah dem Treiben zu. Lisa und die Enderleins gingen baden.

Es war nun noch nicht einmal zwölf Stunden her, dass sie Susanne Ebert tot aufgefunden hatten, und doch bewegten sich alle wieder frei und ungezwungen, manche sogar fröhlich. Einer von ihnen musste vor nicht einmal einem halben Tag im Mondschein auf der Klippe gestanden haben, den Knüppel in der Hand, hatte Susanne Ebert ins Gesicht gesehen und zum Schlag ausgeholt, hatte ihr in die Augen sehen können und den Knüppel niedersausen lassen. Und war nun unter denen da. Beschmierte sich die Hände beim Fischsäubern oder stand am Feuer und sah in die Flammen oder zog die Fische auf die Spieße. Wer? Er konnte nicht einmal die Frauen ausschließen; für den Schlag mit dem Knüppel hätte sogar Magda Bähreis Kraft genug gehabt. Ein Wahnsinniger, dachte er, einer, der die Tat längst verdrängt hat.

Dieter Gotthardt fühlte sich zerschlagen, ausgehöhlt; es kostete ihn unendlich viel Kraft, aufzustehen, sich auszuziehen, ins Wasser zu gehen. Er fröstelte, als das Wasser langsam an den Beinen emporkletterte, dabei war es warm, viel zu warm eigentlich.

Nach einer Weile empfand er zum ersten Mal, seit sie am Schwarzen Meer waren, wie angenehm dieses warme Wasser sein konnte. Er entdeckte, dass er es nicht mehr spürte; da war nichts Fremdes mehr, kein Draußen, außerhalb der Haut, von dem die Nerven ständig Nachrichten übermittelten; es war, als sei er ein Teil des Meeres geworden. Ob die Fische sich so fühlten? Er genoss es, nichts zu spüren und nichts vor Augen zu haben als die dunkle, fast glatte Fläche des Meeres und den hohen, wolkenlosen Himmel und die schmal flimmernde Linie, an der Himmel und Meer zusammenzustoßen schienen. Er schloss die Augen und schwamm blind, tauchte ein und schwamm zwei Züge unter Wasser, holte Luft, ohne die Augen zu öffnen, und steckte den Kopf wieder in das Meer. Irgendwann packte ihn Schwindelgefühl. Er musste sich auf den Rücken drehen.

Enderlein und die Frauen stiegen an Land. Gotthardt empfand plötzlich Abscheu davor, wieder an Land zu müssen, sich zu den anderen zu setzen, zu sprechen. Als sei nichts. Zu fragen. Zu beobachten. Zu misstrauen. Was ging das alles ihn an? Warum musste er Polizist spielen? Als ob es hier keine Polizisten gäbe. Und warum sollten sie anders sein als die Kriminalisten zu Hause, unfreundlicher?

Er wurde wütend, weil er sich von Enderlein hatte anstecken lassen, von dessen Andeutungen, wie die Miliz mit ihnen umspringen würde. Dieser verdammte Amateurdetektiv! Und er hatte sich vor dessen Karren spannen lassen. Was zum Teufel ging es ihn an, wer Susanne Ebert getötet hatte! Ja, es interessierte ihn, er fühlte sich verwickelt, aber musste er deshalb den Ermittler spielen? Dass er sich nie heraushalten konnte! Warum nicht Bockisch? Oder Fielitz! Den ging die Sache am meisten an, aber der saß herum, als habe man ihm das Glück seines Lebens zerstört.

Warum ereiferst du dich eigentlich?, dachte er. Es ist ja bald vorbei. Eine Stunde, zwei. Dann die Miliz informieren. Zuerst ins Hotel, duschen, umziehen, rasieren. Du musst es durchsetzen, dass alle erst auf ihr Zimmer dürfen –. Er lachte laut auf, reckte den Hals und sah nach, ob jemand in der Nähe war, der sein Lachen gehört haben könnte. Du bist unverbesserlich, Gotthardt, sagte er sich. Da hältst du dir einen langen Vortrag, wie verrückt du bist, weil du zu leicht deine Nase in fremder Leute Angelegenheiten stecken lässt, und zwei Minuten später nimmst du dir schon wieder vor, dass du dich vor allem um das Wohl deiner lieben Mitmenschen kümmern willst! Er drehte sich auf den Bauch und schwamm zum Ufer zurück.

Unter dem Sonnendach war es qualmig und fast unerträglich heiß. Aber die anderen schienen es kaum zu merken, sie saßen mit geröteten, verschwitzten, aber gelösten Gesichtern um das Feuer, in der Hand einen aufgespießten Fisch, den sie über den Flammen drehten. Wassile und Bockisch jonglierten mit zwei Spießen.

Der Mörder briet sich einen Fisch, ging es Gotthardt durch den Kopf. Klingt wie der Titel eines Krimis. Wer es auch war, er musste abgebrüht und eiskalt sein. Ob er sich verraten würde, wenn sie in das Boot steigen und mit der toten Susanne an Bord zurückfuhren? Und die übrigen?, dachte er weiter. Wie wird es auf sie wirken, neben einer Toten über das Meer zu fahren? Sein Magen zog sich zusammen. Er wusste, er könnte unmöglich mit der toten Susanne zurückfahren. Und die anderen auch nicht! Als alle aufgegessen hatten, stand er auf.

»Bitte mal herhören! Für die, die es noch nicht wissen, Wassile und Herr Altmann hatten Erfolg, der Motor geht wieder, wenn auch nicht mit voller Kraft. Wir könnten jetzt einsteigen und zurückfahren. Ich schlage aber vor, dass wir es nicht tun. Es wird nicht sehr angenehm sein, mit der Toten zusammen die Reise zu machen, wir sind hier in einer heißen Gegend. Sie verstehen mich sicher.«

»Warum drum herumreden«, sagte Enderlein. »Wir sind alle Erwachsene. Die Verwesung –«

»Schon gut, Franzl!« Seine Frau stieß ihm in die Seite. »Wir haben es alle verstanden.«

»Wir könnten sie doch mit ein paar nassen Decken zudecken«, meinte Kunack, »das reicht bestimmt.«

»Es gibt noch einen zweiten Grund«, erklärte Gotthardt.

»Die meisten von uns haben es irgendwann in den

letzten Stunden sicher schon einmal gedacht, einige haben es auch ausgesprochen: Es gibt Anhaltspunkte, dass Susanne Ebert vielleicht nicht einem Unfall zum Opfer fiel.«

Gotthardt sah sich um. Er entdeckte niemanden, der sich verdächtig benahm. Pitty hatte die Hand vor den Mund gepresst. Evelyn Kunack saß mit offenem Mund und weit aufgerissenen Augen da. Fielitz atmete schwer, Bockisch schüttelte immer wieder den Kopf.

»Wollen Sie etwa andeuten«, fragte er, »dass jemand nachgeholfen hat? Einer von uns?«

»Es ist leider nicht ganz auszuschließen. Deshalb bin ich der Meinung, es sollten nur Herr Altmann und Wassile an Land fahren und die Miliz benachrichtigen. Die kann dann entscheiden, wie es weitergehen soll.«

Nun redeten alle durcheinander.

»Ruhe!«, schrie Enderlein. »Ruhe! Lassen Sie doch Herrn Gotthardt ausreden!«

»Wie lange wird das etwa dauern?«, wandte Gotthardt sich an Sofia.

»Zwei, höchstens drei Stunden.«

»Ich will mitfahren«, forderte Annelie Fuchs, »ich will nicht mit einem Mörder auf der Insel bleiben.«

»Einer wird sich vor dem anderen fürchten«, sagte Magda Bähreis leise, Gotthardt hatte es verstanden.

»Wir bleiben hier am Strand, bis die Miliz ein trifft«, sagte er, »da hat jeder jeden unter Kontrolle, und niemand braucht Angst zu haben. Außerdem habe ich nicht gesagt, es sei Mord, sondern nur, dass das nicht auszuschließen ist.«

»Warum darf Altmann weg?«, fragte Kunack.

»Einmal, weil er etwas von Motoren versteht«, sagte Enderlein, »und weil er absolut unverdächtig ist; er hat die ganze Zeit in der Hütte gesessen, wie Sie sich wohl alle erinnern können.«

»Ein Alibi müsste man haben«, sagte Maiendorff bissig.

»Und wenn Wassile der Mörder ist?«, fragte Bockisch.

»Dann sitzen wir morgen noch hier. Er würde sich hüten, die Miliz zu benachrichtigen, sondern unserem Altmann eins überbraten und die Kurve kratzen, um so viel Vorsprung wie möglich zu bekommen. Wenn einer von uns hier verdächtig ist, dann Wassile. Er war die ganze Nacht ohne Kontrolle. Wer sagt uns denn, dass er wirklich am Boot gesessen und am Motor gebastelt hat! War da nicht schon einmal etwas mit einer Blondine?«

»Das ist unfair!« Sofia Romanowa sprang erregt auf. Sie blickte wütend zu Gotthardt herüber. »Ich finde es sehr scheußlich, dass Sie unser Gespräch herumerzählt haben!«

»Ich habe nichts weitererzählt, Sofia.«

»Das ist doch bekannt.« Bockisch tat erstaunt. »Ich hab's von der Frau an der Rezeption.« Er zog die Schultern hoch. »Wir sprachen über Pappagalli. Ich weiß, Sofia, Wassile wurde rehabilitiert. Aber ich darf doch unter diesen Umständen fragen: Weil er unschuldig war? Oder nur um einen Skandal zu vermeiden?«

»Das ist eine sehr dumme Frage«, entgegnete Sofia Romanowa. »Halten Sie uns wirklich für so blöd, dass wir Wassile nicht fortgeschickt hätten, wenn da etwas hätte vertuscht werden müssen?«

»Okay.« Peter Bockisch setzte sich mit bedeppertem Gesicht. Alle schwiegen betreten.

»Lassen Sie Wassile fahren«, sagte Annelie Fuchs in die Stille, »er kann es nicht gewesen sein.«

»Woher wollen Sie das wissen?«

»Weil ich bei ihm war.«

Alle starrten Annelie Fuchs an. Evelyn Kunack kicherte, Maiendorff verzog höhnisch den Mund. Annelie Fuchs drückte das Kreuz durch und sah trotzig einem nach dem anderen ins Gesicht. »Na und? Kann ich nicht tun und lassen, was ich will? Bin ich irgendjemand Rechenschaft schuldig? Ihr seid doch auch nicht besser. Gerade Sie!« Sie drehte sich zu Maiendorff. »Wenn ich daran denke, wie Sie um Wassile herumscharwenzelt sind!«

»Das verbitte ich mir!«, schrie Maiendorff mit über schlagender Stimme. »Das werden Sie noch bereuen.«

»Und Sie?« Annelie Fuchs zeigte auf Evelyn Kunack. »Die brave Ehefrau, was? Meinen Sie, ich habe nicht bemerkt, was für Blicke Sie Wassile zugeworfen haben? Das liebende Ehepaar. Da kann ich nur lachen. Am liebsten möchten Sie sich doch gegenseitig die Augen auskratzen! Und Sie?« Annelie Fuchs zeigte auf Magda Bähreis.

»Ich habe Wassile auch schöne Augen gemacht«, antwortete die geradeheraus. »Ich finde, er ist ein ausgemacht schönes Mannsbild. Warum also sollte ich nicht?«

Gotthardt stand auf und setzte sich neben Frau Fuchs. »Bitte, beruhigen Sie sich. Keiner macht Ihnen einen Vorwurf.«

Sie sah ihn an, Tränen in den Augen. »Sie nicht. Ihnen glaube ich es.« Sie riss die Tasche auf, holte ein Tuch hervor und putzte sich umständlich die Nase.

»Was war denn überhaupt, Frau Fuchs? Wollen wir lieber ein bisschen zur Seite gehen?«

»Wozu denn? Ich habe nichts zu verbergen. Leider«, fügte sie noch hinzu, halb bedauernd, halb bockig. »Ja, glotzt nur. Ich hätte gerne mit ihm geschlafen. Ich hätte gerne mal wieder in den Armen eines Mannes gelegen. Ist das ein Verbrechen?« Sie sah sich wütend um. Dann erzählte sie ruhig. »Als die Altmanns mich nicht mehr brauchten, wurde es mir langweilig. Und zu dumm, bei dem albernen Detektivspiel zuzuhören. Mir fiel ein, dass Wassile unten beim Boot war, allein. Da habe ich mich den Waldweg hinuntergetastet. War gar nicht so einfach. Wenn ich nicht einen Schwips gehabt hätte, wäre ich bestimmt bald umgekehrt. Dann habe ich die ganze Zeit still bei Wassile gesessen und zugesehen, wie er am Motor rumgemurkst hat. Weiter war nichts. Dann haben Sie gerufen.«

»Warum haben Sie uns das nicht schon heute Nacht gesagt, als wir danach fragten?«

»Blöde Frage. Würden Sie sich freiwillig den Spießern ausliefern?«

»Als Sie hinausgingen, war da Susanne Ebert noch in der Hütte?«

»Ich weiß nicht.«

»Ich nehme an, jetzt hat niemand mehr Einwände, dass Wassile mit Wolfgang Altmann fährt.«

»Ich«, meldete sich Maiendorff. »Ich bin dagegen, und

sicher nicht nur ich allein, dass wir hier auf der Insel bleiben sollen und warten, bis wer weiß wann die Polizei kommt.«

»Noch jemand?« Gotthardt sah in die Runde. »Es bleibt also dabei, die beiden fahren.«

»Das bestimmen Sie, ja?«

»Ja«, sagte Enderlein. »Das bestimmen wir. Und wenn es nötig sein sollte, können wir die Machtfrage auch mit Gewalt klären. Möchten Sie?«

Maiendorff machte eine verächtliche Handbewegung und wollte unter dem Sonnendach hervorkriechen. Er steckte aber nur den Kopf hinaus, dann setzte er sich mit wütendem Gesicht wieder hin.

»Ist es warm draußen?«, erkundigte sich Bockisch scheinheilig. »Ja, erst wägen, dann wagen; erst denken, dann tun.«

»Sie mit Ihrer großkotzigen Art«, stieß Maiendorff aus, »Sie denken auch, weil Sie ab und zu ins Ausland dürfen, sind Sie Wunder was für ein Weltmann, Sie Westentaschencasanova!«

»Neidisch? Auf den Casanova oder auf die Aus landsreisen?«

»Ich finde, Sie sollten beide den Mund halten!«, schrie Enderlein. Maiendorff zuckte zusammen. Bockisch riss die Hand vor den Mund, tat aber so, als habe er sich nur an der Nase kratzen wollen. Alle saßen betreten da. Schließlich durchbrach Altmann das Schweigen.

»Kann ich dich mal sprechen?«, fragte er Gotthardt. »Unter vier Augen?«

Sie liefen über den Sonnenstreifen hinüber zum Wald.

Gotthardt musste Altmann zweimal auffordern, ehe der mit der Sprache herausrückte. »Schick einen anderen«, forderte er. »Ich kann nicht.«

»Wegen deiner Frau? Uta wird es verstehen.«

»Nicht wegen Uta. Ich will nicht.«

»Wen sollen wir sonst schicken? Du bist der Einzige, der außerhalb jeden Verdachts steht. Und der mit dem Boot fertig werden kann.«

»Und mit Wassile, das meinst du doch?«

»Hast du Angst vor Wassile?«

»Nein, das nicht.« Altmann nahm eine Handvoll Sand und beobachtete mit verbissener Miene, wie die staubfeinen Körner durch seine Finger rieselten. »Warum warten wir nicht, bis das andere Boot eintrifft? Sofia hat doch gesagt, heute kommt ein Boot.«

»Das kann ausfallen. Und wenn es kommt, dann erst abends, sodass die Polizei günstigstenfalls nachts hier eintreffen könnte. Sollen wir noch eine Nacht auf der Insel zubringen?«

»Dann lass wenigstens die Tote hier. Wenn es Mord war – und wenn unterwegs etwas mit der Leiche geschieht?«

»Was denn, was sollte geschehen?«

»Das Boot kann schlingern. Oder der Motor fällt wieder aus, und wir treiben ab. Und wenn wir dann mit 'ner Leiche an Bord einlaufen – denkst du, Wassile hält das Maul? Das gibt einen Auflauf! Und ich verstehe kein Wort. Und was glaubst du, wie die Polizei über uns herfallen wird – über mich?«

»Ich verstehe«, sagte Gotthardt, »du witterst Ärger und

möchtest dich drücken. Hast Angst vor der Verantwortung, was?« Er spuckte in den Sand. »Wo hast du das gelernt, in der Schule?«

Altmann packte ihn am Hemd. »Jetzt hör mal genau zu! Ich bin durch alle Schulen der Nation gegangen: Kinderkrippe, Kindergarten, Schulhort, Junge Pioniere, FDJ, GST, zehn Jahre Schule, drei Jahre Lehre und anderthalb Jahre Armee; eines hat immer und überall gestimmt: Wenn du kannst, dann drück dich vor der Verantwortung. Mach deine Arbeit und lass den Chef 'n lieben Gott sein. Und wenn's irgendwo brenzlig wird, untertauchen! Deckung geht vor Sicht.«

Gotthardt schob Altmanns Hand weg. »Das habe ich anders gelernt, umgekehrt: Sicht geht vor Deckung!«

»Im Krieg vielleicht. Aber nicht bei 'ner Friedensarmee. Da heißt es: Nur nicht auffallen! Gesundes Mittelmaß, damit kommst du überall am besten durch!«

»So kannst du leben?«

»Genau so.«

»Und ich hatte dich für 'nen guten Facharbeiter gehalten.«

»Bin ich auch! In der Arbeit bin ich first class!«

Altmann wischte sich die Handflächen sauber, holte eine Packung »Pall Mall« und Streichhölzer aus der Tasche, schnippte eine Zigarette aus der Packung, hielt sie Gotthardt hin, steckte sie dann selbst an. Er sog den Rauch tief ein. »Ich will dir ja helfen«, sagte er leise. »Gib mir einen Auftrag, und du kannst dich auf mich verlassen.«

»Das ist dein Auftrag: Fahr mit Wassile. Überleg doch

mal, wen soll ich schicken? Es gibt keine bessere Lösung, als wenn du fährst; sollen wir eine weniger gute wählen, nur weil du feige bist?«

»Schon gut.« Altmann lächelte verlegen. »Ich fahre.«

Gotthardt legte ihm die Hand auf die Schulter. »Ich verstehe dich ja. Ich möchte mich auch am liebsten drücken.«

»Können wir nicht wenigstens Sofia mitnehmen?«

»Ich glaube nicht, dass sie die Gruppe allein lassen wird. Aber sie soll dir ein paar Zeilen für die Polizei mitgeben.«

Altmann winkte Wassile zu. Sie rannten zum Wasser, rissen die Schuhe herunter und wateten zum Boot. Wolfgang Altmann machte den Anker los, bevor er hineinkletterte. Der Motor spuckte ein paarmal, dann tuckerte er gleichmäßig. Alle blickten dem Boot nach.

23

»Darf man wenigstens mal schwimmen gehen?«, fragte Peter Bockisch.

»So viel Sie wollen«, sagte Gotthardt. »Ich bitte nur darum, dass niemand zu weit hinausschwimmt.«

»Worauf gründen Sie eigentlich Ihren Verdacht, dass es kein Unfall ist?«, fragte Kunack. »Darf man das erfahren?«

»Nein«, antwortete Enderlein, »das möchten wir lieber für uns behalten.«

Evelyn Kunack begann zu lachen. »Sagen Sie es ihm doch! Ihm können Sie es ruhig verraten, ihm schon! Er weiß es doch selbst. Er weiß ganz genau, dass es kein Unfall war.« Sie starrte ihren Mann an. »Du«, keuchte sie, »du bist der Mörder!«

Sie sprang auf und stürzte laut weinend davon. Einen Augenblick saßen alle wie erstarrt, dann lief ihr Mann hinter ihr her. »Ev!«, rief er. »Ev!«

»Schnell, Ihre Tasche, Sofia«, bat Enderlein.

Evelyn Kunack hatte sich an den Waldrand gesetzt, hatte die Arme um die angezogenen Beine geschlungen und den Kopf auf die Knie gelegt; sie schluchzte laut. Ihr Mann stand hilflos neben ihr und sagte immer wieder beruhigend: »Ev! Ev! Ev!« Er legte ihr die Hand auf den Kopf. Sie schüttelte sie ab. Lisa Gotthardt setzte sich an ihre Seite. Enderlein kam mit einem Becher und Tabletten. »Frau Kunack«, sagte er, nicht laut, aber sehr bestimmt, »ich habe hier etwas für Sie.«

Sie blickte Enderlein aus verweinten Augen an. »Ich will keine Tabletten. Ich war noch nie so bei Verstand wie jetzt. Noch nie.« Sie hielt ihm den Arm hin. »Da, fühlen Sie meinen Puls. Oder sehen Sie sich meine Augen an. Sie denken, ich bin nicht zurechnungsfähig, was? Nichts da. Ich bin bei klarem Verstand. Und wie klar. Unbarmherzig klar.«

Lisa Gotthardt streichelte ihren Arm. Evelyn Kunack drehte sich ihr zu; als sie erkannte, wer sie streichelte, lächelte sie.

»Wollen Sie nicht doch eine Tablette? Oder Kaffee?«

»Ja, einen Kaffee. Und eine Zigarette.«

Ihr zitterten die Hände. Enderlein steckte ihr eine Zigarette zwischen die Lippen, gab ihr Feuer. Sie sog gierig, atmete tief ein. Gotthardt ertappte sich dabei, dass er auf das Mundstück starrte, als sie die Zigarette aus dem Mund nahm, es war kein Lippenstift daran. Er setzte sich neben Frau Kunack.

»Wenn Sie sich stark genug fühlen, mit uns zu sprechen, sagen Sie es bitte.«

»Was gibt es da zu sprechen!«

»Sie haben soeben einen schweren Verdacht aus gesprochen. Vielleicht war es aber auch nur in der Erregung? Tut es Ihnen leid, dass Sie das gesagt haben? Wollen Sie es zurücknehmen?«

»Nein. Warum auch.«

»Soll Ihr Mann zu den anderen gehen?«

»Nein. Er soll ruhig hören, was ich Ihnen erzähle.« Sie blickte starr in den Sand vor sich. »Wo soll ich anfangen, wo ist der Anfang? Als ich zum ersten Mal entdeckte, dass er eine Geliebte hatte? Aber danach war es wieder gut. Alles vergeben, alles vergessen. Dann ertappte ich ihn ein zweites Mal, ein drittes Mal. Ich hätte ihm nicht so leicht verzeihen dürfen. Ich habe es ihm zu leicht gemacht. Vielleicht hat es damit angefangen.«

Kunack hatte sich zurückgelehnt, auf die Ellenbogen gestützt und blickte auf das Meer, als sei er ganz mit sich und seinen Gedanken beschäftigt.

»Ich habe ihm immer wieder verziehen. Eine liebende Frau kann viel verzeihen. Und er ist jedesmal wieder ganz zu mir zurückgekommen. Ich glaube, er war selbst nicht glücklich über seine Abenteuer, aber er war zu schwach. Ein Mann in seinen Jahren, der hat Angst, dass er etwas verpasst, wenn er nicht noch alles mitnimmt, bevor es zu spät ist.« Sie lachte bitter. »Als ob es da etwas zu verpassen gäbe! Aber jetzt wollte er sich scheiden lassen. Sein neuestes Flittchen hatte ihn so weit gebracht, dass er mit ihr nicht nur ins Bett, sondern auch auf das Standesamt wollte. Und die Praxis, fragte ich ihn, was wird aus der Praxis? Zwei Jahrzehnte praktizieren wir in diesen Räumen, nebeneinander, wie soll das weitergehen? Denkst du, habe ich zu ihm gesagt, ich könnte das ertragen, dich noch jeden Tag zu sehen, und sei es nur auf dem Flur? Du warst doch immer so stolz auf die Praxis, habe ich zu ihm gesagt, du hast doch für sie gelebt. Aber es war ihm tatsächlich gleichgültig! Er wollte eine Stellung in der Poliklinik annehmen. Egon Kunack in der Poliklinik' Mit drei Chefs über sich. Er konnte sich ja nicht mal was von mir sagen lassen. Aber es war ihm alles egal, wenn er nur zu seinem Hürchen ziehen konnte. Wie lange, sagte ich zu ihm, und es tut dir leid. Du bist jedesmal zu mir zurückgekommen. Lass es nicht zum Bruch kommen, es könnte endgültig sein! Aber er war wie besessen von diesem Flittchen. Eine Krankenschwester! Eine Karbolmaus! Wie willst du denn mit ihr leben, habe ich ihn gefragt, und wo? Die Praxis, die Wohnung, fast die ganzen Möbel, das habe ich mit in die Ehe gebracht. Wenn du gehst, habe ich gesagt, dann nimmst du nur das mit, was dir nach dem Gesetz zusteht, und keinen Pfennig mehr. Aber er war wie besessen.« Sie blickte zu ihrem Mann hinüber, doch der sah noch immer unbewegt aufs Meer hinaus.

»So kannst du doch nicht leben, habe ich zu ihm gesagt, irgendwo, in einer miesen kleinen Wohnung, ohne die Bibliothek und den Kamin; denk doch nur an unsere Kaminabende, ist das alles nichts mehr? Und den Luxus! Jeden Tag frische Wäsche, zweimal am Tag ein weißes Hemd, zweimal die Woche frische Bettwäsche, auf das alles willst du verzichten? Und die Sommerabende unter dem Kirschbaum in Recknitz, unsere Grillpartys –. Ich dachte: Du kannst ihn doch nicht in sein Unglück laufen lassen. Ich dachte, wenn ich ihn ein paar Tage aus dem Einfluss der anderen herausbrechen kann, dann kommt er wieder zur Besinnung. Gut, habe ich also zu ihm gesagt, ich lasse mich scheiden, aber vorher fahren wir noch in Urlaub, wie wir es geplant hatten, die drei Wochen werdet ihr ja noch warten können. Er hat Ja gesagt. Viel zu schnell, als dass er sich erst hätte überwinden müssen. Da wusste ich, er ist unsicher, er hängt doch noch an mir.«

Lisa Gotthardt brachte Kaffee. Evelyn Kunack trank in kleinen Schlucken. Enderlein wartete, bis sie von allein weitersprach.

»Wie blöde ich war! Es passte ihm nur zu gut in seine Pläne! Er wollte sich hier mit seinem Vater treffen. Wie jedes Jahr. Aber vor ein paar Tagen habe ich gehört, wie sein Vater zu ihm sagte: Komm nur zu uns. Ich helfe dir. Und die Ärztekammer auch. Da war mir alles klar. Er wollte abhauen. Ich habe erst so getan, als ob ich nichts mitbekommen hätte. Ich habe gehofft, dass wir zusammen gehen würden und er schwiege nur, weil noch nicht alles perfekt ist; einige Tage hatte ich die unsinnige Hoffnung, es könne einen neuen Anfang mit uns geben und alles wieder gut werden. – Geben Sie mir noch eine Zigarette?«

Enderlein gab ihr die Packung. Ihre Hände zitter ten nicht mehr, als sie sich eine Zigarette herausnahm und ansteckte.

»Dann«, sagte sie, »kam ich dahinter, dass auch sein Hürchen hier ist. Er wollte mit seinem Hürchen abhauen! Gestern, im Rosengarten, hat er mir erzählt, er wolle einen Tag allein mit seinem Vater verbringen, eine Angelfahrt auf dem Meer, für mich wäre das ja wohl nichts. Da wusste ich Bescheid. Ich habe ihm auf den Kopf zugesagt, was er wirklich vorhatte. Und dass ich ihn keine Minute mehr aus den Augen lassen werde, bis wir wieder in Leipzig sind. Denkst du, habe ich gesagt, ich lasse mich deinetwegen in irgendein lausiges Balkangefängnis sperren? Wenn du dich auch nur eine Stunde von mir entfernst, werde ich sofort zur Polizei gehen.«

Sie drückte die Kippe mit einer Daumendrehung im Sand aus, wie man ein Insekt zerquetscht. »Darum ist er zum Mörder geworden.«

»Aber warum an Susanne Ebert?«, fragte Gotthardt verwirrt. »War sie etwa –«

»Sein Hürchen? Nein, das war sie nicht. Obwohl, sie hätte es auch sein können: blond, jung, geil, das ist so seine Kragenweite.« Sie lachte. »Nein, derArme wollte mich umbringen, mich! Er hat sich im Dunkeln an der Falschen vergriffen.« Sie packte Gotthardts Hand. »Er dachte, ich stünde da hinter der Hütte. Gestern abend trug ich doch mein Haar offen. Wir hatten also beide lange blonde Haare und beide einen hellen Rock. Als ich hinausging, folgte er mir, aber ich war im Wald, und als ich zurückkam, saß er nicht in der Hütte. Es dauerte auch ziemlich lange, bis er hereinkam So war es. Mich hat er erschlagen wollen!«

»Dummes Zeug!«, sagte Kunack. »Alles dummes Zeug. Ich habe Susanne Ebert überhaupt nicht gesehen. Ich bin draußen gewesen, das stimmt.«

»Aber heute Nacht haben Sie es abgestritten.«

»Ich wollte Evelyn und mir Ungelegenheiten er sparen.«

»Mir?« Sie kreischte auf. »Ausgerechnet du wolltest mir Ungelegenheiten ersparen!«

»Ja, wollte ich. Und ich bin auch nicht lange draußen gewesen, nur mal kurz in den Büschen. Sie wissen doch, meine Frau ist krank, schwer krank, sie ist hochgradig hysterisch. Sie hat dazu eine blühende Fantasie und leidet, nicht erst seit Kurzem, an Verfolgungswahn. Es stimmt, ich habe eine Geliebte – Evelyn hat auch ihre Liebhaber, das hat sie vergessen zu berichten –, aber meine Freundin ist nicht hier. Natürlich nicht. Wenn ich das wollte, wäre ich mit ihr in Urlaub gefahren.« Er sah Enderlein beschwörend an. »Doktor Enderlein, Sie sind Arzt. Sie müssen doch sehen, was mit meiner Frau los ist!«

»Erzählen Sie nur weiter«, sagte Enderlein ruhig.

»Dass Evelyn meine Freundin hier gesehen haben will, ist geradezu typisch. Wissen Sie, wo? Im Vorbeigehen. Im Halbdunkeln. Auf der Promenade zwischen Tausenden von Menschen. Seitdem verfolgt sie mich damit. Sie ist krankhaft eifersüchtig. Ich könnte das ja verstehen, wenn sie das Leben einer braven, unverstandenen, unbefriedigten Hausfrau führen müsste. Aber sie bringt es fertig, kommt aus dem Bett eines anderen und macht mir eine Szene, weil ich eine Stunde später, als ich es angekündigt hatte, von einer Tagung nach Hause komme. Ja, mein Vater ist hier. Wir treffen uns jedes Jahr irgendwo im Urlaub.«

»Warum?«, fragte Gotthardt.

»Warum schon. Weil ich nicht nach Bremerhaven fahren darf, und warum ich das nicht darf, wissen Sie doch wohl besser als ich!«

»Ihr Vater könnte nach Leipzig kommen.«

»Könnte er, gewiss, aber er hat eine übertriebene Furcht davor, zu uns zu kommen.«

»Sag ruhig, warum«, eiferte Evelyn Kunack, »weil er

Dreck am Stecken hat, dein Herr Vater. Er ist doch nicht ohne Grund nach dem Krieg abgehauen, als die Amis wieder abzogen.«

»Ach, halt doch den Mund!« Kunack winkte ab. »Davon ist kein Wort wahr. Aber er hat bestimmt davon gesprochen, dass ich nach drüben kommen soll; das ist eines seiner Lieblingsthemen seit Jahren. Er bietet mir immer wieder an, er würde das Geld für die Schleusung ausgeben.«

»Und warum haben Sie nicht angenommen?«, fragte Enderlein.

Kunack wandte sich an Gotthardt. »Muss ich mir das gefallen lassen?«, fragte er giftig. »Muss ich Gründe beibringen, warum ich nicht gegen die Gesetze verstoße? Es genügt doch wohl, dass ich es nicht getan habe.«

Enderlein hob begütigend die Hände. »Entschuldigen Sie bitte.«

»Außerdem«, sagte Gotthardt, »sprechen wir jetzt nicht über Republikflucht, sondern über Mord. Sie sind also draußen gewesen heute Nacht.«

»Ich war überhaupt nicht hinter der Hütte.« Er sah erst Gotthardt, dann Enderlein an. »Ich denke, das reicht. Ich kann Sie leider nicht daran hindern, den Worten einer hochgradigen Hysterikerin zu glauben, aber ich selbst werde nichts mehr sagen. Ich bezweifle, dass es im Sinn einer korrekten und unbeeinflussten Ermittlung ist, wenn Sie beide sich hier als Polizisten aufspielen. Im Übrigen möchte ich Sie bitten, sich auch weiterhin so rührend um meine Frau zu kümmern wie in der letzten halben Stunde, ich jedenfalls habe nicht vor, das noch weiterhin zu tun. Nach diesen Wahnvorstellungen muss ich ja um mein Leben fürchten. Vielleicht hat sie Susanne Ebert umgebracht? Vielleicht hat sie in ihrem Wahn Susanne Ebert für meine Freundin gehalten? Welch ein unsäglicher, abscheulicher Dreck!«

24

»Wir wollten noch einmal die Bucht ablaufen und den Knüppel suchen«, erinnerte Enderlein.

Gotthardt stöhnte. »Bei der Hitze?«

»Ich hab' einfach keine Ruhe. Ich muss etwas unternehmen.«

Seine Frau hängte sich bei ihm ein. »Ich komme mit, Franzl.«

Gotthardt legte sich lang, blinzelte einen Augen blick in den Himmel, schloss dann die Augen und reckte sich gähnend.

»Bevor du einschläfst«, sagte seine Frau, »verrate mir wenigstens noch, ob ihr etwas herausbekommen habt.«

»Das würde mich auch interessieren!« Die Gotthardts fuhren hoch. Magda Bähreis stand hinter ihnen. »Oh, das tut mir leid«, sagte sie, »ich wollte euch nicht erschrecken. Die Füchsin kümmert sich um Frau Kunack; die beiden scheinen Gefallen aneinander zu finden. Wo sind denn die Enderleins?«

Gotthardt zeigte zur Klippe.

»Was ist das eigentlich für ein Knüppel, den Enderlein sucht?«, fragte Lisa Gotthardt.

»Enderlein hat in einer der Kopfverletzungen einen Holzsplitter gefunden, aber sosehr wir gesucht haben, es war nirgends ein Stück Holz zu finden, an dem Susanne Ebert sich verletzt haben könnte. Dafür fehlt ein Stück des Geländers, das könnte die Tatwaffe sein. Die anderen

Indizien: der fehlende Schrei und zwei Fußabdrücke direkt an der Absturzstelle. Danach hat sie, bevor sie abstürzte, mit dem Gesicht zur Hütte gestanden und den Täter gesehen.«

»Sie müsste ihn also gekannt haben. Und ihm vertraut.«

»Auch noch, als er zum Schlag ausholte?«, fragte Magda Bähreis.

Lisa Gotthardt schüttelte den Kopf. »Das gibt keinen Sinn.«

»Es gibt alles keinen Sinn!«, seufzte Gotthardt. »Wer von uns sollte ein Mörder sein? Lauter mehr oder weniger durchschnittliche brave Bürger.«

»Habt ihr nicht wenigstens ein paar ausschließen können, durch Alibis oder so?«

»Die Altmanns, weil sie in der fraglichen Zeit die Hütte nicht verlassen haben, außerdem Wassile und Annelie Fuchs, damit auch –«

»Falsch. Sie können beide die Tat begangen haben. Annelie Fuchs, bevor sie zu Wassile ging, und Wassile, wenn er gleich hinter Sofia heraufkam.«

»Stimmt! Dann kommen bis auf die Altmanns theoretisch alle in Frage.« Gotthardt raufte sich die Haare. »Aber fragt mich nicht nach einem Motiv! Gut, Kunack könnte Susanne Ebert mit seiner Frau verwechselt haben, aber ist das wahrscheinlich? Das Ganze ist überhaupt unwahrscheinlich! Eine junge Frau, die vor acht Tagen noch niemand von uns kannte, vielleicht ein wenig zu lebenslustig, vielleicht ein wenig zu zielstrebig auf ein Urlaubsabenteuer aus, vielleicht schon ein wenig zu bissig für ihr Alter, doch wen, um Himmels willen, wollte sie sich in einer Woche so zum Feind gemacht haben, dass er sie umbringt! So leicht mordet man doch nicht! Wir haben sogar erwogen, dass Susanne Ebert erfahren haben könnte, dass jemand Republikflucht begehen wollte oder Spionage betrieb und dass derjenige sie tötete, um sich zu schützen; aber warum dann gerade hier, wo der Kreis der Verdächtigen klein ist?«

»Wenn sie es erst auf dieser Fahrt erfahren hat und der Mörder verhindern wollte, dass sie ihn anzeigen konnte?«

»Sie hätte sich auch hier jemandem anvertrauen können, Lisa.«

»Wenn sie es aber erst in dem Gespräch hinter der Hütte erfahren hat? Oder wenn sie versuchte, den Mörder zu erpressen? Der sieht eine günstige Gelegenheit, sie loszuwerden. Er kann sogar damit rechnen, dass es wie ein Unfall ausssehen wird, und das würde es auch, wenn Enderlein nicht den Splitter gefunden hätte.«

»Hätte die Polizei ihn nicht gefunden?«

»Glaubst du, die hätten bei dieser Sachlage an ein Verbrechen gedacht und den Splitter nicht als Folge des Absturzes angesehen? Was meinen Sie?«

Magda Bähreis antwortete nicht. Sie legte den Kopf ein wenig schief und sah Lisa nachdenklich an, dann Gotthardt. »Woher nimmst du eigentlich die Überzeugung«, fragte sie schließlich, »dass ihr das Recht habt, hier zu ermitteln?«

Gotthardt wich ihrem Blick nicht aus.

»Würdest du zu Hause nicht warten, bis die Polizei eintrifft? Warum hier nicht? Aus Misstrauen, dass die hiesigen Genossen unfähig sind? Was glaubst du wohl, würden unsere Kriminalisten sagen, wenn eine ausländische Reisegruppe versuchte, einen Mord selbst zu klären? Hast du denn keine Angst, ihr könntet aus Versehen oder aus Dummheit Spuren vernichten oder den Täter warnen?«

»Aber Enderlein –«, warf Lisa ein.

Magda Bähreis unterbrach sie kurzerhand. »Mich interessiert nicht Doktor Enderlein, ich spreche von deinem Mann, dem Genossen Gotthardt!« Sie wandte sich wieder Gotthardt zu. »Bist du dir eigentlich darüber im Klaren, welche Verantwortung du da auf dich nimmst?«

»Das habe ich mich auch gefragt«, sagte er leise, »aber was ist hier richtig, Magda, was falsch? Weißt du es?« Er faltete die Hände, presste sie, dass die Knöchel rot anliefen, spreizte die Finger ab, zog sie auseinander und stieß sie mit Wucht wieder zusammen. »Glaube mir, ich hätte auch lieber gewartet, bis die Polizei eintrifft, aber hieße das nicht, den Kopf in den Sand stecken?« Er legte die Hände vor das Gesicht, rieb sich die Augen.

»Was ist verantwortungslos: Wenn wir zu klären versuchen, was wir können, oder wenn wir still dasitzen und Däumchen drehen?«

»Ich fürchte auch, die Miliz wird es nicht gerne sehen, wenn wir ihnen ins Handwerk pfuschen«, sagte Lisa.

»Warum sollten sie denn nicht das Selbstverständliche annehmen: dass wir nur helfen wollen? Sie werden unsere Überlegungen prüfen und sie verwerfen oder akzeptieren. Ich habe keine Angst vor den Genossen hier.«

»Das meinte ich nicht«, sagte Magda Bähreis, »aber ihr seid nur Amateure, Dilettanten.«

Gotthardt lächelte. »Nee, Magda, wir sind auch Fachleute. Für die Mentalität nämlich, das Verhalten unserer Leute, für ihre möglichen Motive. Da können wir viel mehr wissen als die hiesige Polizei. Wenn überhaupt, dann haben wir eine Chance, da etwas zu entdecken. Das sind auch Spuren! Eine Redewendung, deren Doppeldeutigkeit kaum zu übersetzen ist, zum Beispiel ein verräterischer Satz –«

»Wenn du genügend misstrauisch bist«, sagte Magda Bähreis mit überraschender Schärfe, »dann kannst du bei jedem etwas entdecken. Du musst nur jeden belauern, jeden verdächtigen. – Sag mal, hast du keine Angst davor, was ihr mit euren Gesprächen anrichten könnt, mit dem Misstrauen, das sich breitmacht, wenn einer den anderen belauert? Weißt du nicht, was für erschreckende Dinge aus unkontrollierten Verdächtigungen wachsen können?« Sie presste die Lippen zusammen, als habe sie Angst weiterzusprechen. In ihrem Gesicht arbeitete es.

»Genau das habe ich heute Nacht zu Enderlein gesagt, fast mit den gleichen Worten.«

»Warum tust du es dann?«

»Ja, meinst du, es macht mir Spaß, die anderen zu verdächtigen? Zu lauern, ob sich einer als Mörder entlarvt? Ich habe mich dagegen gewehrt, das kannst du mir glauben, Magda. Das musst du mir glauben! Ich weiß, dass man mir Vorhaltungen machen kann, weil wir nicht auf die Polizei gewartet haben. Niemand jedoch hätte mir einen Vorwurf gemacht, wenn ich nichts unternommen hätte. Aber ich, ich selbst hätte mir Vorwürfe gemacht. Ich kann nicht still dasitzen! Seit heute vormittag, seit ich weiß, dass Susanne Ebert mit dem Rücken zum Abgrund stand, bevor sie abstürzte, seit ich weiß, dass einer von uns es fertiggebracht hat, ihr in die Augen zu sehen und sie niederzuschlagen, seit diesem Augenblick kann ich nicht anders! Ich muss tun, was nur in meinen Kräften steht. Verstehst du das nicht?«

»Doch«, sagte sie, »jetzt. Kann ich dir helfen?«

»Wobei? Ich weiß doch selbst nicht weiter. All un sere Recherchen und Überlegungen haben uns nicht weitergebracht.« Er packte sie am Arm, dass sie das Gesicht verzog.

»Sag du mir, wer der Mörder ist.«

»Ja, wer?«, wiederholte sie leise.

»Wenn die Polizei nur schon da wäre.«

Sie saßen still da, bis die Enderleins zurückkamen. »Nichts!« Dr. Enderlein zeigte seine leeren Hände. »Dabei war ich so sicher, ich würde den Knüppel finden!« Er legte sich hin. Magda Bähreis ging zum Sonnensegel. Am Horizont tauchte ein Schiff auf, verschwand aber bald wieder.

»Ich weiß, wo der Knüppel sein könnte«, sagte plötzlich Lisa Gotthardt. »Denkt mal an Edgar Allan Poes Erzählung vom verschwundenen Brief. Wo hatte der Minister ihn versteckt? Da, wo jeder ihn sehen konnte, sodass niemand Verdacht schöpfte. Habt ihr das Geländer nach dem fehlenden Stück abgesucht? Der Täter brauchte den Knüppel nur ein Stück von der Stelle entfernt in den Zaun zu stecken.«

»Sie sind ein Genie!«, rief Enderlein begeistert. »Dass ich darauf nicht gekommen bin! Los, Gotthardt!«

25

»Ist es nicht unklug, wenn wir beide den Strand verlassen?«, fragte Gotthardt, als er Enderlein eingeholt hatte.

»Ach was, unsere Frauen sind ja da, und wie wir eben erleben konnten, vielleicht sogar die besseren Kriminalisten.«

Enderlein stürmte den Weg hinauf; als sie an der Hütte ankamen, war Gotthardt außer Atem, aber der Doktor stieg ohne Aufenthalt über den Zaun.

»Wir sind eben doch nur Amateure.« Er wies auf die nächtlichen Spuren. »Wir hätten die Schuhabdrücke mit denen hier vergleichen sollen; bei ein wenig Glück hätten wir eine gefunden, die nicht hierher gehört, ich meine, von einem, der heute Nacht nicht mit uns hier war.« Er stemmte die Hände in die Hüften und blickte sich um. Seine Haltung, die verkniffenen Lippen, der eingezogene Hals und die heruntergezogenen Augenbrauen drückten Entschlossenheit aus, den Fall jetzt sofort zu lösen. Er sah einmal aufmerksam den Zaun an, ein zweites, ein drittes Mal.

»Sehen sie was?«

»Nein.«

»Es wäre wohl auch zu einfach gewesen.«

Sie gingen langsam am Zaun entlang, rüttelten mal an dieser, mal an jener Strebe, prüften alles, was verdächtig erschien, vergeblich. Sie fanden das fehlende Stück Geländer auch nicht auf der anderen Seite, hinter der Absturzstelle, die sie ebenso sorgfältig absuchten.

»Das ist doch zum Verzweifeln!«, schimpfte Enderlein. »Diesmal habe ich nun wirklich an den Erfolg geglaubt. Und in einer, spätestens zwei Stunden ist die Miliz da.«

»Gott sei Dank.«

»Ach, Sie! Aus Ihnen wird nie ein richtiger Detektiv!« Er streckte die Arme weit von sich und ließ sie wieder an den Körper fallen. »Dann eben nicht. Sie haben gewonnen, ich gebe auf. Gehen wir halt schwimmen.«

Am Gatter blieben sie stehen, drehten sich beide fast zugleich um und blickten über den schmalen Streifen Land zwischen Hütte und Abgrund. »Dieses Bild werden wir wohl nie mehr vergessen«, sagte Enderlein.

»Ich glaube auch, weißt du –«

Enderlein sah ihn an, schmunzelte, hielt die Hand hin. »Franz«, sagte er, »ich heiße Franz.«

»Und ich Dieter. Ich hätte es dir ja gegönnt, dass du den Fall aufklärst«, sagte Gotthardt.

»Wir. Wir beide.«

»Für mich ist es nicht so wichtig.«

»Für mich ist es auch nicht wichtig.«

Gotthardt rüttelte noch einmal an der Hüttentür. Enderlein sah ihm mit kleinen, müden Augen zu. Plötzlich fing er an zu lachen, hielt sich den Bauch und lachte dröhnend, es schüttelte ihn wie ein Krampf, er bekam kaum noch Luft. Gotthardt blickte ihn besorgt an.

»Wir«, würgte Enderlein hervor, »wir sind vielleicht ein paar Idioten!« Er zeigte mit dem Finger auf die Tür, dann schnürte ihm das Lachen wieder die Worte ab.

Gotthardt sah die Tür an; er konnte nicht finden, was sie zu Idioten stempeln könnte. Die Tür war massiv und fest eingelassen und schloss genau mit dem wuchtigen, ein wenig vorragenden Rahmen ab, der nach Art der Bauernhäuser aus Feldsteinen gemauert war; dass sie verfallen wirkte, lag an dem kunstvollen Anstrich, der ihr das Aussehen einer uralten Tür gab, an der schon Jahrzehnte, wenn nicht Jahrhunderte genagt hatten. »Da!« Enderlein zeigte noch einmal zur Tür. Er rang nach Luft. »Da!«

Plötzlich sah es auch Gotthardt, sah es und wollte nicht glauben, was er sah. Er fühlte sich leer und kraftlos vor Staunen, zu schwach, den Arm zur Seite zu strecken, die Finger zu öffnen und hinter den Sims der Türumrandung zu fassen, so, als müsse es so sein, das fehlende Zaunstück stand, friedlich wie irgendein Stock, wie hunderttausend Stöcke hinter hunderttausend Türen irgendwo und überall auf der Welt.

Enderlein keuchte, völlig entkräftet von seinem Lachkrampf, dann lächelte er glücklich, machte bedächtig zwei Schritte in Richtung Tür, wollte in die Hosentasche fassen, stieß nur auf die Badehose, ließ das Hemd von der Schulter gleiten, fasste damit den Knüppel und hob ihn hoch. Am unteren Ende waren mehrere dunkle Flecken zu sehen.

»Blut?«, fragte Gotthardt.

»Wahrscheinlich.« Enderlein hob den Knüppel ans Gesicht und schnupperte an den Flecken. »Und Haare.« Enderlein hielt ihm den Stock hin. In einem der Flecken klebten zwei blonde Haare.

»Glaubst du mir jetzt?« Enderlein zerrte Gotthardt am

Hemd. »Glaubst du mir jetzt endlich? Ich habe die ganze Zeit gespürt, dass du mir misstraust. Der spinnerte Doktor, hast du gedacht, der will nur seinen Kriminaltick befriedigen – stimmt's?«

»Manchmal schon. Wundert dich das?«

»Nee, überhaupt nicht.« Enderlein ließ das Hemd los. »Der Mörder hat nicht mal versucht, die Blutflecken zu beseitigen. Er hätte den Knüppel nur ein paarmal in die Erde zu stecken brauchen. Wahrscheinlich ist er gestört worden. Sicher wollte er den Knüppel in den Wald bringen, dann kam jemand aus der Hütte. Da stellte er das Ding einfach hinter die Tür. Ich sage dir, das ist ein ganz raffinierter und eiskalter Bursche.«

»Bist du sicher, dass es ein Mann war?«

»Nein. Natürlich nicht. Komm, wir müssen die anderen befragen, wer heute Nacht jemandem vor der Tür begegnet ist.«

»Einen Moment. Ich will noch mal an das Geländer. Irgendetwas hat mich da gestört, aber ich weiß nicht, was.«

Sie stellten sich noch einmal an den Zaun und studierten das Gelände, die Spuren und die unberührte Erde, die breite, zertrampelte Bahn, ihre eigenen tiefen Schuhabdrücke, blickten hinüber zu dem zerbrochenen, herunterhängenden Geländer und hinaus auf das Meer, über dem sich die ersten Nachmittagswolken formierten. Sie suchten noch einmal den Zaun mit ihren Blicken ab, die Hüttenwand, die Dachkante. Gotthardt wusste nicht, was ihm aufgefallen war, und es schien sich nicht in sein Bewusstsein heraufholen zu lassen. Er schloss die

Augen, wartete, bis das Bild verschwand, öffnete sie dann wieder, blickte kurz auf die Szene, wiederholte das noch ein paarmal, dann hatte er es entdeckt. Er zeigte auf einen der Abdrücke am Rande der breiten nächtlichen Trampelspur, kaum einen Meter von ihnen entfernt. »Sieh dir mal den Abdruck an, Franz. Erinnert er dich an etwas?«

»Nein.«

»Du bist kein Sportler.«

Enderlein wies auf seinen Bauch. »Sehe ich so aus?«

»Das ist das typische Profil eines Volleyballschuhes. Ich habe selbst solche Dinger. Meine Frau hat mir oft genug Krach gemacht, wenn ich vom Abendlauf zurückkam und Dreck in den Flur schleppte.«

»Ja, und?«

»Mann, überleg doch mal, wer die ganze Zeit in Volleyballschuhen herumgelaufen ist.«

Enderlein zuckte mit den Schultern.

»Wassile«, sagte Gotthardt, »Wassile!«

»Du kannst recht haben.« Enderlein kniff die Augen zusammen. »Ja, du hast recht! Ich sehe ihn wie der vor mir, wie er am Steuerruder steht. Du meinst doch diese blauen Segeltuchschuhe mit weißen Sohlen und Knöchelschutz?«

Gotthardt stand mit hängenden Schultern da, sein Gesicht war grau und eingefallen. »Und ich habe Altmann allein mit Wassile losgeschickt!«, sagte er verzweifelt.

»Mit der Leiche an Bord«, ergänzte Enderlein. »Mein Gott, was sind wir für Stümper!«

26

Sie wurden am Waldrand erwartet. Bockisch und Kunack standen wie Schildwachen links und rechts des Weges, jeder an einen Baum gelehnt, die Arme über der Brust verschränkt. Auf dem Abbruch zwischen Wald und Strand saßen Sofia, Pitty, Uta Altmann, Annelie Fuchs, Fielitz und Maiendorff, auf der anderen Seite des Weges Lisa Gotthardt und Hannchen Enderlein. Jetzt standen alle auf. Enderleins Frau gestikulierte aufgeregt.

»Wir müssen mit Ihnen sprechen«, empfing Bockisch die beiden.

»Dieter, wir haben versucht, was wir konnten«, rief Lisa Gotthardt, »aber –«

»Jetzt rede ich«, fuhr Bockisch dazwischen.

»Wollen wir uns nicht wenigstens setzen? Mir tun die Füße weh.« Gotthardt blinzelte seiner Frau beruhigend zu.

Enderlein hatte sich bereits entschlossen durch die Versammlung hindurchgedrängelt und sich am Waldrand niedergelassen.

»Revolte«, flüsterte Lisa Gotthardt ihrem Mann zu. »Sie waren nicht zur Vernunft zu bringen. Du hättest sie hören sollen –«

»Das werden wir schon hinkriegen«, flüsterte Gotthardt zurück.

»Also, wer ist der Wortführer?«, erkundigte er sich laut.

»Bockisch«, antwortete Annelie Fuchs, »Herr Bockisch vertritt unsere Interessen.«

»Hören Sie«, begann Bockisch. Die grimmige Entschlossenheit, die er noch vor einer Minute zur Schau getragen hatte, war offensichtlicher Verlegenheit gewichen. »Verstehen Sie uns bitte richtig, aber wir müssen mal darüber reden. Wir sind der Meinung, dass es so nicht weitergeht.« Gotthardt brachte ihn völlig aus der Fassung, als er zustimmend nickte. »Ich meine, wir wollen –«

»Wer ist wir?«, fragte Enderlein.

»Alle«, antwortete Kunack spitz. »Alle bis auf Ihre Frau und Frau Gotthardt natürlich. Wir anderen sind uns einig.«

»So, worüber seid ihr euch denn einig?«

»Lass ihn doch ausreden«, bat Gotthardt. Er lächelte Bockisch ermutigend zu. »Immer frei von der Leber weg.«

»Wir haben uns vorhin beraten, und wir sind nicht damit einverstanden, was Sie hier treiben, ich meine, na, Sie verstehen schon.«

»Ach was, warum drum herumreden«, schaltete sich Kunack wieder ein. »Wir verlangen, dass Sie sofort aufhören, Detektiv zu spielen. Wir verlangen, dass Sie auf die Polizei warten. Die Situation ist schlimm genug. Mit Ihrem Dilettantismus können Sie sie nur noch verschlimmern. Keine Behörde der Welt wird es sich gefallen lassen, dass man ihr so ins Handwerk pfuscht. Man wird uns alle zur Rechenschaft ziehen, und wir haben keine Lust, uns vorwerfen zu lassen, dass wir Sie nicht gehindert haben. Außerdem lassen wir uns nicht länger von Ihnen Vorschriften machen. Wenn hier einer etwas zu sagen hat, dann Sofia, und die ist auch unserer Meinung.«

»Stimmt das, Sofia?«

»Ja. Ich billige Ihnen zu, dass Sie es gut meinen, aber ich glaube auch, dass es nicht richtig ist, was Sie und Doktor Enderlein tun. Wir müssen warten, bis die Polizei eintrifft. Es kann ja nicht mehr lange dauern.«

»Sie haben einfach kein Recht, hier Polizei zu spielen!«, ereiferte sich Kunack. »Und Sie haben schon gar kein Recht, uns zu kommandieren. Und überhaupt haben Sie kein Recht –«

»Das bestimmen Sie wohl?«, fragte Enderlein.

»Jawohl, das bestimmen wir. Wir haben ebenso viel Recht zu sagen, was geschehen soll, wie Sie. Und wir sind die Mehrheit. Haben Sie schon mal was von Demokratie gehört?«

»Nein«, sagte Gotthardt, »klären Sie mich doch mal auf.«

»Tun Sie bloß nicht so großkotzig«, gab Kunack wütend zurück. »Sie werden ganz schön kleinlaut dreinschauen, wenn die Polizei Sie zur Verantwortung zieht. Aber wir lassen uns da nicht mit reinziehen. Wir nicht. Wir distanzieren uns von Ihnen. Wir wollen nichts mit Ihnen und Ihrem Detektivspielen gemein haben.«

»Einverstanden, ich lege auch keinen Wert darauf, irgendetwas mit Ihnen gemein zu haben.«

»Ach, Sie glauben wohl, Sie sind was Besonderes, was? Weil Sie in der Partei sind, was? Aber Sie sind nur Urlauber wie wir alle und nicht einen Deut besser!«

»Fertig?«, fragte Gotthardt scharf. Kunack zuckte mit den Schultern und ließ sich zurückfallen. »Dann will ich Ihnen jetzt etwas erklären: Ich nehme keinen Urlaub von meiner Überzeugung. Und von meinem Gewissen. Was ich zu tun oder zu lassen habe, muss ich ganz allein verantworten. Und nicht vor Ihnen!«

Kunack brummelte etwas Unverständliches.

»Trotzdem, Sie haben kein Recht, hier den Untersuchungsrichter zu spielen«, beharrte Bockisch.

»Recht, Recht!«, unterbrach Gotthardt unwillig. »Ich habe noch nie mit Leuten zu tun gehabt, die das Wort Recht so oft im Munde führten –«

»Nehmen Sie doch Vernunft an«, sagte Bockisch beschwörend. »Sie können uns alle in Teufels Küche bringen. Aber niemand wird uns zur Verantwortung ziehen, wenn wir abwarten. Finden Sie das falsch?«

»Nein, das ist bestimmt ein unangreifbarer Standpunkt.«

Bockisch lächelte erleichtert.

»Wer nichts tut, kann auch nichts Falsches tun, also auch nicht zur Verantwortung gezogen werden, das meinen Sie doch?«

Bockisch wurde rot. Es schien, als wollte er gleich über Gotthardt herfallen. Aber er schüttelte nur den Kopf und blickte sich, nach Bestätigung suchend, um: ein zu Unrecht beschuldigter, zutiefst beleidigter, dennoch großzügig verzeihender Mann.

»Aber ich bin einverstanden«, erklärte Gotthardt. »Wir werden nichts mehr unternehmen. Zufrieden?«

Es war, als hätte ein Windstoß schwere Gewitterwolken vertrieben; die Mienen entspannten sich, zeigten Erleichterung, sogar Heiterkeit.

»Eines möchte ich aber doch noch wissen«, sagte Enderlein, »wessen Idee war diese famose Verschwörung?«

»Was heißt Verschwörung?«, brauste Kunack auf. Enderlein winkte ab. »War es Ihre Initiative?«

»Nein. Ich glaube, Herr Bockisch fing damit an. Oder war es Herr Fielitz?«

»Achim war es«, erklärte Bockisch.

Fielitz hatte die ganze Zeit unbeteiligt dagesessen und mit dem Zeigefinger Figuren in den Sand gemalt, jetzt sah er hoch. »Ja«, bestätigte er, »dafür gibt es zuständige Fachleute. Ich finde, es ist verantwortungslos, was ihr hier treibt.« Er stand auf und gab damit das Zeichen zum allgemeinen Aufbruch.

Die Gotthardts blieben allein zurück.

27

»Ihr habt es also aufgegeben«, sagte Lisa.

»Abgeschlossen.«

»Ihr wisst, wer der Mörder ist?«

Gotthardt lachte bitter. »Und haben ihn laufen lassen.«

Lisa blickte ihn erstaunt an. Dann begriff sie. »Wassile?«, fragte sie, entsetzt und ungläubig zugleich.

»Ich kann es kaum glauben, aber alles spricht dafür, dass er es gewesen ist.«

Lisa legte den Arm um ihn, zog seinen Kopf an ihre Schulter und streichelte seine Wange. »Wie müde du aussiehst. Willst du nicht versuchen, ein wenig zu schlafen? Vielleicht kannst du es jetzt, wo die Anspannung vorbei ist.«

Er riss sich los. »Wie soll ich jetzt schlafen können? Altmann ist mit Wassile unterwegs! Allein! Wer weiß, was sich da abspielt. Altmann wollte nicht fahren. Ich habe ihn dazu gezwungen.« Er fasste seine Frau an den Schultern, drehte sie herum, brüllte ihr ins Gesicht: »Vielleicht habe ich ihn in den Tod geschickt, verstehst du!«

Er stand auf und schlurfte zum Sonnendach. Sie holte ihn ein, nahm seine Hand und drückte sie. Seine Finger zitterten; als er die Tabletten aus dem Röhrchen nehmen wollte, fielen sie in den Sand. Enderlein wickelte den mitgebrachten Knüppel sorgsam in sein Hemd und versteckte ihn unter seinen Sachen. Gotthardts Blick schweifte ab zu dem Kleiderbündel, das neben dem der Enderleins lag. Er fuhr zusammen, erstarrte, umklammerte Enderleins Arm mit hartem Griff.

»Da!«, schrie er. »Doktor, da!«

Enderlein drehte sich verstört herum. Gotthardt wies mit ausgestrecktem Arm auf das Bündel. Unter einem karierten Hemd lugten Schuhe hervor, weiße Stoffturnschuhe, eine Sohle war zu sehen: das gleiche Muster, das sie soeben hinter der Hütte entdeckt hatten.

»Peter Bockisch?«

»Nein, der trägt hellbraune Sandalen mit breiten Riemen.«

»Aber das ist sein Hemd.«

»Ja, aber wenn mich nicht alles täuscht, sind das die Schuhe von Achim Fielitz.«

»Und der –«

»– war nicht mit uns hinter der Hütte!«

Sie sahen hinüber zu den Ballspielern. Fielitz stand sehr gerade da, steif, und er bemühte sich nicht, einen Ball zu fangen, wenn der nicht direkt auf ihn zuflog, lieber schob er sich schwerfällig durch das Wasser und holte den Ball zurück.

»Fielitz?«, sagte Enderlein ungläubig. »Der trauernde Hinterbliebene?«

»Wie sagtest du doch«, erinnerte Gotthardt bitter, »was für ein Gesicht müsste er machen, wenn er der Mörder wäre? Ich habe mich die ganze Zeit gefragt, warum der Täter sich nicht durch seine Haltung, durch sein Gesicht verrät. Wer von uns ist so abgefeimt und kaltschnäuzig, dass man ihm nichts, aber auch gar nichts anmerkt? Wer von uns läuft hier mit einer so perfekten Maske herum? Dabei war die Lösung ganz einfach: Es war der Einzige, der sich nie unbeschwert oder gar heiter gab und den wir doch nicht verdächtigen würden. Er konnte seine Verstörtheit offen zur Schau tragen. Er konnte sich nicht verraten, weil er sich nicht verstellen musste!«

»Entschuldige, Dieter, aber wir haben auch ihn verdächtigt.«

»Ja, und den Verdacht sofort wieder fallen lassen, weil es keinen Sinn zu geben schien.«

»Gibt es jetzt einen Sinn?«

»Ich weiß nicht. Ich weiß überhaupt nichts mehr.«

Enderlein kratzte sich hinter dem Ohr. »Er hat so getan, als wüsste er nicht, wo Susanne Ebert ist, als wir sie vermissten«, grübelte er, »später stellte sich heraus, dass er es doch gewusst hatte. Er hatte sicher eine Gelegenheit zur Tat, denn niemand achtete groß auf ihn; er beteiligte sich ja kaum an dem Mörderspiel –«

»Er hatte das Spielen nicht nötig«, warf Gotthardt sarkastisch ein.

»– und ihn hätte Susanne Ebert wohl auch am wahrscheinlichsten an sich herangelassen, ohne Angst zu bekommen. Aber auch dann noch, wenn er mit dem Knüppel zum Schlag ausholte?«

Gotthardt blickte ihn hilflos an.

»Warum sollte sie nicht schreien, wenn er sie bedrohte?«

Sie sahen zum Ufer hinunter, wo Fielitz gerade wieder einen Ball durchgelassen hatte; mit einem kleinen Sprung hätte er ihn fangen können. Er trottete mit schweren Schritten durch das kniehohe Wasser, hob fast im Zeitlupentempo den Ball auf, verlor ihn noch einmal; als er ihn Pitty zuspielte, warf er zwei Meter zu kurz.

»Ich glaube es nicht«, sagte Enderlein. »Sieh ihn dir an. Sieht so ein Mörder aus?«

»Und wie müsste nach deiner Meinung ein Mörder aussehen?«, fragte Gotthardt spöttisch.

»Und warum sollte er? Die beiden waren doch glücklich. Erinnere dich, wie Sofia sie gestern aus dem Rosengarten anbrachte, mit roten Wangen und Hand in Hand. Warum sollte Fielitz seinen Urlaubsflirt umbringen? Weshalb sollte er seine Chancen für ein erfolgreiches Leben aufs Spiel setzen? Er hat doch erzählt, dass er jetzt ins Ausland gehen sollte. Und da riskiert er es, als Mörder gefasst und lebenslänglich eingesperrt zu werden?«

»Vergiss nicht, es sah wie ein Unfall aus. Wer außer einem verrückten, aufs Detektivspielen versessenen Arzt wäre überhaupt auf die Idee gekommen, einen so eindeutig erscheinenden Unfall in Frage zu stellen? Selbst wenn der Splitter gefunden worden wäre.«

»Du hast recht«, gab Enderlein zu. »Aber Fielitz? Ausgerechnet Fielitz? Ich habe mich nie länger mit ihm unterhalten. Er ist mir zu eifrig. So missionarisch. Meinst du wirklich, dass Fielitz es sein könnte?«

»Nein, eigentlich nicht. Aber es sind seine Schuhe. Wie kommen seine Schuhabdrücke an den Tatort?«

»Das soll er uns selbst verraten!« Enderlein sprang auf und ging zum Ufer.

28

Sie setzten sich so weit wie möglich von den anderen entfernt, die jetzt einen Kreis bildeten, Ball spielten und zusehends lauter und auch lustiger wurden. Die Sonne war angenehm warm. Sie streckten sich in den Sand, Fielitz in der Mitte. Enderlein hatte sich unterwegs durch Zeichen mit Gotthardt verständigt, dass er das Gespräch führen wollte. Gotthardt schloss die Augen und reckte das Kinn, als würde er schneller braun, wenn er die Entfernung zur Sonne um zwei Zentimeter verkürzte. Als ihm die Unsinnigkeit dieser Geste bewusst wurde, wollte er das Kinn wieder sinken lassen, behielt dann aber seine Haltung bei. Man muss sich auch zu seinen Dummheiten bekennen können, dachte er.

»Wir haben entschieden«, begann Enderlein, »ungeachtet des Mehrheitsbeschlusses doch noch einige Fragen zu klären, bevor die Miliz eintrifft. Es ist sicher in unser aller Interesse, wenn wir einen kurzen, zusammenfassenden Bericht geben können, der möglichst viele Fragen beantwortet. Meinen Sie nicht auch?«

»Vielleicht haben Sie recht«, antwortete Fielitz müde.

»Wir sind vorhin noch einmal an der Hütte gewesen und haben uns die Stelle angesehen, wo das Schreckliche geschehen ist.« Enderlein machte eine überlange Pause, aber Fielitz reagierte nicht. »Sie auch?«

»Ich? Nein, ich war am Strand.«

»Und heute Vormittag?«

»Am anderen Ufer, mit Anke. Peter ist einmal hochgegangen; Sie haben ihn doch getroffen.«

»Stimmt. Und heute Nacht, als wir hinuntergestiegen sind, um Susanne Ebert zu bergen, sind Sie in der Hütte geblieben.«

»Das müssen Sie verstehen! Ich konnte sie nicht sehen.«

»Doch, das verstehen wir. Außer Ihnen blieben meine und Gotthardts Frau in der Hütte, außerdem das Ehepaar Kunack, Frau Fuchs und Frau Bähreis. Erinnern Sie sich, ob einer von denen in der Zwischenzeit die Hütte verlassen hat?«

Fielitz dachte nach. »Ich glaube nicht. Erst als die anderen zurückkamen.«

»Aber Sie sind nicht sicher.«

»Doch. Ich habe ja nicht geschlafen. Wie sollte ich auch.«

»Und Sie haben die Hütte auch nicht verlassen?«

»Nein. Erst dann, zusammen mit Peter.«

»Hm.« Enderlein legte wieder eine lange Pause ein. Dann sagte er: »Sie haben sich doch bestimmt Gedanken gemacht, Herr Fielitz, was glauben Sie, wer könnte Susanne Ebert getötet haben?«

»Niemand.« Die Antwort kam schnell und klar; Erstaunen schwang mit. »Wie kommen Sie eigentlich auf die Idee, Susanne sei getötet worden und nicht abgestürzt?«

»Sie hat nicht geschrien. Würden Sie still bleiben, wenn Sie abstürzen?«

»Was weiß ich. Aber Sie selbst haben Erklärungen dafür gefunden. Sie sagten –«

»Ich weiß, was ich sagte«, unterbrach Enderlein. »Aber Susanne Ebert hat Kopfverletzungen, die wahrscheinlich nicht vom Sturz herrühren.«

»Wahrscheinlich«, wiederholte Fielitz empört, »wahrscheinlich! Was gilt für Sie als wahrscheinlich, Herr Doktor Enderlein, und was nicht? Wie wollen Sie so etwas ohne jedes Hilfsmittel, ohne ernst zu nehmende Untersuchungsmöglichkeit feststellen? Begreifen Sie immer noch nicht, dass Sie zu weit gehen, wenn Sie ein so tragisches Unglück zu einem Detektivspiel missbrauchen?« Er hatte sich aufgerichtet und unterstrich seine Worte mit energischen Handbewegungen. »Entschuldigen Sie meine Heftigkeit. Aber Sie müssen mich verstehen. Sie –« Er brach ab und legte sich wieder hin.

»Außerdem«, fuhr Enderlein ungerührt fort, »haben wir einen Holzsplitter in einer der Kopfwunden gefunden, aber nirgends an der Fundstelle ein Stück Holz, an dem sie es sich hätte einreißen können. Was sagen Sie dazu?«

»Nichts. Überhaupt nichts.«

»Es sieht ganz so aus, als habe Susanne Ebert einen heftigen Schlag mit einem schweren hölzernen Gegenstand bekommen. Sie haben natürlich recht, Herr Fielitz, ein endgültiges Urteil kann erst nach Abschluss der kriminaltechnischen Untersuchungen abgegeben werden, da wird sich auch herausstellen, ob Susanne Ebert noch lebte, als sie ins Wasser stürzte. Doch so viel ist jetzt schon sicher: Es gibt keine Erklärung für den Holzsplitter, die aus dem Unfallgeschehen abgeleitet werden könnte.«

»Sie wird sich oben am Geländer verletzt haben.«

»Nein, das schließen die Spuren eindeutig aus.«

»Was für Spuren?«

»Die Schuhspuren. Aus denen kann man eine Menge entnehmen.«

»Vielleicht ist das Holz, an dem Susanne sich den Splitter einriss, abgeschwemmt worden.«

»Das dachten wir zuerst auch. Wir haben diese Version geprüft. Wir haben das Ufer Zentimeter für Zentimeter abgesucht, nirgends war ein entsprechendes Stück Holz zu finden.«

»Vielleicht hatte Susanne es noch vom Nachmittag im Haar, und es bohrte sich beim Absturz in die Haut? Ich hatte auch eine Menge Zeug in den Haaren.«

Gotthardt drehte sich unwillkürlich auf die Seite und betrachtete Fielitz. Der lag ruhig da. Er hatte die Finger ineinandergefaltet und schloss und öffnete sie unaufhörlich.

»Wir haben es doch noch gefunden«, sagte Enderlein mit Nachdruck, fast triumphierend. »Wir haben den Knüppel, mit dem Susanne Ebert über den Schädel geschlagen wurde. Es ist noch Blut daran.«

Fielitz hatte sich aufgerichtet. Er sah Gotthardt an, der zur Bestätigung nickte, dann Enderlein, dann hinüber zu den Ballspielern oder zu einem Punkt dahinter im Meer. »So«, sagte er schließlich. »Sie haben eine Mordwaffe gefunden, Herr Doktor. Und was haben Sie wirklich? Einen Knüppel, das glaube ich Ihnen; sicher sind auch Flecken daran. Blutflecke? Wer weiß. Ich nicht und Sie auch nicht. Aber Sie halten diesen Stock für den Beweis eines Mordes. Sie halten einen Knüppel für eine Waffe, und ein paar Flecken sind für sie sofort Blutflecken. Susannes Blut!«

»Die Untersuchung im Kriminalistischen Institut wird mir recht geben«, erwiderte Enderlein, »verlassen Sie sich darauf.«

»Darauf würde ich mich gerne verlassen. Auf die Ermittlungen der Polizei schon. Nicht aber auf Ihre obskuren Vermutungen. Sie sollten es wirklich der Polizei überlassen.«

»Sie wird auch die Fingerabdrücke an dem Knüppel sicherstellen«, sagte Enderlein bissig.

»Gibt es auf rauem Holz überhaupt Fingerabdrücke?«

»Woher wissen Sie, dass es sich um raues Holz handelt?«

Fielitz lachte laut auf. Es war das erste Mal seit gestern Abend, dass sie ihn lachen sahen. »Doktor, Doktor, Sie haben sich da in etwas verrannt, glauben Sie mir. Nun brauchen Sie nur noch zu behaupten, dass ich der Täter war.«

»Genau das behaupte ich.«

»Ich?« Unendliches Staunen schien in der Frage zu stecken.

»Ja, Sie! Sie haben soeben ausgesagt, Sie seien nicht hinter der Hütte gewesen, oder? Wie sind dann Ihre Schuhabdrücke dahin gekommen, Herr Fielitz?« Enderlein hämmerte die Worte jetzt einzeln heraus. »Ich will es Ihnen sagen: Weil Sie heute Nacht dort waren. Als Susanne Ebert noch lebte. Sie sind der Mörder!«

Fielitz erhob sich im Zeitlupentempo. Er warf Gotthardt einen vorwurfsvollen Blick zu, dann baute er sich vor Enderlein auf. »Sie Narr«, sagte er leise, »Sie hoffnungsloser Narr! Sie sind ja nicht einmal in der Lage, die simpelsten Grundbegriffe einer Untersuchung zu beachten. Ich habe nicht ausgesagt, dass ich nicht hinter der Hütte gewesen bin. Ich habe überhaupt nichts ausgesagt. Ja, ich war allerdings so dumm, mich auf ein Gespräch mit Ihnen einzulassen, weil ich nicht voraussehen konnte, mit welch haarsträubenden Dummheiten ich konfrontiert werden würde. Sie haben mich gefragt, ob ich heute Nachmittag hinter der Hütte gewesen bin, und ich habe Ihnen wahrheitsgemäß geantwortet, dass ich am Strand geblieben bin. Sie nicht, obwohl es so verabredet war, aber Sie maßen sich ja ohnehin Sonderrechte an. Dann haben Sie mich gefragt, ob ich heute Vormittag an der Hütte gewesen bin, und ich habe Ihnen wahrheitsgemäß geantwortet, dass ich die ganze Zeit mit Pitty am Ufer gesessen und nach einem Schiff Ausschau gehalten habe. – Ich war heute Morgen da. Als Sie beide in der Hütte saßen. Sie waren so müde, dass Sie es nicht einmal mitbekommen haben. So können Sie sich auf Ihre Beobachtungen verlassen, meine Herren Detektive. Da habe ich mir die Stelle angesehen, wo –« Er schluckte. Dann schüttelte er traurig den Kopf. »Was sind Sie für ein Mensch, Doktor. Geben Sie es doch endlich auf. Ihre ganze Theorie basiert auf einem Holzsplitter, der sich ebenso gut anders erklären ließe.«

»Wir werden sehen!«, erwiderte Enderlein. »Die Kriminalpolizei wird den Splitter mit dem Holz des Knüppels vergleichen, und sie wird die Flecken mit dem Blut Susanne Eberts vergleichen, und sie wird auch den Knüppel Millimeter für Millimeter nach Fingerabdrücken absuchen. Und wehe, wenn die Ihren darauf zu finden sind, Herr Fielitz.«

»Wie kommen Sie dazu, mich derart ungeheuerlich zu beschuldigen«, schrie Fielitz ihn an. »Wie komme ich eigentlich dazu, mir so etwas überhaupt anzuhören! Sie genieren sich nicht, den Einzigen zu beschuldigen, dem Susannes Tod offensichtlich nahegeht.« Er wies mit einer Kopfbewegung zu den Ballspielern hinüber. »Wir werden die Frage einmal umdrehen, Herr Doktor Enderlein: Warum eigentlich haben Sie so viel Interesse daran, überall herumzuschnüffeln? Warum wollen Sie nicht einfach alles unberührt lassen, bis die Miliz eintrifft, wie es sich für einen wirklichen Helfer der Polizei gebühren würde? Wollen Sie vielleicht Ihre eigenen nächtlichen Spuren durch neue, sozusagen offizielle, verdecken?« Er wandte sich an Gotthardt. »Ich wundere mich sehr, Genosse Gotthardt, dass Sie das alles mitmachen. Ich wundere mich sehr, dass Sie sich vor den Karren des Doktors spannen lassen. Haben Sie wenigstens einmal darüber nachgedacht, was Doktor Enderlein bezweckt, wenn er einen Mordfall konstruiert und gleich einen ihm genehmen Verdächtigen dazu liefert? Diese Fragen werde ich auch der Miliz stellen, sobald sie eintrifft, und das kann ja zum Glück nicht mehr lange dauern!«

»Ja, zum Glück«, wiederholte Enderlein bissig. »Und zum Glück ist sie dank unserer Hilfe nicht nur auf Vermutungen angewiesen, sondern kann auf handfeste Fakten zurückgreifen.«

»Sie hirnverbrannter Idiot«, sagte Fielitz überlegen. »Warum hätte ich wohl Susanne umbringen sollen? Ausgerechnet ich. Zu einer Tat gehört immer noch ein Motiv. Nennen Sie mir eines.«

29

Das Gespräch schien Fielitz Kraft gegeben zu haben. Er ging sicheren Schritts geradeweg ins Wasser; als es ihm bis zu den Hüften reichte, ließ er sich fallen und kraulte davon.

»Hat mich ganz schön abfahren lassen, was?«, meinte Enderlein und grinste. »Du meine Güte, der kann's aber! Und eine überraschende Selbstsicherheit. Mir sind wirklich Zweifel gekommen, ob er es gewesen ist. Was meinst du?«

»Was soll ich schon sagen.«

»Du glaubst doch nicht etwa seinen Verdächtigungen?«, fragte Enderlein erschrocken. »Mann, Dieter!«

»Nein, nein«, beteuerte Gotthardt. Warum eigentlich nicht, dachte er. Warum warst du von Anfang an bereit, Enderlein zu glauben, warum nicht Fielitz?

»Die anderen versammeln sich am Sonnensegel«, stellte Enderlein fest, »vielleicht gibt es etwas zu essen? Ich bekomme Hunger, du nicht?«

»Ich möchte noch ein bisschen in der Sonne liegen. Und allein bleiben.«

Er sah Enderlein nach, der seinen massigen Körper über den Sand schaukelte, die etwas zu langen Arme pendelten unbeholfen. Und wenn nun Achim Fielitz recht hat, dachte Gotthardt. Wenn du nun wirklich der geschickten Taktik eines raffinierten, eiskalt überlegenden Mannes zum Opfer gefallen bist? Er erschrak, kaum dass er es gedacht hatte. Weiter, kommandierte er sich, es gibt keine verbotenen Fragen. Was weißt du eigentlich von dem Doktor? Was spricht dagegen, dass er der Täter ist? Er hat den Holzsplitter nicht verheimlicht und erst darauf aufmerksam gemacht, dass es kein Unfall war. Wenn es aber diesen Holzsplitter gar nicht gab?, durchfuhr es ihn. Du hast ihn nie gesehen. Wenn es nur eine Finte war, um ungeniert nach Spuren suchen zu können, die jetzt leicht zu verwischen waren? Hast du wirklich objektiv geprüft, was Enderlein dir eingab, oder seine Deutungen zu schnell und unkritisch akzeptiert?

Er zwang sich, alles noch einmal zu durchdenken. Je länger er grübelte, desto mehr kam er zu dem Schluss, dass Enderlein sich immer nur unverdächtig benommen hatte. Das ist es vielleicht, dachte er. Wer ist unverdächtiger als der Ermittler? Er überlegte, wen sie außerdem noch nicht oder kaum verdächtigt hatten. Sofia, Magda Bähreis, Lisa, Hannchen Enderlein, überhaupt alle Frauen. Am Tatort waren keine Abdrücke von Frauenschuhen gewesen, aber einige der Frauen liefen bestimmt in flachen Sandalen. Er gestand sich ein, dass er im Grunde nichts wusste. Nichts wirklich Greifbares. Alles, was ein Indiz abgeben konnte, ließ sich ebensogut harmlos erklären. Das Motiv, dachte er, wenn man nur einen Zipfel des Motivs erblicken könnte! Es musste ein starkes Motiv sein, wenn jemand zu Mord griff, alles auf eine Karte setzte. Selbst wenn der Täter im Affekt zum Knüppel gegriffen hatte, musste dahinter ein starkes Motiv stecken, eine Zwangslage, die ihn alle Hemmungen überwinden ließ. Verzweiflung. Zu einer Verzweiflungstat war wohl jeder fähig, selbst Magda Bähreis. Auch Enderlein. Wie würde sich ein Enderlein verhalten, wenn ihn jemand in die Ecke klemmt, aus der es kein Herauswinden gab, nur noch Gewalt – würde er Gewalt anwenden?

Du Idiot, fluchte er. Jetzt machst du genau das, wo vor du die ganze Zeit Angst gehabt hast: Du fängst an, alle und jeden zu verdächtigen; am Ende verdächtigst du noch deine eigene Frau. Er versuchte, sich zu entspannen. Er sah in den Himmel, bis ihm die Augen wehtaten. Dann zählte er bis dreihundert. Dann resignierte er.

Fielitz? Wie würde Achim Fielitz sich verhalten, wenn er in eine Zwangslage kam, aus der scheinbar nur noch Gewalt heraushelfen konnte? Was weißt du denn schon, rief er sich zur Ordnung, was weißt du von Fielitz? Das war das Problem: Keiner kannte den anderen. Aber du bist schnell bereit gewesen, Achim Fielitz zu verdächtigen. Warum? Weil da ein Schuhprofil war, das alles zu erklären schien? Warum war es ihm leichter gefallen, Achim Fielitz zu verdächtigen als Enderlein? Er hatte sich von Anfang an zu den Enderleins hingezogen gefühlt. Es war angenehm, mit ihnen den Tisch zu teilen. Ihm gefiel ihre direkte, offene Art, die manchmal allerdings bis zum Zynismus reichende Ironie und Selbstironie, mit der die beiden miteinander verkehrten. Und dass Enderlein ein Mann mit Fantasie ist. Und handelt. Das Handeln vor allem. Er mochte die Lauen nicht. Aber auch nicht die Hundertfünfzigprozentigen, die auf jede Frage gleich eine Antwort wissen, die so eifrig sind, dass man immer wieder in Versuchung gerät, sich zu fragen, was sie wohl mit ihrem Übereifer, mit ihrer Überdisziplin, mit ihrer Überüberzeugung verdecken wollen. Und Fielitz war einer dieser Allesbesserwisser. Aber Abneigung ist kein Grund, jemandem einen Mord zuzutrauen! – Und du bist bereit gewesen, in Achim Fielitz einen Mörder zu sehen. Obwohl es mehr Fakten gab, die gegen als für seine Schuld sprachen. In dubio pro reo – im Zweifel zugunsten des Angeklagten –, galt das etwa nicht mehr im Sozialismus? Hoffentlich kommt die Miliz bald.

Er hatte schon eine ganze Weile auf das Meer hin ausgeblickt, jetzt stellte er sich hin, suchte die Wasserfläche ab: Achim Fielitz war nicht mehr zu sehen! Am Strand konnte er ihn auch nicht entdecken. Mit Ausnahme von Kunack, der immer noch allein hockte, hatten sich alle am Sonnensegel eingefunden. Gotthardt spürte Durst auf einen heißen, starken Kaffee.

Wo war Fielitz? Wenn er zu weit hinausgeschwommen ist, dachte er; dann: Wenn er mit Absicht zu weit geschwommen ist! Wer weiß, wie das Verhör auf ihn gewirkt hat. Wenn er unschuldig ist, wie muss dann solch ein Verhör wirken? Er hatte sich bereits darauf eingestellt, hinauszuschwimmen, da entdeckte er Fielitz, vielmehr, er sah eine Spur aufspritzenden Wassers, die weit draußen hinter der Felsklippe auftauchte und sich dem Land näherte.

Er ging zum Feuer. Enderlein kam ihm entgegen. »Kannst du Englisch?«

»Ein wenig.«

»Fielitz hat uns doch vorhin nach einem Motiv ge fragt.«

»Na und, weißt du eins?«

»Vielleicht. Wie heißt Fielitz mit Vornamen?«

»Achim«, sagte Gotthardt erstaunt.

»Heißt er nicht vielmehr Hans-Joachim?«, fragte Enderlein, unverhohlenen Triumph in der Stimme. »Und was heißt Hans auf englisch? Jack! Fielitz ist Jacky!«

»Du bist verrückt«, sagte Gotthardt, aber es war mehr Überraschung als Unglauben, was ihn erfüllte.

»Komm«, schlug Enderlein vor, »wir setzen uns ein Stück zur Seite und durchdenken diesen Aspekt, ja?«

Sie gingen ans Wasser. »Pass auf«, sagte Enderlein, »uns irritierte die ganze Zeit, dass nirgendwo ein Motiv zu erkennen war. Warum sollte jemand eine junge Frau, die er acht Tage vorher noch nicht kannte, umbringen? Wenn aber Fielitz und Susanne Ebert sich schon von Berlin her kannten, sieht die Sache ganz anders aus!«

»Wozu dann die Komödie mit dem Hierkennenlernen?«

»Sie werden ihre Gründe gehabt haben! Und wenn Fielitz Jacky ist, erklärt sich auch einiges in dem Kalender. Wir haben uns zum Beispiel gewundert, weil Susanne Ebert nicht eingetragen hatte, dass es mit Jacky vorbei sei – was wir nur annahmen – und dass sie Fielitz kennenlernte. Dabei ist die Lösung so einfach: Sie hatte sich weder von Jacky getrennt, noch hatte sie Fielitz hier kennengelernt.«

Enderlein zog sein Notizbuch hervor und blätterte. »Nehmen wir einmal an, die beiden kennen sich schon lange. Aus irgendeinem Grund sehen sie sich über Monate nicht, dann treffen sie sich wieder, oder, noch wahrscheinlicher, Susanne Ebert erfährt, dass er wiederkommt. Sie fängt an, wie verrückt zur Kosmetikerin zu laufen, um Jacky in voller Schönheit zu empfangen.«

»Oder ihn wieder einzufangen?«

»Oder so! Und es gelingt ihr. Am dritten April. Hier: ›Jacky war da. Heiß und glücklich wie einst.‹ Wie einst, verstehst du? Danach kommt er jede Woche. Schließlich machen sie so was wie Flitterwochen.«

»Warum eigentlich nicht beim Wiedersehen?«, fragte Gotthardt nachdenklich. »Warum erst Wochen später? Wann hatte sie geschrieben: ›Alles aus, alles verloren‹?«

Enderlein sah nach. »Am ersten Juni.«

»Die von uns so genannten Flitterwochen lagen aber danach.«

»Vielleicht hat er ihr am Ersten gesagt, dass nun alles aus und vorbei sein wird, dann haben sie sich aber wieder versöhnt und die Versöhnung stürmisch gefeiert. Kennst du so was nicht?«

»Doch.« Gotthardt grinste. »Ich bin schließlich über zwanzig Jahre verheiratet. Ich verstehe nur nicht die ganze Heimlichtuerei.«

»Die soll Fielitz uns erklären!«

»Lass die Finger von ihm. Wenn es wirklich so ist, wie du annimmst, kannst du die Sache nur verderben; ist er aber nicht der Täter –«

»Er ist es«, unterbrach Enderlein unwillig.

»Denk mal daran, wie es in ihm aussehen muss, wenn er unschuldig ist. Wir haben eine Verantwortung ihm gegenüber. Ich bin einverstanden, dass wir diese Vermutung der Polizei mitteilen, aber mehr nicht. Es muss endlich Schluss sein mit unserem dilettantischen Detektivspielen.«

»Jetzt, wo wir kurz vor dem Erfolg stehen!«, maulte Enderlein. »Das kannst du nicht mit mir machen.«

»Doch, das kann ich«, sagte Gotthardt entschieden. »Und wenn du nicht mitmachst, überlege ich mir, ob ich nicht vor der Miliz die Vermutung von Fielitz teile, dass du nur deine eigenen Spuren verwischen wolltest.«

»Das ist Erpressung.«

»Ja«, gab Gotthardt gut gelaunt zu. »Und nun komm. Dein Hannchen winkt uns.«

»Gut«, sagte Enderlein, »ich halte den Schnabel, aber unter einer Bedingung.« Er deutete mit dem Kopf zum Meer, wo Fielitz ans Ufer geschwommen kam. »Wenn er nachher in unsere Nähe kommt, sagt einer von uns im Gespräch laut Jacky. Ich möchte zu gerne sehen, wie Fielitz darauf reagiert.«

Gotthardt lachte. »Kannst es nicht lassen, was?«

»Also, einverstanden?«

»Nein. Weder du noch ich werden den Namen Jacky fallen lassen.« Gotthardt weidete sich an Enderleins zusehends wütender werdendem Gesichtsausdruck. »Eine von unseren Frauen soll es tun. Ich bin auch gespannt, wie er darauf reagiert.«

30

Fielitz schien Wasser im Ohr zu haben, er legte den Kopf schief und hüpfte auf einem Bein. Dann rannte er, Arme schwingend, am Ufer entlang, setzte zu Rumpfbeugen an, führte sie aber nicht aus, sondern drückte nur das Kreuz durch, als habe er einen verkrampften Muskel im Rücken. Er schien zu überlegen, ob er am Wasser bleiben sollte, sah lange zu einem der großen Steine hinüber, trottete aber doch in Richtung Sonnensegel, so kraftlos, so müde, als habe die Anstrengung des Schwimmens ihn völlig ausgelaugt.

Gotthardt beobachtete ihn verblüfft. Welches ist der wahre Fielitz, dachte er, der kraftvolle junge Kerl, der eben aus dem Meer stieg, oder dieser greisenhafte, müde Mann da vorne?

»Kommt!«, rief Enderlein.

Sie gingen ihm entgegen. Als Fielitz sie entdeckte, verzögerte er seine Schritte noch mehr, schließlich blieb er stehen und wartete. Hannchen Enderlein eilte den anderen voraus. In Fielitz' Rücken blieb sie stehen und drehte sich um. Sie zögerte noch einen Augenblick, bis die Männer heran waren, dann sagte sie mit leiser, doch klar vernehmlicher, klagender, aber auch zärtlicher Stimme: »Jacky!«

Fielitz stand den Bruchteil einer Sekunde völlig unbewegt da. Selbst die Augen, die bisher zwischen Enderlein und Gotthardt hin- und hergewandert waren, blieben starr auf einem zufälligen Punkt zwischen ihnen stehen, dann riss er den Kopf herum, starrte Hannchen Enderlein an, setzte zum Sprung an, brachte Arme und Beine in Ausgangsstellung zur Flucht, drehte den Kopf zurück, blickte die Männer an, stellte den linken Fuß zurück und ließ die Arme schlaff zur Seite sinken. So stand er da, zitternd, Tränen sammelten sich in den Augenwinkeln, rollten langsam herab und vermischten sich mit Salzwassertropfen aus den Haaren. Ein schwer zu bestimmender Laut drang aus den schmalen Lippen, nicht Wimmern, nicht Stöhnen, nicht Klagen, nicht Heulen, von allem etwas, zuerst ganz leise, kaum vernehmbar, dann lauter, stoßweise.

»Schnell die Arzttasche! Und eine Decke!«, rief Enderlein seiner Frau zu, bereit, Fielitz aufzufangen, doch er stand immer noch so da, als sie wiederkam. Enderlein zählte zwanzig Tropfen aus einer Arzneiflasche in einen Becher, setzte ihn Fielitz an die Lippen. Fielitz schluckte, der Krampf ließ nach. Gotthardt legte ihm die Decke um die Schultern und führte ihn zum Waldrand. Lisa Gotthard lief zum Feuer, um Kaffee und Zigaretten zu holen.

Fielitz hatte die Augen geschlossen und schien nicht auf seine Umwelt zu reagieren. Enderlein rieb ihm den Rücken, Gotthardt und Hannchen Enderlein massierten seine Waden. Lisa Gotthardt brachte Kaffee; sie hatte Mühe, ihn Fielitz einzuflößen. Hannchen Enderlein zündete eine Zigarette an, Fielitz schob eine Hand aus der Decke hervor und nahm die Zigarette zwischen seine blauen, zitternden Finger, zog, atmete den

Rauch tief ein, zog noch einmal, noch tiefer; die ausgeatmete Luft war nahezu farblos. Dann schlug er die Augen auf. »Genug«, sagte er leise, »aufhören. – Ja, ich war es.«

31

»Ich bin es gewesen«, sagte Fielitz. Er schien seinen eigenen Worten zu lauschen, als könne er nicht glauben, dass es die Wahrheit war, die er da aussprach. »Ich habe sie umgebracht –« Er sah Gotthardt in die Augen. »Verstehst du das?« Er schüttelte den Kopf.

Gotthardt gab den anderen Zeichen, sie zogen sich ein wenig zurück.

»Ich habe sie umgebracht«, wiederholte Fielitz, dann fing er an zu erzählen, nicht stockend, aber langsam, als müsse er die Erinnerung aus einem tiefen Versteck hervorholen und als fiele es ihm schwer, die treffenden Worte zu finden. Gotthardt hatte das Gefühl, dass Fielitz es sich selbst erzählte voller Staunen, als handle es sich um eine wundersame, nicht fassbare Geschichte.

»Wäre ich nur nicht hinausgegangen«, sagte er. »Ich wollte ja nicht. Susanne kam zu mir. Kommst du mit?, fragte sie. Nein, sagte ich, was soll ich draußen? – Bei mir sein. Spöttisch sagte sie das, und an der Tür drehte sie sich noch einmal um und winkte mit dem Kopf. Wie ein Befehl. Ich wollte nicht gehen, aber als sie nicht wiederkam, musste ich aufstehen, ich musste es einfach. Sie stand nicht vor der Hütte. Ich wartete. Aber sie kam nicht. Ich ging an die Seitenfront, zum Zaun, da sah ich sie, hinter der Hütte. Es sah aus, als stünde sie über dem glänzenden Meer. Sie rauchte. Komm doch näher. Ich wäre beinahe hingestürzt, als ich über das Geländer kletterte, mein Hosenbein verfing sich. Na, sagte sie, wie hast du dich entschieden? Sie nahm eine neue Zigarette aus der Packung und zündete sie an der alten an. Gib mir auch eine, bat ich. Dir?, fragte sie. Ich denke, du hast dir das Rauchen abgewöhnt. – Gib mir eine Zigarette, sagte ich noch mal. – Du bist willensschwach, Hans-Joachim Fielitz, sagte sie, nicht einmal das Rauchen kannst du dir abgewöhnen. Sie hielt mir die Packung hin, ich roch ihr Parfüm. ›Parisienne‹. Sie wollte immer nur ›Parisienne‹. Es dauerte ihr wohl zu lange. Los, mach schon, sagte sie. Nein, anders: Los! Nun mach schon!« Er sah Gotthardt an voller Angst, der könne nicht verstehen, was er ihm erzählte. »Es war der Tonfall, verstehst du, dieser Tonfall! Nein, sagte ich. Nein, niemals. Sie verstand sofort. So?, sagte sie. Nicht einmal höhnisch. Nur entschlossen. So, niemals? Dann ist es aus mit deiner schönen Karriere, Hans-Joachim Fielitz, das weißt du. Mich wirst du nicht so einfach los, es sei denn –. Sie lachte. Und wie sie lachte! Es sei denn, sagte sie, du bringst mich um. Sie trat vorsichtig einen Schritt zurück, dann noch einen. Nun stand sie dicht am Abgrund. Vor dem zerbrochenen Geländer. Na, sagte sie, komm doch. Stoß mich hinunter, wenn du dich traust. Das ist die einzige Art, mich loszuwerden. Ich war völlig gelähmt. Ich wollte den Arm heben, ich wollte sie von da wegziehen, wollte sagen: nicht doch, Susanne, komm, mach keinen Unsinn!

Ich wollte sie nicht hinunterstoßen. Bestimmt nicht. Wie leicht kann sie da abstürzen, dachte ich. Welch ein Leichtsinn. Bestimmt, das dachte ich. Du wirst mich nicht los, sagte sie wieder, finde dich damit ab. Ist es denn so schlecht gewesen mit mir? Bist du nicht wiedergekommen? Wir werden glücklich, Jacky, das verspreche ich dir. Immer. – Nie, sagte ich. Endlich konnte ich wieder ein Wort herausbringen. Niemals! Und wenn ich daran zugrunde gehe. – Dann gehst du zugrunde, sagte sie.

Einen Augenblick dachte ich, ich träume. Das kann alles nicht wahr sein! Es muss doch eine Lösung geben. Aber die hatte ich schon den ganzen Tag und den ganzen Abend gesucht. Ich muss es wohl auch ausgesprochen haben, denn sie schüttelte den Kopf. Nein, Jacky, es gibt keine andere Lösung, es sei denn –. Sie lachte wieder. Aber dazu bist du zu feige, nicht wahr? Bekenne dich wenigstens zu deiner Feigheit. Sie zeigte hinter sich, auf den Abgrund, dann bückte sie sich, und als sie sich wieder aufrichtete, hatte sie einen Knüppel in der Hand. Da, sagte sie, los, nimm ihn doch und schlag mich tot. Oder mach nicht länger solch ein Theater, du hast keine Wahl. Du hast überhaupt keine Wahl, sagte sie. Du traust dich ja nicht mal, den Knüppel anzufassen.

Verstehst du«, sagte Fielitz, »verstehst du, sie hielt mir den Knüppel hin! Da nahm ich ihn. Sie lachte. Und wie sie lachte! Nicht, sagte sie, nicht, Jacky, du siehst so komisch aus. Da schlug ich zu.«

32

»Ich wollte sie nicht töten«, sagte Fielitz, »glaub es mir.« Er fasste Gotthardt bei den Handgelenken. »Du musst es mir glauben! Sag, dass du mir glaubst!«

»Ich glaube dir.«

Ja. dachte Gotthardt, er hat es nicht gewollt. Sie hat ihm den Knüppel in die Hand gegeben und ihn noch verhöhnt. Sie hat mit ihrem Leben gespielt, weil sie sicher war, dass er nicht zuschlagen würde.

»Warum?«, fragte er.

Fielitz schüttelte müde den Kopf.

»Erzähl«, sagte Gotthardt. »Es wird dich erleichtern. Wie lange kennt ihr euch schon?«

»Seit einem Jahr.«

»Wie habt ihr euch kennengelernt?«

»Bei einem Gartenfest in Grünau.« Er lachte bitter. »Wir planen und planen und planen; wenn man aber bedenkt, an wie vielen und wie idiotischen Zufällen das Leben hängt! Ich hatte einen Freund besucht, und als ich abends nach Hause wollte, fuhr mir die Straßenbahn vor der Nase davon. Auch gut, dachte ich, läufst du eben. Auf einem der Wassergrundstücke wurde gefeiert. Eine Art Kostümfest, die Leute hatten zumindest alle nicht viel an. Ich blieb am Zaun stehen und sah zu. Da kam Susanne. Sie trug einen verdammt knappen Bikini und hochhackige Schuhe. In der Hand hielt sie einen Besen. Ich bin eine Hexe, sagte sie. Traust du dich, nach meinem Besen zu tanzen? Und ob ich mich traute. Ich hatte schon ein paar Wochen kein Mädchen mehr gehabt, seit Karin nach Moskau gefahren war. Und getrunken hatte ich auch.

Nach dieser Nacht, nachdem ich mit ihr geschlafen hatte, war ich wie verrückt nach ihr«, fuhr Fielitz fort. »Karin ist ein prima Kerl und ein richtiger Kumpel, dabei elegant, aber – Susanne war eine Explosion. Ein Bettfeuerwerk. Ich weiß nicht, ob du das verstehen kannst.« Er sah Gotthardt nicht an, er blickte auf irgendeinen Punkt im Meer.

»Zuerst war mir das ja egal, im Gegenteil, genau das war es, was ich bei ihr suchte.« Er lachte. »Einmal sind wir in der Oper gewesen. Susanne wollte unbedingt groß ausgehen. Ein entsetzlicher Abend! Du glaubst nicht, wie dumm sie war. Bücher lesen? Nicht mal ’nen Krimi. Fernsehen! Stundenlang. Es gab fast nichts, wofür sie sich interessierte, außer wie sie mal leben wollte. Darüber konnte sie stundenlang reden. Ich hatte das mit der Oper mehr als Spaß angesehen. Aber sie nahm es ernst; ich merkte, dass das Ganze für sie mehr zu werden begann als nur ein Spaß. Abseilen, dachte ich, schnell abseilen. Es war schon Anfang Dezember, nicht lange, und Karin kam nach Berlin. Ich habe ihr also gesagt, es ist Schluss. Wir hatten darüber gesprochen, dass eines Tages Schluss sein müsste.«

Fielitz drückte die Zigarette aus, er hatte sie bis auf einen winzigen Stummel niedergeraucht, der kaum noch zwischen seinen Fingerkuppen zu sehen war. »Sie hat’s nicht schwergenommen. Geh nur, hat sie gesagt. So einen wie mich könne sie an jedem Finger zehn haben. Wir haben uns dann tatsächlich nicht mehr gesehen.«

Gotthardt warf ihm einen verwunderten Blick zu.

»Ich hatte zwar Lust, aber ich verkniff es mir, wirklich. Einmal sah ich sie, im Kaufhaus, aber ich war nicht allein, da habe ich sie am nächsten Tag angerufen, und wir haben eine viertel Stunde geschwatzt, das war alles.«

»Wann war das?«

»Anfang März, glaube ich. Dann gratulierte sie mir zum Geburtstag, und ich Idiot habe mich wie ein kleines Kind gefreut. Als sie hörte, dass ich für abends nichts vorhatte, lud sie mich ein. Ich habe Nein gesagt, aber dann haben wir uns verabredet, tanzen zu gehen. Natürlich sind wir bei ihr gelandet.«

»Du hast am dritten April Geburtstag?«

»Ja.« Fielitz blickte Gotthardt erstaunt an.

»Erzähl weiter.«

»Es war schöner als je zuvor. Nur am nächsten Morgen hatte ich einen Katzenjammer. Susanne hat mich getröstet. Wir könnten es ja wieder vergessen. Sie sei halt glücklich gewesen, mich mal wieder zu sehen. Ich doch auch! Sie hatte mir tatsächlich gefehlt. Ich weiß nicht, ob du das verstehen kannst.«

Fielitz sah ängstlich auf, als fürchte er, Gotthardt würde ihn jetzt verurteilen.

»Doch, das kann ich verstehen. Sexualität kann eine starke Kraft sein.«

»Und wie stark! Susanne hat es mir auch zu leicht gemacht. Ich habe ihr an diesem Morgen alles erzählt. Von

Karin, meine ich, und dass wir heiraten wollten. Ich will nur mit dir schlafen und sonst nichts, sagte sie. Solange deine Karin nicht da ist, kannst du doch ruhig zu mir kommen. Wem nimmst du was weg? Du kannst kommen, wann du willst. So war es. Sie wolle mir keine Schwierigkeiten machen, sagte sie, niemand brauche von uns zu erfahren. Und wenn ich eines Tages nicht mehr kommen wollte, würde ihr das Herz auch nicht brechen. Und ich habe mich darauf eingelassen! Na ja, monatelang ohne Frau, das ist kein Leben für mich. Warum hatte Karin mich allein gelassen, musste sie unbedingt das Jahr nach Moskau gehen? Hätte sie nicht in Berlin bleiben können?«

Er sah Gotthardt an, als müsse der die Antwort darauf wissen.

»Ich weiß nicht –«, sagte Gotthardt zögernd.

»Ich hatte keine Gewissensbisse«, sagte Fielitz störrisch, »wenn du das sagen wolltest. Nicht mal ein schlechtes Gefühl. Ich nahm doch niemandem etwas, im Gegenteil! Statt mürrisch war ich jetzt ausgeglichen, fröhlich; ich habe für zwei geschuftet, es schien eine geradezu ideale Lösung zu sein.« Er blickte auf die Zigarettenschachtel. »Darf ich noch eine?«

Gotthardt hielt sie ihm hin, gab ihm Feuer. Fielitz' Hände zitterten nicht mehr. Plötzlich lachte er.

»Es war alles Theater. Gestern hat sie es mir gestanden. Sie hat die ganze Zeit darauf hingearbeitet, mich in ihrem Netz zu fangen. Genau nach Plan. Sie dachte, die Zeit würde für sie arbeiten. Gegen Karin. Du hättest erleben sollen, was für einen Spektakel sie machte, als ich dann sagte, es sei nun so weit. Aber am nächsten Tag rief sie mich an, wir sollten wenigstens die noch verbleibende Zeit nutzen. Sie hat mir so lange zugesetzt, bis ich es ihr versprach.«

»Die Flitterwochen«, sagte Gotthardt.

»Wie bitte?«

»Nichts. Erzähl weiter.«

»Gut, habe ich gesagt, aber dann muss endgültig Schluss sein. Sie hat es mir hoch und heilig geschworen.«

»Das war am ersten beziehungsweise am zweiten Juni, ja?«

Fielitz hätte beinahe die Zigarette fallen lassen. »Woher weißt du das?«

»Von Susanne. Aus ihrem Kalender. Sie hat jedes eurer Treffen notiert. Wusstest du das nicht?«

»Dann weißt du also schon lange, dass ich es gewesen sein muss?«

»Nein. Sie hat nur von Jacky geschrieben. Wir waren bisher noch nicht dahintergekommen, dass du Jacky bist.«

»Früher oder später wäre man also doch auf mich gestoßen?«

»Da wir Verdacht geschöpft hatten, ja.«

»Dann hätte ich also nie eine Chance gehabt davonzukommen?«

»Nein, nie!«

Fielitz schüttelte Gotthardt an den Schultern. »Ich bin unschuldig«, schrie er. »Sie allein ist schuld!« Er wollte aufspringen.

Gotthardt zog ihn wieder in den Sand. »Ruhe«, mahnte er, »Ruhe.«

»Sie hat mich provoziert. Sie hat mich bis aufs Blut gereizt, bis ich nicht mehr wusste, was ich tat.«

»Schon gut«, sagte Gotthardt, »schon gut.«

»Sie hat mich erpresst«, stöhnte Fielitz, »diese ganze Reise war nichts als Erpressung. Wie die Abschiedswochen im Juni.«

»Warum bist du nicht mit deiner Karin in Urlaub gefahren?«

»Wegen ein paar Tonscherben«, sagte Fielitz verächtlich. »Irgendwo in Mittelasien waren ein paar Tonscherben gefunden worden, die angeblich von einer bisher unbekannten Kultur stammten. Karin rief an, sie dürfe mitfahren und sie wolle die Chance nutzen. Sie hat Archäologie studiert, weißt du. Eine einmalige Chance, meinte sie. Heiraten könnten wir auch im September, aber eine neue Kultur würde nicht alle Tage entdeckt. Ich habe den Urlaub schon für August angemeldet, sagte ich, und ich muss ihn dann auch nehmen. Fahr alleine, sagte sie, wir haben noch so viele Jahre, in denen wir zusammen Urlaub machen können.«

»Da bist du auf die Idee gekommen, mit Susanne Ebert in Urlaub zu fahren?«

»Ich nicht, Susanne. Ich hatte ihr erzählt, dass Karin ein paar Tonscherben mir vorzog. Ich würde das nicht tun, sagte sie nur. Sonst hat sie nie etwas gegen Karin gesagt. Und dann kam sie mit der Idee, dass wir gemeinsam in Urlaub fahren sollten. Als Abschiedsgeschenk. Meine Freundin arbeitet im Reisebüro, sagte sie, die kann das arrangieren. Du meldest dich in Pankow an und ich in Grünau. Wir lernen uns erst in Schönefeld kennen. Und im Flugzeug können wir ja zufällig nebeneinandersitzen. Es machte ihr Spaß, sich auszumalen, wie es sein würde. Selbst wenn es herauskommt, dann beichtest du deiner Verlobten eben einen Urlaubsflirt und spielst den Zerknirschten. Sie wird dir schon verzeihen, schließlich ist sie nicht unschuldig.«

»Und das leuchtete dir ein.«

»Ich war zwar sauer auf Karin, aber ich wäre trotz dem nicht gefahren, wenn Susanne mich nicht erpresst hätte.«

»Das ist ein hartes Wort.«

»Es war Erpressung. Als ich mich weigerte, drohte sie, einen Skandal zu machen. Sie würde in meinen Betrieb kommen und Krach schlagen. Schließlich sagte ich Ja. Ich dachte, ich kaufe mich frei, aber ich lieferte mich ihr erst richtig aus.«

Er beugte sich vor und sah Gotthardt verzweifelt an. »Sie erpresste mich erst dazu, mit ihr hierher zu fahren, und dann hat sie die Reise nur machen wollen, um mich endgültig in die Hand zu bekommen. Das hat sie mir ins Gesicht gesagt. Gestern. Da hat sie die Katze aus dem Sack gelassen.« Er zeigte aufs Meer hinaus. »Da auf dem Stein. Nichts da mit Abschiedsgeschenk! Im Gegenteil! Mit dieser Reise bekam sie mich erst richtig in ihre Gewalt. Sie hatte doch bisher nichts in der Hand, womit sie beweisen konnte, dass etwas zwischen uns war, aber jetzt besaß sie Beweise. Deshalb überall die Fotos – jeder Schnappschuss eine Erpressung. Was meinst du, sagte sie, warum ich die Filme gleich hier entwickeln lasse?

Damit ich auch sicher bin, dass wir beide gut darauf getroffen sind. Und ich schicke die Filme sofort nach Hause, die ersten sind bereits unterwegs. Kannst du dir vorstellen, was in mir vorging, als ich das gestern begriff?«

»Deshalb warst du gestern Abend nicht anzusprechen.«

»Ich habe verzweifelt nach einem Ausweg gesucht. Aber ich fand keinen.«

»Da hast du zugeschlagen.«

Fielitz schluckte. Er spielte mit den Fingern im Sand. Es dauerte lange, bis er weitersprach. »Zuerst war ich wie betäubt. Ich dachte: Sie ist tot. Wie man an eine Fremde denkt. Ich weiß nicht, wie lange ich hinuntergestarrt habe. Ich war wie gelähmt. Dann ging ich zur Hütte. Ich wollte euch holen. Ich wollte sagen: Kommt, es ist etwas Schreckliches geschehen; da hörte ich Stimmen hinter der Tür, und dann sah ich, dass ich immer noch den Knüppel in der Hand hielt, und ich stellte mir vor, was geschehen würde, wenn jemand mich so sähe. Mit dem Knüppel in der Hand! Wer hätte mir geglaubt, dass ich es nicht gewollt hatte? Da stellte ich ihn hinter die Tür und bin hineingegangen und habe mich hingesetzt. Ich dachte immer nur: Du hast sie doch nicht umbringen wollen. Sie ist selbst schuld. Dann dachte ich: Es wird wie ein Unglück aussehen. Noch ist nicht alles verloren. Plötzlich war mir ganz leicht. Ich war frei! Ich musste mich zwingen, sitzen zu bleiben. Ich wäre so gerne aufgestanden und umhergelaufen, am liebsten im Wald. Aber ich hatte Angst, mich zu verraten. Ich habe sogar wieder gebetet, ja, lach nur, ich habe gebetet, dass ihr nichts merken sollt. Und dann merkte ich an euren Fragen: Ihr wusstet nichts.«

»Wir wussten es von Anfang an«, entgegnete Gotthardt leise, »wir wollten es nur nicht an die große Glocke hängen. Wir wussten sehr bald, dass es kein Unfall war, sondern Mord.«

Fielitz sprang auf. »Es war kein Mord!«, schrie er. »Begreife es doch endlich! Es war ein Unglück, ein Unfall!« Er setzte sich wieder hin, sein Gesicht drückte Verzweiflung und Hoffnungslosigkeit aus. »Ich habe es doch nicht gewollt«, flüsterte er, »ich habe es nicht gewollt.«

»Du hast es aber getan. Warum bist du nicht einfach weggegangen?«

»Das habe ich ihr angedroht. Ich sagte: Ich gehe jetzt; ich höre mir das nicht länger an. Ich werde Karin alles beichten und basta. – Und ich, sagte sie, ich gehe zu deinem Schwiegervater und werde ihn über dich aufklären, das wird einen schönen Skandal geben. – Was glaubst du denn, sagte ich, was du für einen Skandal machen kannst? Denkst du, mein Schwiegervater ist an einem Skandal interessiert? Der wird es schön vertuschen. Er hat sich doch für mich eingesetzt. Außerdem werde ich alles abstreiten. Bis auf die paar Tage hier. Alle Reisenden unserer Gruppe können bestätigen, dass wir uns erst hier kennengelernt haben. Und dass wir uns auf der Pirateninsel gestritten und wieder getrennt haben, werden sie ab morgen auch bestätigen können! Da lachte sie. Sie lachte mich einfach aus. Und wie, fragte sie, und wie erklärst du, dass ich seit Juni von dir schwanger bin?« Fielitz beugte sich vor. »Der Doktor hat sie doch untersucht, war sie schwanger?«

»Wir wissen es nicht, das kann erst die gerichtsmedizinische Untersuchung erweisen.«

»Ich bekomme ein Kind, sagte sie, und du bist der Vater. Ich will das Kind, und ich will den Vater für mein Kind. Komm, Jacky, sei brav. Du hast keine Wahl. Dein Schwiegervater wird dir verzeihen, sagte sie, schließlich ist er auch ein Mann. Und wenn nicht, gehst du eben woandershin. Dir stehen doch alle Türen offen. Glaub mir, es wird schön mit uns beiden. Komm! Dabei streckte sie die Hände aus, und ich wusste: Wenn du jetzt nachgibst, wenn du dich jetzt wieder kleinkriegen lässt, dann bist du verloren. Aber du bist schon verloren, dachte ich. Hans-Joachim Fielitz, deine schöne Karriere ist hier zu Ende. Es war alles umsonst. Wer weiß, ob du jemals noch so eine Chance bekommst ohne Protektion. Ade, Kalkutta, ade, Welt. Unmoralischer Lebenswandel – damit kommst du nie ins Ausland. Und nie auf einen leitenden Posten. Ein kleiner Beamter, das ist alles, was dir bleibt. Das wird ein Leben! Ein braves, spießiges Allerweltsleben. Zwei, drei Kinder und, wenn du Glück hast, eine Dreizimmerwohnung, eines Tages vielleicht ein Trabant, und am Wochenende in den Schrebergarten. Nein, sagte ich, niemals. – Los, sagte sie, dann schlag mich tot. Verstehst du?«

»Was ist mit dem Geld?«, fragte Gotthardt in scharfem Ton.

»Was für Geld?«

»Susanne Ebert hatte einen Kontoauszug über fünfzehntausend Mark bei sich.«

»Von Geld weiß ich nichts.«

»Wir dachten, Susanne Ebert hätte Sie damit erpresst.«

Fielitz sah ihn mit großen Augen an, dann nahm er sich die letzte Zigarette. Seine Lippen waren weiße Striche, das Gesicht grau und eingefallen. »Ich war so verzweifelt. Ich wusste nicht mehr, was ich tun sollte!«

»Die Wahrheit –«, forderte Gotthardt.

»Die Wahrheit!«, unterbrach Fielitz heftig. »Die Wahrheit! Sollte ich zu Karin gehen und ihr beichten, dass ich sie ein Jahr lang betrogen hatte? Wie wollte ich ihr das erklären?«

»Auch mit der Wahrheit. Dass Ihr Verlangen zu groß und Ihre Selbstbeherrschung zu klein gewesen ist.«

»Und was hätte das genutzt? Selbst wenn Karin mir verziehen hätte, mit Kalkutta wäre es aus gewesen.«

»Kalkutta ist nicht die Welt.«

»Nein?« Fielitz lachte bitter. »Ich weiß doch, wie es geht. Ein kleiner Fleck in der Kaderakte, und man wird von der Liste gestrichen. Ich hätte keine Chance gehabt, ins Ausland zu kommen; ich wäre nicht mal mehr Abteilungsleiter geworden. Und ich habe immer davon geträumt, die Welt zu sehen. Kalkutta sollte nur der Anfang sein. War es ja auch. Ein ganz kleiner Posten. Und ohne Karin – aber das weißt du ja gar nicht. Karin ist die Tochter meines Chefs, der hat natürlich ein bisschen was für die Karriere seines Schwiegersohnes getan, eine Art Hochzeitsgeschenk sozusagen. Kalkutta wäre der Anfang gewesen. Ich habe schwer für diese Chance schuften müssen. Mir hat niemand was in den Schoß gelegt, ich habe mir alles verdienen müssen: Immer schön brav sein, immer schön Ja sagen, immer bereit; ich habe keinen Subbotnik ausgelassen und stets die höchsten Solibeiträge gezahlt, in meiner Preisstufe, versteht sich; es ist nicht klug, seine Chefs zu beschämen; bei jeder Demonstration war ich dabei; ich habe mir nie einen Ausrutscher leisten können, ich nicht, ich hatte ja keine proletarische Großmutter, ich musste stets ideologisch klar sein; zehn Jahre ohne Kritik, das ist schon eine Leistung! Was habe ich mich anstrengen müssen, auf die EOS zu kommen. Und dann zum Studium. Und bis ich Kandidat wurde! Und das sollte alles umsonst gewesen sein? Wegen dieser kleinen Hure?«

»Und da schlugen Sie zu.«

»Sie hat mich provoziert, bis ich nicht mehr Herr meiner Sinne war. Es ist im Affekt geschehen. Ich wusste nicht mehr, was ich tat!« Fielitz sprang auf. »Sie hat mir den Knüppel doch geradezu in die Hand gedrückt. Los, schlag mich tot, sagte sie. Und ich sah den Abgrund hinter ihr. Oder mach nicht länger solch ein Theater, sagte sie. Es wird wie ein Unfall aussehen, dachte ich. Du hast keine Wahl, sagte sie. Du wärest frei, dachte ich. Nicht, sagte sie, nicht, Jacky, du siehst so komisch aus. Und dann lachte sie. Wenn sie mich nur nicht so ausgelacht hätte!« Er drehte sich zu Lisa Gotthardt um, dann zu Enderleins. »Nicht wahr, Sie verstehen es!«

»Ja«, sagte Gotthardt. »Wir verstehen, was für ein erbärmlicher, charakterloser Lump Sie sind.«

»Ein mieser kleiner Karrierist!«, rief Enderlein. »Und was haben wir nicht alles für Motive hinter diesem Mord vermutet.«

»Es war kein Mord!«, schrie Fielitz.

»Doch. Sie haben es in Ihrer Erregung vielleicht nicht mitbekommen, aber Sie haben soeben ein richtiges Geständnis abgelegt. Vor vier Zeugen!«

Fielitz schüttelte den Kopf. Dann ging er in Richtung Wasser.

»Halt!«, rief Enderlein. »Hiergeblieben!«

»Warum?«, fragte Fielitz, ohne sich umzudrehen. »Keine Angst, ich will mir nur die Hände abspülen.«

»Wenn man überlegt, dass so einer um ein Haar unseren Staat im Ausland repräsentiert hätte«, sagte Enderlein verächtlich. »Aber wer weiß, ob das stimmt. Vielleicht hat er nur gehofft, dass Schwiegervater ihm den Posten zuschanzen würde.«

»Und wenn man sich vorstellt, dass ein so charakterschwacher Mensch in eine leitende Stellung hinaufkriechen könnte«, sagte seine Frau.

»Früher oder später hätte er sich entlarvt«, erwiderte Lisa Gotthardt.

Fielitz hatte sich ans Ufer gesetzt, hatte die Ellenbogen aufgestützt und den Oberkörper weit zurück gelehnt, der Kopf hing halb im Nacken.

»Ich kann mir nicht helfen«, sagte Frau Enderlein, »irgendwie tut er mir leid.«

»Aber Hannchen, Mitleid mit einem Mörder?«

»Ist er ein Mörder? Sie hat ihn erpresst, vergiss das

nicht, sie hat ihn bis aufs Äußerste gereizt und gedemütigt. Ist sie nicht ebenso schuldig wie er?«

»Fielitz hat gemordet, nicht Susanne Ebert.«

»Sie wollte ihn auch umbringen. Was wäre denn von ihm übrig geblieben, wenn er sich ihr ausgeliefert hätte?«

»Ja. Eine merkwürdige Auffassung von Liebe: den anderen unterwerfen und abhängig machen zu wollen.«

»Ich kann mir vorstellen«, sagte Hannchen Enderlein, »wie verzweifelt er gewesen sein muss.«

»Er ist ein Mörder!« Enderleins Stimme klang hart und unerbittlich. »Gut, er ist kein Killer, der aus Spaß am Töten mordet; vielleicht wäre er auch nicht fähig, einen Mord langfristig und haarklein zu planen, aber er wusste genau, was er tat. Fielitz ist intelligent, und er kann blitzschnell reagieren. Du hättest erleben sollen, wie überlegen und eiskalt er vorhin pariert hat, als wir ihn beschuldigten, Susanne Ebert umgebracht zu haben, wie er mich hat abfahren lassen! Fielitz hat nicht blind vor Wut zugeschlagen. Er hat erkannt, wie günstig die Situation war, und sich blitzschnell ausgerechnet, dass es wie ein Unfall aussehen wird. Da erst hat er zugeschlagen. Es war ein wohlüberlegter, gezielter Schlag. Und mit seinen letzten Worten hat er sich selbst verraten!«

Enderlein wandte sich an Gotthardt. »Das war erstklassig, mein Lieber, wie du plötzlich wieder Sie zu ihm sagtest! Du hättest ihn nicht besser kriegen können.«

»Ich habe es nicht mal mitbekommen«, brummte Gotthardt. »Ich konnte wohl einfach nicht mehr länger du zu ihm sagen. Ja, zu Anfang, da tat er mir leid.« Er nickte nachdenklich. »Diese letzten Minuten, das war der eigentliche Zusammenbruch: der Zusammenbruch seines jahrelangen Doppellebens von Außen und Innen, von Schein und Wirklichkeit.«

Magda Bähreis kam angerannt. »Seht mal da!« Sie zeigte auf das Meer. Weit draußen, noch dicht unter dem Horizont, leuchteten zwei Punkte, die zusehends näher kamen und sich als Motorboote erwiesen; das eine glich dem Boot, das sie zur Pirateninsel gebracht hatte, das andere war blendend weiß; vor seiner Kajüte standen zwei uniformierte Männer, am Mast flatterte die Staatsflagge.

Enderlein blickte auf die Uhr. »Fast genau vierundzwanzig Stunden, seit wir auf der Pirateninsel gelandet sind. Was für ein Tag!«

»Wenn wir nur schon im Hotel wären«, sagte Gotthardt, »ihr glaubt nicht, wie ich mich auf mein Bett freue.«

»Eines möchte ich allerdings doch noch wissen«, sagte Enderlein. »Wer war denn nun eigentlich unser Mörder?«

»Das wissen Sie noch immer nicht?«, fragte Magda Bähreis erstaunt. »Der Mörder«, sagte sie sanft und leise, »der Mörder war ich.«

DIE KRIMIS – Spannung in Serie

ISBN: 978-3-86941-257-3
236 Seiten

ISBN: 978-3-86941-252-8
208 Seiten

ISBN: 978-3-86941-255-9
192 Seiten

ISBN: 978-3-86941-250-4
270 Seiten

ISBN: 978-3-86941-251-1
223 Seiten

ISBN: 978-3-86941-267-2
187 Seiten

ISBN: 978-3-86941-249-8
239 Seiten

ISBN: 978-3-86941-254-2
272 Seiten

ISBN: 978-3-86941-258-0
208 Seiten

Alle Titel: Klappenbroschur • 12,5 x 20,2 cm • 4,99 €